TÖDLICHE INJEKTION

JIM NISBET

BLACK LIZARD BÜCHER
BERLIN 1989

BLACK LIZARD BÜCHER
Verleger/Herausgeber: Frank Nowatzki
Lektoratsassistentin: Rachel Kindermann
Übersetzung: Gabriele Kunstmann
Coverfoto: Uwe Arens
Covergestaltung: Martin Wieman
Herstellung: Mercedesdruck, Berlin

Titel der amerikanischen Originalausgabe: Lethal Injection

Deutsche Erstausgabe
ISBN 3-927734-01-2
Berlin 1989

Printed in Germany

BLACK LIZARD BÜCHER
Frank Nowatzki Verlag
Kurfürstenstraße 23
1000 Berlin 30

CIP-Titelaufnahme der Deutschen Bibliothek

Nisbet, Jim:
Tödliche Injektion / Jim Nisbet.-
Dt. Erstausg. - Berlin: Nowatzki, 1989
(Black-Lizard-Bücher)
ISBN 3-927734-01-2

EINS

Der Geistliche war erkältet und sich im Augenblick nicht einmal seiner sexuellen Identität sicher; er hatte diese Art Gottesdienst vorher niemals vollzogen; und in den Gebeten gab es einen fakultativen Satz, den er richtig hinbekommen mußte. Der Setzer hatte die Zeile im Text dadurch markiert, daß er sie in Klammern eingeschlossen und kursiv gesetzt hatte.

(besonders jene, die zum Tode verurteilt sind)

Okay, dachte er, also los.

»Oh Gott, der Du uns verschonst, wenn wir Strafe verdienen, und in Deinem Zorn Gnade walten läßt...« Hier nickte er dem Gefangenen zu; seine Ehrerbietung trennte die Bedeutungslosigkeit seiner eigenen priesterlichen Leiden von der Ungeheuerlichkeit des Verbrechens des Gefangenen, schloß aber beide in den Großmut der Zorn und Gnade Matrix ein. »...demütig flehen wir Dich an, in Deiner Güte alle Gefangenen zu trösten und ihnen beizustehen«, jetzt kommt es. Er räusperte sich höflich und sagte es, »besonders jenen, die zum Tode verurteilt sind.«

Der Geistliche machte eine Pause und putzte sich die Nase. Er hatte sie korrekt gelesen, die kursive Einfügung im *Gebet für Gefangene*. Obwohl der Satz ausdrücklich im eigenen Ermessen lag, hatte er ihn an einem verschlafenen Sonntagmorgen versehentlich ins Gebet eingefügt, als er es einem alten Betrüger mit einem leichten Malariaanfall vorgelesen hatte, der nur ein bis fünf Jahre wegen Scheckbetrugs absaß. Um es milde auszudrücken, dieses Versehen hatte das Delirium des Mannes verschlimmert.

»Besonders jene«, wiederholte er ruhig, ohne einen Anflug von Befriedigung, »die zum Tode verurteilt sind.« Er verzog seine Augenbraue und stopfte das wattierte und schmutzige Kleenex zwischen die Kugelschreiber und Drehbleistifte, in die die Namen verschiedener Beerdigungsinstitute eingeprägt waren, in die Innentasche seines schwarzen Leinenmantels und schniefte.

In Ketten gelegt, ohne Hemd, saß Bobby Mencken in Schweiß gebadet auf der Ecke seines Bettes, während er sich darum bemühte, jedes Detail des Verfahrens mitzubekommen. Nicht, daß diese Details für ihn nicht unmittelbar zu erkennen gewesen wären----tatsächlich drängte sich ihm jede Facette der Zelle auf, wie niemals zuvor. Er fühlte sich durch die unendlich vielen Eindrücke wirklich bedrängt. Aber das Problem lag nicht in der Wahrnehmung dieser Details oder in seiner Fähigkeit, sich auf sie zu konzentrieren. Das Problem war, daß jedes Detail darum wetteiferte, individuell am wichtigsten zu sein, wütend verlangte, den anderen ebenbürtig oder überlegen zu sein. Gleichzeitig aber weigerte sich der größte Teil seines Gehirns, oder zumindest jener Teil davon, der für solche Sachen trotz der vielen verrückten Vorfälle und Details der verflossenen Jahre zuständig geblieben war; ein Jota von dem, was mit ihm passierte, als wesentlich, bedeutungsvoll oder wichtig zu akzeptieren. So viel war mit Bobby Mencken geschehen, so viel war schiefgelaufen.

Warum sich jetzt Sorgen machen?

»Gib ihnen das rechte Verständnis ihrer selbst und Deiner Verheißungen; so daß sie, Deiner Gnade ganz vertrauend, ihre Zuversicht nur in Dich setzen werden...«

Da der Priester durch die Nase sprach, klang “werden” wie “merden”. Bobby, der etwas Französisch konnte, schreckte aus seinen Gedanken auf und zögerte keinen Augenblick, das naheliegende Worstspiel zu machen. Er verwandelte “merden” in “merde”, und stimmte stillschweigend der Vorstellung eines in einem Scheißhaufen verbrachten Lebens zu, bevor er seine Aufmerksamkeit auf die Ironie der Bedeutung der ganzen Aussage lenkte: »Das rechte Verständnis ihrer selbst und Deiner Verheißungen.« Bobby schaute auf seine gefesselten Handgelenke und drehte die Innenflächen seiner Hände nach oben, was von einem leisen Klicken begleitet wurde, als die Kettenglieder sich neu ordneten. Sein ganzes Leben lang hatte er darauf vertraut, daß ihn diese Hände aus jeder Patsche herausholten, in die ihn sein Verstand gebracht hatte. Gefängnisdirektor Johanson hatte Bobby gewarnt, daß er nicht gern einen Mann in Ketten schmachten ließ, der darauf wartete, seinem Schöpfer gegenüberzutreten. Aber das war bevor Bobby einen Wächter namens Peters vor neun Monaten fast zu Tode gewürgt hatte----mit bloßen Händen. Darum waren, kurz bevor der Geistliche ankam, Wächter hereingekommen und hatten ihn gefesselt. Er ließ seinen Blick über die schattenhaften Gestalten gleiten, die den Gang entlang außerhalb seiner

Zelle lauerten. Dort waren jetzt mindestens vier von ihnen, in Kampfstiefeln und dunkelblauen Dienstoveralls ohne Taschen, Gürtel oder Riemen, die extra entworfen worden waren, um unbewaffnete Wächter gereizt und gemein zu halten, während sie mit den "Bewohnern" verkehrten. Er kannte sie alle. Einer war früher bei den Green Berets gewesen; ein anderer machte an Wochenenden Sumo-Ringkämpfe; ein dritter betrachtete es als Ehrensache, nie über sein Diplom in Betriebswirtschaft zu diskutieren; und der vierte hielt es so mit seinem Sadismus. Und----was ist da, ein fünfter? Bobby richtete den Kopf ein wenig auf, um einen Blick auf den fünften Wächter zu werfen, und seine Augen verhärteten sich. Es war Peters, der die spitzen, fast verstümmelten Ohren hatte, das erbsengroße Hirn, die kurzen Beine, Syphillis dritten Grades, den untrüglichen Instinkt, die bedingungslosen Augen, die Zähigkeit und den Dummkopf seines Spitznamens, Pit Bull. Obwohl Bobby niemals das Klicken der Klauen gehört hatte, als Pit Bull Peters die Linie entlang trottete, stellten sich die Bewohner übereinstimmend vor, daß der Mann alles hatte bis auf das Geschirr seines Namensvetters, das zweifellos auf dem Boden einer Sonderzelle in der Nähe von Direktor Johansons Büro lag----durch eine kurze, dicke Kette an einen gut verankerten Zementpfosten gebunden. Dieser spezielle Bulle, dieser Wächter Peters, war ein Killer, und jeder im Gefängnis wußte es. Er hatte fünf Mal in neun Jahren getötet, ohne auch nur einmal vom Dienst suspendiert zu werden, und als Ergebnis war er so berühmt, so gefürchtet, wurde so verehrt wegen seiner Vertrautheit mit plötzlichen Todesfällen wie...wie...

Pit Bull Peters war ein genauso berühmter Killer wie Bobby Mencken.

Bobby Mencken blickte finster drein und strich sich mit dem Unterarm den Schweiß vom Gesicht. Er hätte nicht über Pit Bull Peters nachdenken sollen. Nicht heute nacht. Heute nacht war es schon schwer genug, cool zu bleiben.

Der Geistliche, der den Gesichtsausdruck des Gefangenen über dem Rand der kleinen, quadratischen, halb eingefaßten Brille einfing, die auf der Spitze seiner wunden, rosa Nase thronte, runzelte leicht die Stirn.

»Befreie Dich von Deinen Qualen...« rezitierte der Priester----besser gesagt: er las die Worte vor, denn er war niemals in einer Todeszelle gewesen, nicht bevor oder seitdem Texas die Todesstrafe wieder eingeführt hatte. Wie dem auch sei, er war viel zu verwirrt, um sich auf sein Gedächtnis zu verlassen, das war schon gut so, denn die Worte des Geistlichen ließen Bobby eine Augenbraue hochziehen. Nicht noch so viel Valium befreite Bobby von seinen Qualen, und er fragte sich, wieviel sie ihm gegeben hatten, aber dann veranlaßte ein weiterer Gedanke ein mitleidiges Lächeln, das seine Gesichtszüge in Falten legte. Er war schwarz geboren worden, athletisch, pansexuell, halb verrückt, gut aussehend, loyal, irrational, zu Scherzen aufgelegt, smart, ungeduldig, verängstigt und abgebrannt.

Würde der Tod überhaupt seine "Qual" beenden?

»...schütze die Unschuldigen, rüttle die Schuldigen auf...«

Das Lächeln brach zusammen, und Bobbys Atem ging schneller. Es war wahr, daß Valium einen gewissen Effekt darauf hatte, wie man die Umstände um sich herum wahrnahm, aber es machte einen nicht stumpfsinnig. Wie sein letztes Mahl----die Reste davon stapelten sich auf einem Tablett neben ihm auf dem Bett----gehörte der Geistliche zum Programm, und er wollte nichts davon vermissen. Aber kein Gebet für jene, die hoffnungslos vom Schicksal betrogen worden waren, würde deren Schicksal ändern. Gott oder kein Gott----genauso wenig wie das Verzehren von Kiwis, Kantalupen, Honigmelonen, Neun-Korn-Brot, frischem Salat und Hartweizenspaghetti mit ungekochten Tomaten, Knoblauch, Olivenöl und frischem Basilikum konnten seine Gesundheit während der nächsten Tage verbessern. Er starrte blind auf die Schuhe des Geistlichen und rülpste. Der Geruch rohen Knoblauchs fiel über seine Nasenlöcher her. Wahrscheinlich hatten sie bis nach Austin fahren müssen, um die Kiwis zu kriegen. Er hoffte es.

Der Geistliche zögerte mit seinem Vortrag, seufzte und fuhr fort.

Wenn man es nach der Fußbekleidung des Mannes beurteilte, brachte Predigen nicht mehr ein als vielleicht das Ausrauben von kleinen Läden. Eine leichte Bewegung hinter einem der zerfetzten schwarzen Schuhe des Geistlichen zog Bobbys Blick an, und nach und nach erschienen auf dem glatten Steinboden zwischen ihnen die Fühler, dann der Kopf, dann die Beine und der flache Leib einer großen, braunen Schabe.

»...und insofern als Du allein aus der Dunkelheit Licht hervorbringst, und aus Bösem Gutes, gewähre diesen...«

Bobby erkannte in der Schabe eine regelmäßige Besucherin seiner Zelle; er wußte es wegen des hellen, magentaroten Nagellacksteifens auf den Beinen und dem Rücken, der zu den abgekratzten Farbresten auf seinen eigenen Fingernägeln paßte. Seine Nägel waren von bizarrer Länge angesichts der Tatsache, daß Johanson die meisten von Menckens Privilegien nach dem Angriff auf Peters aufgehoben hatte, einschließlich des Rechtes auf den Besitz von Nagelscheren und sogar den Zugang zur

Maniküre. Da Mencken darauf achtete, niemals seine Nägel abzubeißen----eine Gewohnheit, die er für ein Zeichen von Schwäche hielt----ähnelten seine Hände jetzt mehr den Klauen eines Vampirs in irgendeinem billigen Horrorfilm: ein Film, der einen zu kleinen Etat hatte, um weiße Vampire anzuheuern, vermutete Mencken. Eines langweiligen Tages hatte er seine Nägel und die Beine und den Rücken der Schabe angemalt, während er die Dämpfe des Acetonverdünners in dem Lack einatmete, bis die Plastikflasche ausgetrocknet war----die Farbe war immer noch darin. Das war mindestens acht Monate her. Die Schabe stand dort mit ihren sechs knallroten Strümpfen und dem gestreiften Rumpf, bewegte ihre Fühler hin und her, als wolle sie den Rhythmus des Gebetes dirigieren, das von oben herabflutete--als sei sie eine Künstlerin auf der Bühne und die schwarzen Beine des Geistlichen, die sie umrandenden Bühnenvorhänge. Matilda die Schabe, die kleine Herrin von Zeit und Raum, die hier kommen und gehen konnte, wie sie wollte, ein Zeugnis für das Ideal des mühelosen, stilvollen Überlebens.

»...Deinen Dienern, daß sie durch die Kraft des Heiligen Geistes von den Ketten der Sünde befreit werden...«

Bobby wandte seinen Blick dem Gesicht des Geistlichen zu. Der Priester hatte das Wort "befreit"----von den *Ketten* der Sünde *befreit*----stark betont, als spräche er zu einem ganzen Zelt voller Leute. Nebenbei bemerkt, Arschlöcher wie er hatten das gelernt, indem sie Martin Luther King im Fernsehen beobachteten. Konnte dieser Narr wirklich glauben, was er las? Der Geistliche war schwach, blaß und aufgedunsen, mit dünnem, strohblondem Haar. Sein Adamsapfel hüpfte in seiner Kehle rauf und runter wie ein aufgeregter Trödler, der mit Schleim und Trauerfällen handelte. Dicke, schwarze Haare kräuselten sich über den schwachen Knöcheln seiner zartgliedrigen Hände. Hände, die niemals schwere Arbeit kennengelernt hatten; Hände, die so schnell mit Blasen bedeckt wären, wie die weiche Haut des Körpers blaue Flecke bekäme. Bobby betrachtete den betenden Geistlichen, und seine Augen nahmen den kalten, abschätzenden Ausdruck an, der für den Jäger, der zum ersten Mal seine Beute sieht, so eigentümlich ist. Wie wäre es, fragte er sich, mit diesem keuschen Priester Sex zu haben? Ich könnte ihn zum Schreien bringen, dachte er müßig. Aber könnte ich ihn dazu bringen, mitten im Orgasmus seinem Glauben abzuschwören, nur um ihn grundlos zu ruinieren? Er machte sich daran, sich in den heiklen Strömen einer flüchtigen, zerbrechlichen sexuellen Phantasie zu isolieren...

Sie hörten beide das metallische Geklirr der elektromechanischen

Schlösser, die den Todestrakt vom Rest des Gefängnisses trennten, und das Öffnen der ersten einer Serie von großen Eisentüren----weit unten am Gang, fast am anderen Ende des Gebäudes. Als sich die Tür schloß und die langen Stangen sie oben und unten fest verriegelten, lief das Krachen den Zellenblock rauf und runter und ließ jeden und alles, das sie berührten, aus Angst vor einer weit entfernten Höllenmaschine widerhallen. Niemand konnte solche Geräusche hören und sich nicht fragen, was für ein trauriges, widerwärtiges Geschehen sie ankündigten. Der Priester hielt in seinem Gebet inne, blickte auf und bemerkte, daß der Gefangene ihn schon anschaute. Priester und Gefangener tauschten Blicke aus, der erste aus Bestürzung, Mitleid und Respekt für einen Mann, der mit einem Bauch voll von gesundem Essen so ruhig seinem Tod entgegenging----obwohl er annahm, daß man einem Mann wie diesem mit einigen Gebeten, ganz zu schweigen von einer kräftigen Dosis Valium, erstaunlichen Trost spenden konnte. Aber als ihm dieser Gedanke durch den Kopf ging, wurde er durch einen anderen gestört, nämlich, daß Gefangener Mencken, den er vor dieser Mitternacht niemals gesehen hatte, ihn lüstern anblickte. Das Gesicht des Gefangenen Mencken war eine Maske der puren Lust, und trotz der Hitze erschauerte der Priester. Lust war etwas, das er vorzugsweise durch das Gitter eines Beichtstuhls diskutierte. Plötzlich befand er sich auf dem Trockenen, sprach- und hilflos wie ein Frosch, der eine Schlange beobachtet, nichts tut----abwartend auf dem Lilienpfad zu sitzen war sein Schicksal, die Fliege mit der Zunge zu fangen war sein Gebet----während er die blanken Augen in dem abgestumpften, dreieckigen Gesicht seines Schicksals beobachtete.

Aber das Krachen einer zweiten, näheren Tür und die Geräusche mehrerer Paar Schuhe, die langsam, vorsätzlich über die alten, abgetretenen Steine von Huntsville schritten, holten den Priester wieder zu seiner Pflicht zurück, und er beeilte sich, das Gebet für den zum Tode verurteilten Gefangenen, zu beenden.

»...Ketten der, der Sünde...und...und mögen Sie durch Jesus Christus unseren Herrn zu neuem Leben erweckt werden. Amen. Der allmächtige und gnädige Gott gewähre dir Verzeihung und Vergebung aller Sünden, und die Gnade und der Trost des Heiligen Geistes segne und behüte dich, alle Tage deines Lebens.« Huh. Er war aus der Fassung geraten. Brachte die Absolution mit dem Segen durcheinander. Alle Tage seines Lebens, tatsächlich. Der Priester neigte den Kopf, um sich zu bekreuzigen, und bemerkte die Schabe zwischen seinen Füßen auf dem Boden. Ein Schauder lief durch seine zarte Gestalt. Wenn er als Ire geboren worden wäre, dann wäre er vielleicht imstande gewesen, dies auszuhalten, dachte er.

»Scheiße, Hochwürden«, erwiderte der Gefangene lachend. Obwohl er seit zwanzig Jahren keine Kirche mehr von innen gesehen hatte, erkannte er einen Versprecher, wenn er ihn hörte. »Alle Tage meines Lebens, Scheiße. Komm, Matilda«, fuhr er fort, offensichtlich zu der Schabe sprechend, »gesell dich zur Gemeinde.« Er hob seine Stimme mindestens eine Oktave und wiederholte: »Scheiße, Prediger.« Mencken lachte seltsam, schaute zum Priester hoch und zuckte die Schultern. Seine Ketten rasselten. »Sie ist nur ein weiteres gotteslästerliches Wesen, Hochwürden, und weiß es nicht besser.«

Er hielt inne. Sein Lächeln verblaßte. »Genau wie ich.« Er schaute auf die Schabe hinunter und lächelte. »Sie ist gekommen, um sich von mir zu verabschieden.« Er blickte zum Priester hinauf. »Genau wie Sie.«

Der Geistliche schaute mit gebeugtem Kopf nach oben durch seine Wimpern, sein unterwürfiges Kreuzzeichen gefror mitten während der Geste, nachdem seine Finger die Mitte seiner feuchten Braue berührt hatten.

Gefangener Mencken öffnete ein wenig den Mund, hob das Kinn und schob die Zungenspitze über die Unterkante seiner oberen Schneidezähne.

Obwohl er niemals von so nah Zeuge einer so obszönen Geste, eines so eindeutigen Flirtens gewesen war, beendete der Geistliche sittsam das Kreuzzeichen, schloß das Gebetbuch um seinen Zeigefinger, markierte so seine Stelle in den Sterbesakramenten, und trat einen Schritt zurück, während er den Fußboden beobachtete. An den ziellosen Schreien, Schmähungen und Flüchen, die aus den Zellen unten im Block drangen, konnten die zwei Männer den Fortschritt der kleinen Gruppe abschätzen, die kam, um den Gefangenen Mencken zum Schauplatz seiner letzten Reise zu begleiten.

Nach einer Pause trat der Priester vor und zerquetschte die Schabe unter der Sohle seines Schuhs. Das Geräusch war dem nicht unähnlich, das man macht, wenn man seine Faust zu plötzlich um eine leere Streichholzschachtel preßt. Er drehte seinen Schuh etwas nach links und ein wenig nach rechts. Dann----er schaute immer noch nach unten----trat der Priester einen Schritt zurück.

Mitten zwischen ihnen lag auf dem Boden ein braun-gelber Brei. Hier und dort deuteten dünne magentarote Stiele an, daß dies mal eine Schabe gewesen war, deren Beine vom Gefangenen 61-204 in seiner Zelle im Todestrakt mit rotem Nagellack angemalt worden waren.

Während er weiter in Gedanken seinen Gott für die Seele des Gefangenen anflehte, hatte der Priester zerstreut in seiner ungeschickten Art gehofft, die letzten dahinfließenden Augenblicke des erbärmlichen Erdendaseins dieses Gefangenen ein wenig zu verbessern. Wahrscheinlich erwartete er sogar irgendeine mürrische Dankbarkeitsbezeugung des Gefangenen, wie z.B.: »Heh, gut Hochwürden, ich schätze, die kommt auch in den Himmel, denn der Herr weiß, es gibt viele von denen auf Erden.«

Aber im Gegenteil, Mencken blickte auf den Fleck am Boden und roch die Welt um sich herum und sah ihre grelle Farblosigkeit, die er nur zu gut kannte, und erkannte, daß in dieser Zelle nur noch ein Lebewesen übriggeblieben war, das heute nacht sterben würde. Einmal hatte er die Meeresalgen Suppe in einem schmuddeligen, chinesischen Kellerrestaurant in Oklahoma City probiert, und was ihm serviert worden war, hatte den Geruch, den Geschmack, die Farbe und die Konsistenz dieser zwei Jahre im Gefängnis angekündigt. Die ungenießbare Suppe hatte nach alten Reifen, Kreosot, Diesel und stinkendem Mist geschmeckt, nach aufgehäuften Muscheln, die in der Sonne verrotteten. Fünf Jahre lang hatte er sich in dem Gestank gesuhlt, die Eintönigkeit ertragen, das Klirren und Scharren und Stöhnen, die dreimal geatmete Luft, die Schreie im Fegefeuer, den Fäulnisgeruch im Umkleideraum----diesen Geruch nach verwesendem Fleisch, ruinierten Därmen und verdammten Seelen, die Monat für Monat, Jahr für Jahr, Jahrzehnt für Jahrzehnt vorbeizogen, verwurzelt in einem Steinplatz, der keine Nahrung bieten konnte, in einer Atmosphäre, die kein Licht bereitstellte, in einer Welt, die keine Hoffnung bot. Trotz allem hatte er gewartet, während Kräfte, die stärker waren als er, in einer unergründlichen, geheimnisvollen Sprache darüber diskutierten, ob es ihm erlaubt sein sollte, sofort zu sterben, oder ob er in einem kleinen, gefliesten Raum wie diesem, während der nächsten vierzig bis sechzig Jahre dahinsiechen und -schwinden und allmählich verwesen sollte. Er hatte gewartet----doch er wußte nicht auf was, noch auf wen, noch wie, noch wann, wappnete sich selbst gegen Gebete, Wunder, Magie, Selbsttäuschung, Halluzination, Seelenwanderung----ermutigt nur durch Stolz, Gewalt, Wachsamkeit, gymnastische Übungen, einen beständigen Haß und...Hoffnung?

Mencken hörte fast auf zu atmen, als er auf die jämmerlichen Überreste einer erbärmlichen, zahmen Schabe starrte, die er Matilda genannt hatte, und er verfluchte seine elende Person. Roger, Kontrolle, zehn-vier, ja, Hoffnung, hoffnungslose Hoffnung. Er hatte sich selbst gestattet, einen rührenden Keim der Hoffnung zu nähren, der tief in ihm, versteckt in seinem Innersten gedeihte, und nur diese Hoffnung hatte es ihm erlaubt, zwei Jahre in dieser Einzelzelle zu ertragen. Ohne diese Hoffnung hätte er niemals gelacht, geschlafen, geträumt oder wäre öfter als ein- zweimal in diesem höllischen Bienenkorb aufgewacht, erst recht hätte er nicht die Dummheit begangen, in einem Anfall von Anständigkeit zu versuchen, Peters zu töten. Aber sogar dann hatte die Hoffnung ihm die Ausdauer und Geduld gegeben das schlimme Halbleben der Einzelhaft zu ertragen. Und jetzt?

Immer seit seiner Kindheit----und jetzt besser als je zuvor----war er in der Lage gewesen, so vollkommen ruhig zu sitzen, daß er die schwingenden Ränder des Chaos spüren konnte, auf denen alles im Gleichgewicht ist, jenseits dieser Ränder konnte er in einen Nebel gleiten, überrascht davon, daß die bloße Kraft seines Haßes nicht einfach die Welt um ihn herum----oder wenigstens ihre Wände----zertrümmern konnte.

Tod und Freiheit, jedes der Gegenpol des anderen, waren Gegensätze geworden, äquivalent und austauschbar im Syllogismus des anderen: jedes die Erfüllung der Hoffnung des anderen.

Nicht nur das, er brachte es nicht fertig zu lachen, denn jene Suppe hatte ihn zwei Dollar gekostet.

Er saß thronend auf der Kante seines primitiven Bettes und sah auf die Schuhe, die hinter den Gittern seiner Zellentür ankamen und im Gang warteten. War sein Henker darunter? Wer von diesen Beamten würde die Nadeln in seinen Arm stechen und das Ventil öffnen, um ihm eine tödliche Flüssigkeit zu injizieren, die in sein Herz die endgültige Schwärze strömen ließe, sich ausbreitend wie die Tinte eines Tintenfisches in der umgebenden See?

Seine Ketten rasselten, als er die Innenseite seines rechten Ellbogens mit der Innenfläche seiner linken Hand bedeckte und eine vernarbte Vene rieb, die dort pulsierte. Obwohl sie in der Vergangenheit oft mißbraucht wurden, waren seine Venen jetzt dank der erfolgreichen Entwicklung in der Gefängnissporthalle, sehr dick und kräftig und vorstehend: gesund, könnte man sagen. Es war die Hoffnung, die ihn veranlaßt hatte, täglich Eisen zu stemmen und ihn zu vorher unbekannten extremen physischen Anstrengungen drängte. Er streckte beide Arme aus und sah sie an. Seine Trizeps, Bizeps, Brustmuskel, die Unterarme, alles war wohlgeformt und mächtig gewachsen----genau das Gegenteil des mageren Junkies, aus dem nur zwei Cops ein

Geständnis herausgeprügelt hatten, im hinteren Teil eines Gefängnisses in Dallas vor dreieinhalb Jahren.

Er spannte seine Arme, erst einen, dann den anderen, und die Tätowierungen, die beide der Länge nach bedeckten, nahmen entsprechend zu und ab. Colleen...Würde sie sich dieses Körpers jetzt gern bedienen? Er könnte sogar Fast Eddie ein oder zwei heiße Sachen zeigen. Er berührte die beiden runden Narben auf seiner Schulter.

Schnell verbannte er diese Namen aus seinen Gedanken. Das waren emotionale Substantive, behaftet mit Gefühlen, die er sich seit zwei Jahren zu fühlen verwehrt hatte, seit jenem Zeitpunkt, als das endgültige Urteil----nachdem alle Berufungen gescheitert waren----ihn zum Tode verurteilte. Doch...Er spannte wieder seine Arme, die Muskulatur schwoll an und rollte----bewegte sich wellenartig, wie er es vor den zerkratzten und löcherigen, von Plexiglas umschlossenen Sporthallenspiegeln gelernt hatte. Nicht schlecht, nicht schlecht. Kein Kerl hier drin hatte ihn jemals abgewiesen, sogar ein oder zwei knabenhafte Wachen waren diesem verlockenden Körper erlegen, dem Verursacher von Freude, dem Verursacher des Todes.

Doch würden sie ihm eine Wahl lassen? Welche Droge? Und genau welche Venen würden die tödliche Spitze empfangen? Und was für eine Spritze, was für eine Droge? Mehrere Drogen, ging überall das Gerücht. Er lachte halbherzig, überzeugt davon, daß der Staat die besten zur Verfügung stehenden Drogen liefern würde, um sein rasches Ableben sicherzustellen. Und trotz der starken Sommerhitze durchlief ihn ein Schauer, und sein nacktes Fleisch bekam eine Gänsehaut. Eine eisige Leere verschlang sein Lachen, und er umarmte sich selbst. Die Kette, die seine Armgelenke verband, fiel gegen seine Brust. Ihre Glieder fühlten sich warm an auf dem sich zusammenziehenden Fleisch.

Dann waren sie alle an der Tür. Direktor Johanson, Pit Bull Peters, ein Mann aus dem Büro des Gouverneurs, die anderen vier Wachen, verschiedene Begleiter. Einer von ihnen schloß die Tür auf.

Peters trat in die Zelle, mit einem Ausdruck auf dem Gesicht, der nur als thanatophagos----Todesversessen----beschrieben werden kann. Einen Augenblick blieb er stehen. Der Türspalt schloß sich hinter ihm.

Whow, dachte Mencken, und durchdringendes, paranoisches Adrenalin verjagte das träge Valium aus den Steuerungszentren seines Metabolismus. Ohne seine verdoppelte Wahrnehmungskraft auch nur durch das Bewegen eines Gesichtsmuskels zu verraten, war jede Faser in Menckens Körper zum

Zerreißen gespannt. Die schwache, milchige Glühbirne in der Zelle schien mit jedem Insekt heller zu glühen, das dagegenknallte. Irgendwas ging da vor. Peters zusammen mit Mencken in dieselbe Zelle zu stecken war eine vorsätzliche Provokation, genauso wie...Seine Augen huschten zu dem betenden Priester.

Genauso wie es das Ermorden der zahmen Schabe gewesen war?

Peters stand da, als nähme er eine Parade ab, seine geschickten Hände hatte er hinter dem Rücken gefaltet. Er war sich nicht sicher, ob der Priester mit den kirchlichen Ritualen fertig war, aber hauptsächlich wartete er darauf, daß der Gefangene Mencken auf dem Weg zu seinem Todesschuß einen falschen Schritt machte. Der Körper des Wächters hatte die häßliche Form einer umgekehrten Pyramide.

Langsam zog Mencken seine Füße auf die Kante des Bettes, legte seine Unterarme auf die Knie vor ihm und zog Vergeltung in Betracht, während er die Entfernung zwischen ihnen abschätzte. Das altehrwürdige Ritual solcher Orte verlangte gegenüber einem zum Tode verurteilten Mann absolute Höflichkeit. Nicht wahr?

Die Zelle war klein, weniger als drei Meter von der einen zur anderen Seite. Mencken kannte ihre Ausdehnungen genau.

Peters Augen glitten zu den Autoritäten, die sich hinter den Gittern berieten. Johanson würde ihm kaum Spielraum lassen. Es gab zu viele Zeugen.

Peters Blick glitt zurück zu Mencken. Seit Peters die Zelle betreten hatte, hatte Mencken nicht einen Augenblick lang die Augen von ihm gelassen. Mencken hatte natürlich einen letzten Wunsch. Die Behörden, die diese Institution führten, gewährten ihren Schutzbefohlenen solche Gefälligkeiten nicht, und Mencken wußte das, aber da der schniefende, scheinheilige Priester auf Matilda getreten war, dachte er, Peters sei dafür der richtige. Mencken wandte seinen Blick dem Priester zu, der Menckens Starren mit einem mitleidigen Blick erwiderte. Menckens Augen glitten zu Matilda, dem klebrigen Schleim auf dem Boden zwischen ihnen, dann wieder grimmig zurück. Ein verwunderter Ausdruck huschte über das freundliche, glatte Gesicht, dann wurde es durch eine Ahnung entstellt, die die Ungeheuerlichkeit seiner gedankenlosen Tat betraf. Menckens telepathisches Starren wurde intensiver, bis es das Blut der Elfen im Workshop von Santa Claus zum Gefrieren hätte bringen können, gar nicht zu reden von dem feigen Priester, der plötzlich merkte, daß er tatsächlich in Gefahr sein könnte, da der

Gefangene Mencken aussah, als würde er explodieren. Obgleich er annahm, jede überstürzte Tat des Gefangenen sei vollkommen zwecklos, begann der Mann Gottes, sich unter Menckens manischem Starren entschieden unsicher zu fühlen. Dann öffnete sich der kleine, runde Mund voller scharfer Zähne in Peters Gesicht und die ihn umgebenden, spitz zulaufenden, hündischen Gesichtszüge verschärften sich noch ein wenig, als Peters seine Version der vorletzten Frage hervorstieß.

»Fertig, Nigger?«

Der Priester schaute Peters an und schnappte nach Luft. Dann wandte er seine Augen wieder dem Gefangenen zu und stieß hervor: »Gott schütze dich, mein Sohn!« und bekreuzigte sich in verängstigter Empörung. Während er das tat, ließ er sein Gebetbuch fallen. Dadurch gewährte er seinem eigenen Leben wahrscheinlich eine Gnadenfrist, dachte Mencken ruhig. Denn der plötzliche Sympathieausbruch des Priesters überraschte Peters, der seinen letzten Fehler in Texas machte und die Augen von dem verurteilten Mann abwandte.

ZWEI

In der Todeskammer blickte Franklin Royce wieder auf die Wanduhr, dann verglich er sie mit seiner Armbanduhr. Fünf Minuten nach Mitternacht. Sie verspäteten sich. Höchst ungewöhnlich. Hinrichtungen verzögerten sich nie. Wenn sie nicht zu vorgesehener Zeit stattfanden, dann, weil sie abgesagt wurden. Aber die Begnadigung sollte per Telefon eintreffen, wenn sie im letzten Augenblick gewährt wurde. Er sah auf das Telefon, das an der erbsengrünen Wand jenseits des rostfreien Stahltisches befestigt war, und tauschte mit dem Mann Blicke aus, der dort extra postiert war, um es abzunehmen. Sie wußten beide, daß es nicht geklingelt hatte. Also war etwas schiefgegangen.

Royce zog mit der linken Hand an seinem rechten Ohr, eine gewohnheitsmäßige Geste. Es war kein leichter Job, Kriminelle hinzurichten, und es wäre etwas----hm, nicht gerade erträglicher----vielleicht aber etwas weniger nervenaufreibend, wenn es pünktlich wäre. Aber wie dem auch sei, Kriminelle hinzurichten war kein leichter Job, und keiner, bei dem man normalerweise die Hilfe eines Arztes erwarten würde. Aber Hinrichtungen waren jetzt keine einfachen Angelegenheiten mehr, nicht einmal in Texas. Jeder konnte einen Mann hängen, und ziemlich viele Leute konnten einen Hebel ziehen, der Zyanid in einen luftdichten Raum strömen ließ. Weniger Leute konnten einen Menschen ordentlich durch elektrischen Strom hinrichten; das war etwas, was häufig verpfuscht wurde. Der halb verbrannte Korpus zuckte immer noch, verlangte einen weiteren dreißig Sekunden langen Stromstoß von vierzehnhundert Volt, und die Lichter in der Gefängnisbücherei wurden wieder dunkel usw.. Aber es gab kaum jemand außerhalb der medizinischen Berufe, der qualifiziert genug war, um eine tödliche Dosis Gift abzumessen und einen Mann für die Injektion ordentlich vorzubereiten. Außerdem verlangt das Gesetz einen Arzt, der anschließend die notwendigen Untersuchungen durchführt, um zu beurkunden, daß das Leben tatsächlich zu Ende gegangen ist.

Nachdem der Oberste Gerichtshof 1976 die Todesstrafe wieder eingeführt hatte, wurde die humane Behandlung zur Kernfrage. Egal wie abscheulich das Verbrechen oder wie schuldig der Täter, die Hinrichtung sollte mit Würde ausgeführt werden. Ein Gehängter konnte zwanzig Minuten lang zu Tode gewürgt werden, vielleicht starb er überhaupt nicht, wenn beim Fall sein Genick nicht gebrochen wurde. Elektrische Hinrichtungen erreichten oft nicht sofort den gewünschten Effekt, und die Fehlschläge waren furchtbar. Zyanid funktionierte, aber man brauchte einige Zeit, es als Gas zu verabreichen, und in Anbetracht der Tatsache, daß eine Zyanid-Hinrichtung dem Staat einen Raum voll von Gas mit einer erträglichen Leiche in der Mitte hinterließ, schaffte es unangenehme Folgen, die schwer zu beseitigen waren.

Darum war man dazu übergegangen, eine tödliche Substanz direkt in den Blutkreislauf des Verurteilten zu injizieren. Das war die effizienteste und für alle Beteiligten befriedigendste Hinrichtungsmethode, sowohl für den Verurteilten als auch für die, die es beobachten mußten.

Zehn Minuten nach zwölf.

In seiner Eigenschaft als kompetenter Mediziner, überprüfte Royce noch einmal seine Geräte. Glücklicherweise hatte er noch nicht alle Apparaturen vorbereitet, denn inzwischen wäre die eine oder andere Lösung in der Nadel geronnen. Royce war ein ziemlich methodischer Mann, der entschlossen war, sicherzustellen, daß seine Technik nie so unsicher sein würde, wie es seine Hände sein konnten. Sein Stethoskop trug er natürlich, die Hörmuscheln hingen um seinen Hals und das Diaphragma steckte in seiner Hemdtasche. Auf einem kleinen Rolltischchen neben dem rostfreien Stahltisch lagen ein bernsteinfarbener Gummischlauch, zwei Flaschen mit Serum, eine

Rolle weißes Klebeband, zwei Spritzen, eine Flasche Isopropyl Alkohol, Scheren, eine Mullbinde, eine kleine Schachtel mit Watte und die Armmanschette, das runde Meßgerät, die Verbindungsschläuche und der Gummiballon des Sphygmomanometers, mit dem er den Blutdruck messen konnte. All das lag oben auf einer Akte, die die Krankheitsgeschichte des Gefangenen 61-204 enthielt, und die bald abgeschlossen würde.

Von einem hohen Infusionsständer hingen verschiedene Schläuche, Klammern und Aufhänger herunter, und ein Ein-Liter-Beutel mit einer Kochsalzlösung. Die Schläuche wanden sich um ein gläsernes Verteilstück, von dem aus ein weiteres Schlauchnetz zur Wand führte. Jenseits der Wand ----außerhalb der Sichtweite aller anderen, die mit dieser Angelegenheit zu tun hatten----würden drei Freiwillige, denen jeweils zweihundert Dollar gezahlt worden waren, auf ein Signal hin gleichzeitig die Klammern von drei Plastikschläuchen lösen. Einer der Schläuche würde die tödlichen Chemikalien in die Kochsalzlösung und von dort in den Blutkreislauf des Verurteilten führen.

Royce drückte sacht den Ein-Liter-Beutel. Der Flüssigkeitsspiegel hob und senkte sich entsprechend. In diesem Beutel befand sich ein reichlicher Vorrat an nicht giftiger Kochsalzlösung, die die Apparatur zum Zirkulieren bringen würde. Bei der Zirkulationsmethode wurde die Infusion vom eigenen Blutdruck des Verurteilten in dessen Körper verteilt.

Auf dem Tisch stand eine braune Serumflasche mit einem rosa Gummiverschluß, die drei Verbindungen enthielt. Ein starkes Barbiturat namens Sodium Thiopenthal, das gewöhnlich in der Chirurgie als Betäubungsmittel benutzt wurde----zuviel davon verursacht einen raschen Lungenkollaps. Das Salz Kaliumchlorid führt zum Herzstillstand. Und Pavulon entspannt die Muskeln, es wird ebenfalls in der Chirurgie benutzt, um eine Lähmung hervorzurufen, so daß der Patient unter dem Messer des Chirurgen nicht unkontrolliert zuckt. Heute nacht würden alle drei in einer starken Überdosis in den Blutkreislauf von 61-204 eingeführt werden.

Alles war da. Auf dem Boden hinter der stählernen Eingangstür lag die schweinslederne Arzttasche, in der sich die einer Allgemeinarztpraxis angemessenen Standardinstrumente befanden. Diese Tasche hatte Royce über seinen Onkel von seinem Großvater geerbt. Beide Verwandten hatten in Texas Medizin praktiziert. Sein Großvater hatte sich, um genug Geld zu verdienen, ziemlich viel um Tiermedizin gekümmert. In jenen Tagen hatte es in Texas mehr Rinder als Menschen gegeben.

Zwölf Uhr fünfzehn.

Royce hatte den großen Mann kaum gekannt. Er erinnerte sich, daß er sehr groß und dünn gewesen war, mit einem Kopf voller weißer Haare, die ständig durch einen immer anwesenden schmalkrempigen, schwarzen Stetson zerzaust wurden, und einem ebenso vollen und weißen Schnurrbart. Obwohl das strenge Benehmen seines Großvaters sehr humorlos gewesen war----und er war ein stahlharter Veteran von Viehkriegen, Choleraepidemien, Schußwunden, Ölbränden und aufgespießten Rodeo-Cowboys geblieben----konnte Royce niemals seinen ersten Eindruck von der unheimlichen Ähnlichkeit zwischen dem imposanten Schnurrbart und den krummen, umgekehrt aufgehängten Stierhörnern über der Scheune seines Vaters vergessen. Über einen Stellvertreter hatte Großvater ihm diese Respektlosigkeit verziehen, als der junge Franklin Royce an der Universität von San Francisco sein Examen machte----wenn auch ohne Auszeichnung----und als Doktor der Medizin nach Texas zurückkehrte. Großvaters Anweisungen an Franklins Onkel bezüglich der altehrwürdigen Arzttasche bestätigten diese Absolution.

Obwohl, dachte Royce zum tausendsten Mal wehmütig, er nie richtig hinter die Geschichte mit dem Einschußloch in der Tasche gekommen war.

Royces Vater Jesse hatte eine schöne Frau und eine große, heruntergekommene Ranch der Medizin vorgezogen und war deshalb nie besonders gut mit Großvater ausgekommen. Sonntags hatte der alte Mann immer bei seinem anderen Sohn zu Abend gegessen, auf einem gepflegten Anwesen, das ein Verwalter in Ordnung hielt, den Onkel Addison dank seiner eigenen lukrativen Stadtpraxis bezahlen konnte. Wenn Royce und sein Vater am Sonntag mit Großvater zu Abend essen wollten, dann mußten sie zu Onkel Addison fahren. Mutter kam nie mit, und niemand fragte nach ihr. Sogar im zarten Alter von sieben oder acht konnte der kleine Franklin die Spannung zwischen den drei älteren Männern spüren. Einmal war es während des Essens besonders ruhig und spannungsgeladen gewesen. Sein Vater hatte über dem Eistee geschmollt und kaum etwas gesagt. Als er die älteren Männer zur Detente zurückgelassen und durch das große, kühle Haus gewandert war, hatte Royce die Arzttasche hinter der offenen Wohnzimmertür gefunden. Die darin sorgfältig angeordneten Instrumente----das Stethoskop, die Flaschen mit Tabletten und Serum, der kleine Reflexhammer mit seinem rosafarbenen, dreieckigen Kopf und dem Chromgriff, die Glasspritzen mit ihren Kanülen aus rostfreiem Stahl----hatten ihn fasziniert. Als sie die dreiundzwanzig staubigen Meilen von Addisons Besitz nach Hause fuhren, fragte Royce seinen Vater nach dem Einschußloch. »Hm, zum Teufel, Franklin«, er ließ die Zügel über den Rücken des Pferdes vor ihnen zucken, »wahrscheinlich hatte er die verdammte Tasche in Alamo dabei.«

Zwanzig nach zwölf.

Der Raum, in dem die Hinrichtung planmäßig vor zwanzig Minuten hätte stattfinden sollen, war ursprünglich als Gaskammer gestaltet worden. Das war immer noch zu erkennen. Der Raum war sechseckig. Der mit Terrakotta geflieste Boden hatte ein leichtes Gefälle zu einem 20 cm breiten Abfluß. An einer Wand des Sechsecks stand ein großer, stabil gebauter Holzstuhl, über den kreuz und quer dicke Lederriemen mit schweren Metallschnallen liefen. Eine schmale Klapptür war neben dem Stuhl in die Wand eingebaut, etwa dreißig Zentimeter über dem Boden. Auf ein Zeichen des Direktors wurden Sodiumzyanidkügelchen durch die Tür fallen gelassen. Sie fielen neben dem Stuhl in einen Becher mit Schwefelsäure, und die darauffolgende Reaktion gab Zyanidgas in den Raum ab. Ein kompliziertes System gleichmäßig im Raum verteilter Gebläse stellte theoretisch die gleichmäßige Verteilung der tödlichen Dämpfe sicher. Aber der Verurteilte wurde sicherheitshalber direkt unter einem Gebläse und so nah wie möglich am Ausgangspunkt der Dämpfe auf dem Stuhl festgebunden, damit er sich so schnell wie möglich zu Tode atmete. Die Methode funktionierte fast immer, aber manchmal dauerte es lange----besonders wenn der Verurteilte versuchte, den Atem anzuhalten.

Die Wand direkt gegenüber des Stuhles bestand von Hüfthöhe bis an die Decke aus Glas, jetzt waren Vorhänge davorgezogen. Jenseits davon befanden sich zwei Bankreihen für die vom Gesetz vorgeschriebenen Zeugen und auch Platz zum Stehen. Das Fenster war doppelt verglast, um sicherzugehen, daß die Zyaniddämpfe eingedämmt wurden. Aber wegen des unbeabsichtigten Schallschutzes mußte ein Mikrophon in der Todeskammer installiert werden----mit einem Lautsprecher in der Wand über den Zeugen, so daß sie die letzten Worte des Verurteilten hören konnten, vielleicht ein ausgestoßenes Geständnis. Noch nie hatte es jemand unterlassen, nach diesen Ereignissen eine Bemerkung über die seltsame Wirkung zu machen, die eintrat, wenn man durch das dicke Fenster den Todeskampf des Verurteilten beobachtete, während man ihn über ein billiges Lautsprechersystem, das für Verzerrungen und quäkende Rückkoppelungen anfällig war, röcheln hörte. Jeder Journalist, der hier jemals zum erstenmal Augenzeuge einer Hinrichtung wurde, hatte anschließend geschrieben, daß kein Krimineller, der eine Nacht unter den Zeugen einer Hinrichtung auf der anderen Seite des Glases verbringen würde, rückfällig werden konnte.

In der Neuzeit war das System kaum geändert worden. Ein rostfreies Stahlbett hatte den hölzernen Stuhl ersetzt, und die tödliche Spritze hatte den Strick, die Elektroden und die Zyanidkügelchen verdrängt. Aber das Fenster blieb----genau wie der Brauch, eine gewisse Anzahl Zeugen zuzulassen, genau wie die direkte Verbindung zum Büro des Gouverneurs, genau wie die Möglichkeit der Begnadigung in letzter Minute, genau wie die Todesstrafe, genau wie die Kapitalverbrechen.

Fünfundzwanzig Minuten nach Mitternacht, gerade als Franklin Royce und dem, neben dem Telefon stehenden, anonymen Wächter die introspektiven Gedanken ausgingen und sie beabsichtigten, miteinander zu reden, um die Zeit totzuschlagen, sprang die Tür zur Todeskammer auf. Ein aufgeregter Wächter in dem blauen Overall und den Springerstiefeln mit der Kreppsohle, wie sie die Männer seines Berufes trugen, eilte hinein, um die beiden Männer in dem Raum zu informieren.

»Er hat Peters umgebracht!«

Royce und der Mann am Telefon glotzten verständnislos.

»Wer?« fragte der Mann am Telefon.

»Mencken! Tötete ihn sekundenschnell, einfach so, brach ihm das verdammte Genick mit den Ketten zwischen seinen Handgelenken, als Peters zu ihm reinging, um ihn zu holen! Der sauberste Schlag, den du gesehen hast.« Er schnipste mit seinen Fingern. »Einfach so. Und seine Beine waren immer noch an sein Bett gekettet!«

Der Wächter am Telefon, dessen Hautfarbe schwarz war, erlaubte sich ein Grinsen und sagte ziemlich sachlich: »Dieser verdammte Nigger.«

Obwohl der zwanzigminütige Spaziergang vom Vordertor bis zur Gaskammer----wie sie hier immer noch genannt wurde----einen Laien sogar um Mitternacht sehr verblüffen konnte, wußte Royce wenig von dem, was in der Gefängnisgesellschaft vor sich ging. Aber am Gesichtsausdruck des schwarzen Wärters war leicht zu erkennen, daß dieser Bote noch ein wenig weiter reisen mußte, bevor er jemanden fand, der diesen Kerl Peters vermissen würde.

»Ich hole meine Tasche«, sagte Royce.

»Nicht nötig«, sagte der Bote. »Sie haben ihn schon ins Krankenrevier geschleppt. Der Direktor meint, ihr sollt euch nicht von der Stelle rühren. Sie werden Mencken trotzdem runterbringen.«

»Ohne Verhandlung?« fragte der Mann am Telefon.

»Hatte schon 'ne Verhandlung«, sagte der Bote. »Der Direktor sagt, dieser Mann hat schon genug Ärger gemacht, und daß Peters in Erfüllung seiner Pflicht gestorben ist, die darin bestand, Mencken zu seiner letzten Strafe zu eskortieren. Und seine letzte Strafe wird er kriegen. Heute nacht.«

Der Mann sah wieder Royce an. »Der Direktor sagt, ich soll sagen, sie sind gleich da. Der Gefangene hat Schwierigkeiten, die Nerven zu behalten.«

Es gab keinen Zweifel, was das bedeutete. Der Bote verschwand auf dem Weg, auf dem er gekommen war und ließ die Tür offen.

»Alles was wir jetzt brauchen«, sagte der Mann am Telefon wie zu sich selbst, »ist, daß dieses Telefon jetzt anfängt zu läuten.«

Neue Geräusche erreichten sie vom Korridor: von sich öffnenden Stahltüren; von Männern, die küßten, pfiffen, Lebewohl schrien, Beleidigungen und Rufe; Klappern, Krachen, dann Ruhe; gefolgt vom Geräusch vieler Schritte auf Kreppsohlen, und etwas wurde den Korridor hinuntergezerrt. Aus einem Augenwinkel sah Royce, daß der Vorhang, der den Zeugenraum abtrennte, weggezogen wurde. Er blickte dort hin. Mehrere Männer und zwei Frauen standen unsicher zwischen den Bänken jenseits des Glases. In einem erkannte er einen Kolumnisten des *Dallas Star*, einen entschiedenen Verteidiger der Todesstrafe. Die anderen hielt er für Presseleute oder Beamte, vielleicht aus dem Büro des Bezirksstaatsanwaltes. Er hatte sich wirklich niemals über die Leute gewundert, die zu solchen Sachen kamen, warum sie kamen, wer sie waren. Aber er fragte sich, wie lange es wohl noch dauern würde, bis einer oder mehrere dieser Menschen durch Fernsehkameras begleitet oder ersetzt werden würden. Jetzt sah er sie an, und sie sahen ihn an. Sobald die Vorhänge zurückgezogen worden waren, würde die Faszination des Todes und seine Einfälle sie nicht verlassen----bis die Vorhänge wieder geschlossen wurden. Was dachten sie von ihm, dem Arzt jenseits des Fensters, als er seine weißen Hemdsärmel bis zum Ellbogen aufrollte und seine Krawatte abnahm? Feuchte Schweißflecken waren unter seinen Armen und auf dem Rücken am Hemd erschienen, aber Schweiß war im sommerlichen Texas nichts Ungewöhnliches, nicht einmal nachts. Er nahm das Summen der langen Zwillingsneonröhren über sich wahr, die genau die Länge des Bettes hatten. Da sowohl die Tür zur Gaskammer als auch die Tür zum Zeugenraum sich nebeneinander auf den gleichen Gang öffneten, hatte er gerade begonnen, das Murmeln der gedämpften Gespräche zwischen den Zeugen wahrzunehmen, als das aufdringliche Drängeln gummibeschuhter Füße es übertönte. Fünf Wärter erschienen an der Tür und zerrten die zusammengesackte hemdlose Gestalt des Gefangenen 61-204 hinter sich her. Sie hatten ihn bewußtlos geschlagen.

Royces Kiefer straffte sich bei dem Anblick, und er warf Direktor Johanson und Reverend Thomas einen harten Blick zu, als sie der bemitleidenswerten Gestalt durch die Tür folgten.

»Was ist das?« fragte Royce kalt, ohne seine Augen von Johanson abzuwenden. »Lynchjustiz?«

Direktor Johanson war ein großer Mann----und ein harter Mann. Er war seit zweiunddreißig Jahren in Strafanstalten, und Huntsville war acht Jahre davon sein Baby gewesen. Mencken hatte ihm sehr viel Ärger gemacht. Hätte Johanson sich jemals die Zeit genommen, sich persönlich um den Fall zu kümmern, dann hätte er eine Verurteilung gefunden, die auf einer etwas weniger ordentlichen Überführung beruhte, als man sie bei einem Mordprozeß gern sah, aber es war ein Schuldspruch durch eine Jury, punktum. Johansons Job begann hinterher, und so sah er auch aus. Er wog mindestens hunderfünfzehn Kilo, hatte einen Glatzkopf und eine gebrochene Nase und stand dort mit seinen 1,88 Meter in teuren Lederreitstiefeln, die irgendein Kalfaktor makellos glänzend für ihn hielt. Er trug stets eine dunkle Brille und einen breitkrempigen Stetson----außer, augenscheinlich, bei Hinrichtungen----und einen Conchogürtel mit einer Silberschnalle in Form eines Stierkopfes mit silbernen Hörnern und Augen aus Türkisen.

Johanson blickte mitleidig auf Bobby Mencken, der offensichtlich bewußtlos, zwischen zwei Wärtern hing----einer für jeden Arm. Mencken blutete stark aus vielen Schnitten und Schrammen am ganzen Oberkörper, und sein Gesicht hatte schon begonnen, anzuschwellen. »Das ist ein harter Mistkerl«, sagte Johanson und rieb die Knöchel seiner rechten Hand. »Er hat gerade kaltblütig einen guten Mann umgebracht.« Er blickte sich um und hob die Stimme. »Peters war der einzige, dem ich zutraute, Mencken aus seiner Zelle zu holen, wenn seine Zeit gekommen ist.« Er senkte die Stimme und betrachtete den bewußtlosen Mann. »Er brach Peters das Genick, mit dieser verdammten dreißig Zentimeter langen Kette zwischen seinen Fäusten.« Royce konnte das Blut neben den eisernen Handschellen sehen. Johanson wies auf Mencken und schüttelte den Kopf. »Dann spuckte er dem Mann ins Gesicht und stieß ihm mit dem Knie in die Eier, als er starb.« Er warf einen wütenden Blick auf das rote Telefon. Der Mann, der es bewachte, scheuchte ein Lächeln aus seinem Gesicht. »Selbst wenn er begnadigt würde«, knurrte Johanson, »würde er hier nicht lange überleben. Die anderen Wärter würden sich mit keinem Mann abfinden, der einen von ihnen getötet hat.« Er saugte nachdenklich an einem wunden Knöchel. »Ich dachte schon, wir hätten den Dreckskerl erschießen müssen, um ihn hier herunter zu kriegen.«

Royce hob eine Augenbraue. Es war kaum zu glauben, daß Mencken zu so einem Energieausbruch fähig gewesen war. Royce hatte Mencken genug Valium verschrieben, um zehn arbeitslose Schauspielerinnen zu beruhigen.

»Wir sollten ihn säubern«, sagte Royce.

»Sie säubern ihn«, entgegnete Johanson.

»Wartet«, sagte Royce zu den Wärtern, die Mencken auf den Tisch legen wollten. »Haltet ihn hoch. Jemand soll mir ein paar Handtücher holen, und gebt mir die Tasche, die hinter der Tür steht.«

Die vier Wärter schauten Johanson an, der nickte. »Laßt ihn nicht los«, warnte er und verließ den Raum. Royce sah ihn den Raum hinter der doppelten Glaswand betreten. Zweifellos wollte er sich für die Unpünktlichkeit entschuldigen und vielleicht eine später gedruckte Bewertung des Spektakels entschärfen. Royce hatte erwartet, daß Johanson Journalisten besser kennen würde.

Ein Wärter tauchte mit einigen Handtüchern auf. Royce tränkte eins davon mit Wasserstoffsuperoxyd und wollte damit beginnen, das Blut von Menckens zerfleischtem schwarzen Rumpf abzuwischen.

»Das wird brennen«, sagte er zu dem wahrscheinlich bewußtlosen Mencken und fing vorsichtig an.

»Tu mir nur weh, du Motherfucker«, sagte der Mann durch geschwollene, aufgeplatze Lippen. Doch seine Augen blieben geschlossen und sein Atmen flach.

»Zäher Kerl«, sagte Royce. Das Superoxyd schäumte rötlich braun, als es in die offenen Wunden floß. Royce hatte niemals zuvor solche Tätowierungen gesehen. Sie bedeckten vollständig Menckens Oberkörper und verschwanden unter dem elastischen Bund seiner blut- und schweißgetränkten Gefängnishose. Anders als die schlichten bildlichen Tätowierungen des durchschnittlichen weißen Gefangenen----Spinnen, Gewehre, Messer usw.----waren Menckens Muster abstrakt und vollkommen fremd für Royce, genau wie die Tätowiermethode. Sie umhüllten den Körper des Mannes in schichtweisen Ketten erhöhter Borte, als wenn Ketten aus kleinen Perlen gerade unter die Haut geschoben worden wären und die Pigmentierung durch die daraus folgende Vernarbung erfolgt wäre. Zusammen mit der gesprenkelten roten Farbe, die von den zwei langen Fingernägeln abblätterte, die während des Kampfes nicht abgebrochen wurden, war Menckens Erscheinung exotisch.

»Yeah«, flüsterte der Schwarze mit immer noch geschlossenen Augen, »jetzt bin ich am zähesten.« Seine Stimme verklang.

Royce betupfte mit dem Handtuch die gespaltenen Lippen. Als sie vor der Berührung zurückzuckten, konnte er sehen, daß Menckens Schneidezähne ruiniert waren. Er schaute auf die in Schweiß gebadeten Wärter, die Mencken hielten. Keiner von ihnen war unversehrt geblieben.

»Wofür hast du ihn umgebracht?«

Mencken spuckte unrationell kleine rote Speichelmengen aus. »Mein Bleistift«, stotterte er schwach. »Holt...führt meinen...Bleistift...«

Royce stand auf und trat zurück. Er hatte getan, was er konnte.

»Nehmt ihm diese Ketten ab und legt ihn auf den Tisch.«

Die vier Wärter hoben Mencken hoch und legten ihn über den Tisch, während ein fünfter die acht Gurte und zwei Handschellen ordnete, die dazu bestimmt waren, den verurteilten Mann zu fesseln. Sie hatten Menckens Beine festgeschnallt, und Royce hatte seine Aufmerksamkeit seiner Tasche gewidmet, als er ein lautes Stöhnen hörte.

»Haltet ihn!« schrie ein Wärter. Royce sah hoch und erblickte die außergewöhnliche Szene, wie Mencken zwei erwachsene Männer hochstemmte. Auf beiden Seiten des Tisches zuckten die Füße der Wärter, die Menckens Arme gehalten hatten, über dem Boden. Zentimeter für Zentimeter wurden sie allmählich von Mencken angehoben, der zweifellos in dem Tumult in seiner Zelle ein paar gebrochene Rippen davongetragen hatte. Jede seiner geballten Fäuste schob er langsam gegen die Decke. Die Wärter thronten in Todesangst auf den Fäusten und stiegen schreiend auf, als schwämmen sie plötzlich unerwartet.

»Stoppt ihn! Stoppt die Drecksau!« Der Mann, der die Gurte hielt, erledigte das tadellos, indem er mühelos über die Kante des Tisches sprang und mit den Knien zuerst schwer auf Menckens Solarplexus prallte. Sofort entwich in einem Schrei die Luft aus Menckens Körper und nahm seine Kraft mit. Und der Mann auf Menckens Brustkorb knallte eine Faust seitlich gegen den Kopf des Gefangenen. Der Schlag betäubte Mencken, und die Wärter konnten ihn leicht mit den Gurten zu Ende fesseln, wobei sie sich Zeit ließen. Royce stand daneben, entsetzt und hilflos.

Die Wärter verschwanden, ließen Mencken auf dem rostfreien Stahltisch festgezurrt zurück. Er starrte an die Decke, sein Brustkorb hob und senkte sich, sein Atem beschränkte sich auf ein flaches Pfeifen im Hals. Er war in rosagefärbten Schweiß gebadet.

Royce blickte zum Fenster. Der Direktor war immer noch im Zeugenraum, hieß mit dem Rücken zum Glas die Presseleute herzlich willkommen. Aber die starrten fast alle in die Todeskammer, ihre Bleistifte lagen leblos auf ihren Notizblöcken, und fürchteten sich vor dem, was sie gerade gesehen hatten.

Royce nahm eine kleine, mit einem Gummiverschluß versehene Serumflasche aus seiner Tasche.

»Hör zu«, sagte er ruhig zu Mencken, »kannst du mich hören?«

Mencken sagte nichts, mit geschlossenen Augen rang er nach Atem.

Royce blickte auf die Flasche in seiner Hand, dann schaute er zu dem schwarzen Wärter, der immer noch das Telefon an der Wand bewachte. Der Gesichtsausdruck des Mannes war undurchdringlich wie eine Maske, er sah weg.

»Kannst du mich hören?« flüsterte er wieder.

»Mann«, kam Menckens Stimme heiser zwischen Keuchen. »Ich bin...lächerlich...voll da. Hab' ich was verpaßt? Bin ich tot?«

»Nein, aber du bist schwer verletzt.«

»Hey«, stöhnte Mencken, »du mußt so 'ne Art Doktor sein...oder so was...« Ein Blutstropfen erschien an einer Mundecke und rieselte über seine Wange.

Royce wischte ihn weg. »Du wurdest mit Valium vorbereitet?«

»Darum muß ich mich wohl...« keuchte Mencken, »so...so ruhig, so heiter fühlen...« Seine Augen blieben geschlossen, sein Gesicht war vor Schmerzen verfallen.

Royce sprach schnell: »Hör zu, man erwartet, daß ich dir Lidocaine spritze, um deine Arme zu betäuben, bevor ich die Infusionsschläuche einführe. Ich will Morphium hinzufügen, das wird mehr als nur deinen Ellbogen betäuben. Aber du mußt mir versprechen, daß das unser kleines Geheimnis bleibt. Okay? Einverstanden?«

»Mann«, sagte Mencken sofort, »Scheißt ein Bär in den Wald?«

»Okay.« Royce blickte den Mann neben dem Telefon an, der stur geradeaus schaute. Sein Job war es, auf das Läuten des Telefons zu achten.

Royce zog eine kleine Spritze mit sieben Milligramm Morphinsulfat auf. Die Nadel quiekte, als er sie aus dem Gummiverschluß der Serumflasche zog. Er drehte die Spitze nach oben und entfernte die Luft, indem er den Taucher langsam herunterdrückte. Ein kleiner Strahl Flüssigkeit spritzte gegen die Decke.

Mencken hatte seine Augen geöffnet. »Verschwende das Zeug nicht an die Decke, Mann.«

Er band Menckens linken Arm mit einem Schlauch ab. Sofort zeichnete sich in der Armbeuge des Gefangenen gut eine Ader ab, und er betupfte sie mit einem Wattebausch. Plötzlich verbreitete sich in dem Raum der Geruch von Alkohol.

»Ich hab' mich gefragt, welche es sein würde«, flüsterte Mencken.

»Entschuldige«, erwiderte Royce leise, »normalerweise frage ich, aber die linke war gut geeignet. Egal, später sind's beide.« Als die Spitze die gekrümmte Wand der Ader durchstieß, drückte Royce geschickt die Spritze herunter und schob die ganze Länge der Nadel hinein. Er zog den Taucher ein wenig zurück, und Blut stieg durch die ganze durchsichtige Länge der Spritze nach oben. Dann drückte er langsam den Taucher, zwang den Inhalt der Spritze in Menckens Arm und öffnete den Knoten des Schlauches.

»Ohhhh«, stöhnte Mencken laut. »Doktor...« und er hob sein Becken, so weit es die Gurte erlaubten, von der Tischplatte gegen die Decke und kreiste damit obszön, wenn auch nur lahm.

Royce war bestürzt und verwundert über den physischen und psychischen Widerstand dieses an den Tisch gefesselten Mannes, der dem Tod ins Auge sah, ohne daß seine Verachtung für alles um ihn herum auch nur für einen Augenblick abnahm.

»Hey, Doc.« Menckens Stimme war schläfrig, entspannt.

»Ja?«

»Boot it?«

Also war Mencken ein Junkie, oder war einer gewesen. Royce kannte den Ausdruck. Mencken bat ihn, etwas von seinem Blut zurück in die Spritze zu ziehen und es dann in den Blutkreislauf zurückzuführen----zwei- oder dreimal. Unter den Begleitumständen einer normalen Heroinsucht war so was nur folgerichtig, diese Praxis garantierte dem Süchtigen, daß er auch den letzten Tropfen der kostbaren Droge aus der Spritze herausbekam. Auf jeden Fall war es ein psycho-sexueller Kniff, der mit der Ethik der heutigen Ereignisse überhaupt nicht in Einklang zu bringen war.

»Vertrau mir«, sagte Royce und entfernte die Nadel.

Mencken entspannte sich und seufzte zitterig, tief. »Mann, das...ist gut...«

»Versuch, nicht einzuschlafen«, bat Royce. »Es sieht etwas komisch aus, wenn du nicht wachbleibst für...du weißt schon...« Vielleicht sollte ich Riechsalz nehmen, dachte Royce.

»Doc?«

»Ja, rede nur. Das wird helfen.«

»Doc, bist du betrübt...wegen der Ironie...deiner gegenwärtigen...menschlichen...Bemühungen?«

Menckens Stimme war kraftlos. Royce schaute ihn an. Die Augen des Mannes waren immer noch fest zusammengepreßt, weil er so die Schmerzen der erhaltenen Prügel besser ertragen konnte, und in seinem Blutkreislauf zirkulierte Morphium, trotzdem war er so wachsam, wie man es an der Schwelle zur eigenen Hinrichtung nur erwarten konnte.

»Du meinst, deine Schmerzen zu lindern, es dir so angenehm wie möglich zu machen, kurz bevor sie dich töten?«

»Ja...Yeah...«

»Mehr oder weniger, Mencken. Mehr oder weniger.«

»Yeah«, Mencken lächelte abwesend, »ich auch. Wir...könnten eine interessante...Diskussion führen...«

»Die ganze Zeit rede ich mit mir selbst darüber«, murmelte Royce. Er preßte einen mit Alkohol getränkten Wattebausch auf den Blutstropfen, der in der winzigen Einstichwunde erschien, als er die Nadel entfernt hatte.

»Doc«, flüsterte Mencken.

»Ja, Mencken.«

Mencken öffnete seine Augen einen Spalt breit und sah Royce an. Seine Stimme kam und ging, aber sein Blick blieb fest. »Es ist...ironischer...als du...glaubst...«

Royce hielt den Blick der feuchten, scheuen Augen einen Augenblick stand, dann sah er weg. »Sicher ist es so, Mencken«, sagte er. »Sicher ist es so.«

»Yeah...Viel...« Mencken seufzte und schloß wieder die Augen.

Royce beschäftigte sich damit, die Details der Prozedur zu erledigen. Schnell führte er in beide Unterarme Menckens, gerade unterhalb der

Innenseiten der Ellbogen, intramuskulär eine kleine Menge Lidocaine ein, ein örtliches Betäubungsmittel. Wieder war es sehr still in dem Raum, und während er arbeitete, konnte Royce hören, daß Johanson in dem anderen Zimmer gedehnt sprechend einige offizielle Mitteilungen machte. Er beantwortete Fragen der Presse.

Nach einem Augenblick tippte Royce an den Arm, in den er zuerst die Spritze gesetzt hatte.

»Fühlst du das?«

Mencken sagte nichts.

»Sag schon«, überredete Royce ihn. »Die Infusionen sind ziemlich unangenehm.«

»Ich merk' nichts«, flüsterte Mencken, dann räusperte er sich.

»Okay.« Royce spulte einen Schlauch von dem rostfreien Stahlständer an der Wand ab und befestigte eine sterile sechzehner Nadel daran. Er überprüfte die ganze Länge des Schlauches auf Luftblasen, dann öffnete er eine Klammer so lange, bis die Erdanziehungskraft einen Tropfen Flüssigkeit zwang, in dem hohlen Oval der Nadel zu erscheinen. Dann befestigte er die Klammer wieder.

»Das ist die erste«, sagte er ruhig. »Du wirst Druck spüren.« Er drückte die dicke Nadel in die Vene. Mencken stieß ein wenig Luft durch die Nase aus, aber seine Augen blieben Schlitze, und er sagte nichts.

Royce wickelte eine Mullbinde um den Schlauch und den schweißnassen Unterarm. Er wiederholte die Prozedur am anderen Arm, dann entfernte er an beiden Schläuchen die Klammern. Bald begann eine rote Schleife aus Blut und Kochsalzlösung zu zirkulieren, aus Menckens linkem Arm durch das Netzwerk der Schläuche und den Glasverteiler zurück in seinen rechten Arm.

Während Royce diese Installationen beobachtete, wechselte er mit dem Mann Blicke, der am Telefon Wache stand. Als Gefängniswärter hatte dieser Mann sicher schon viel gesehen, aber es war für ihn nicht leicht, die Vorbereitung für die Infusion zu beobachten. Jetzt blies er die Luft aus seinen Wangen, atmete langsam ein und preßte ein Taschentuch gegen seine Augenbraue, als er wegschaute.

Royce berührte die Schulter des verurteilten Mannes. »Alles startklar.«

Mencken starrte an die Decke. »Jambalaya«, sagte er.

DREI

Nachdem er sich die Nase geputzt und sein Meßgewand angezogen hatte, betrat der Priester, gefolgt von Direktor Johanson, die Todeskammer. Beide hatten eine Rolle zu spielen, und indem sie die Gewalt vergaßen, deren Zeuge sie beide erst vor kurzem gewesen waren, fingen sie an, sie zu spielen.

»Allmächtiger Gott«, seufzte der Geistliche, »zu Dir, Herr, erhebe ich meine Seele. Der Herr ist mein Licht und mein Heil. Ich bin gewiß, zu schauen die Güte des Herrn im Lande der Lebenden. Meine Seele dürstet nach dem lebendigen Gott. Herr, in Deine Hände leg ich voll Vertrauen meinen Geist...«

Und so weiter. Während der Geistliche las, knallte ein Wärter die stählerne Eingangstür der Gaskammer ohne jedes Fingerspitzengefühl zu. Die Wanduhr zeigte viertel vor eins. Der Verlauf der Dinge war jetzt unvermeidlich. Schweißperlen glänzten gut beleuchtet auf Menckens nach oben gedrehtem Gesicht. Johanson wippte auf den Spitzen und Absätzen seiner Reitstiefel hin und her und faltete und öffnete seine hinter dem Rücken versteckten Hände. Der Wärter neben dem Telefon unterdrückte ein Gähnen.

»Wärter«, sagte Royce, gerade als der Priester, der neben dem auf dem Rücken liegenden Gefangenen stand, mit einem anderen Gebet begann.

»Dr. Royce?«

Royce deutete schwungvoll auf die dreißig Zentimeter breite, weiße Uhr oben an der Wand über dem Telefon. »Ist es Ihnen eigentlich in den Sinn gekommen, daß es jetzt keine Chance für eine Begnadigung mehr gibt? Sehen Sie auf die Uhr.«

Johanson sah nicht auf die Uhr. »Was ist damit?«

»Der Stab des Gouverneurs denkt, daß dieser Mann seit fünfundvierzig Minuten tot ist. Sollten Sie nicht anrufen und ihnen sagen, daß es eine Verzögerung gab?«

Johanson blickte finster drein. »Sie machen Ihren Job, und ich kümmere mich um meinen, Dr. Royce.« Er wies auf Mencken. »Dieser Mann ist zum Tode verurteilt, und er wird sterben. Wir sind spät dran.«

Johanson drehte sich zum Priester um und bellte: »sind Sie fertig?«

Der Priester, der seinen Kopf im Gebet gebeugt hatte, schaute auf.

»Gut«, sagte Johanson. Er nahm ein maschinebeschriebenes Blatt Papier aus seiner Hüfttasche, entfaltete es und las es laut vor.

»Robert Lambert Mencken, auf Anordnung des Obersten Gerichts des Staates Texas wurden Sie des Mordes in einem besonders schweren Fall angeklagt und für schuldig befunden und nach dem Ausschöpfen aller Berufungs- und Gnadenmöglichkeiten zum Tode verurteilt. Gegen diesen Schuldspruch kann keine Berufung mehr eingelegt werden. Zu dieser Stunde sind Sie hier, um den Befehl des Gerichts auszuführen, dessen Urteil lautet: Tod durch die Infusion von chemischen Substanzen in den Blutkreislauf, bis das Leben in ihrem irdischen Körper zu existieren aufgehört hat. Vom Staat Texas als human und erforderlich angesehen, Gesetz Nummer 2838-21.5, bestätigt vom Obersten Gerichtshof der Vereinigten Staaten von Amerika im Jahre des Herrn neunzehnhundertundsechsundsiebzig, und seitdem nicht aufgehoben.«

Direktor Johanson hielt inne, um sich mit einem grauen Taschentuch die Stirn abzuwischen. Stille herrschte im Raum. Hinter dem doppelt verglasten Fenster saßen sechs Zeugen in der doppelten Bankreihe, und ein siebter stand daneben. Bis auf die Notizen, die sich einige machten, hätten sie auch fernsehen können.

»In Übereinstimmung mit diesem Gesetz, Robert Lambert Mencken, haben Sie ein letztes Mahl Ihrer Wahl erhalten, und die Möglichkeit der Intervention aus Milde und Gnade des Staates, repräsentiert durch den regierenden Gouverneur, wurde bis zum letztmöglichen Moment gesichert. Als Direktor dieses Gefängnisses und Beauftragter des Staates informiere ich Sie jetzt, daß, nachdem alle Möglichkeiten der Berufung, Begnadigung und Milde ausgeschöpft wurden, der Wille des Volkes von Texas jetzt ausgeführt wird. Möge Gott Ihrer Seele gnädig sein.«

Johanson faltete das Papier, steckte es in seine Hüfttasche zurück und sah Royce an.

»Dr. Royce, es versteht sich von selbst, daß Sie als Mitglied der Medizinerschaft hier nur aus menschlichem Verantwortungsgefühl sind, um sicherzustellen, daß der verurteilte Mann während seiner Bestrafung so wenig wie möglich leidet. Sie sind nicht hier, um ihm diese tödliche Gabe zu verabreichen. Nachdem dies klargestellt ist, sind Sie vorbereitet, um den Gefangenen für die Injektion fertig zu machen?«

»Ja«, sagte Royce.

»Robert Lambert Mencken«, fuhr Johanson fort, »haben Sie noch einige letzte Worte?«

Als Mencken es versäumte, auf diese Frage zu antworten, dachte Royce, er sei vom Morphium überwältigt worden. Menckens Augen waren geschlossen. Sein Atem ging ruhig. Er sah sehr zufrieden aus. Royce dachte an die Flasche mit Riechsalz in seiner Tasche.

Johanson wandte sich an die Zeugen. »Der verurteilte Robert Lambert Mencken hat nichts mehr zu sagen. Wenn Dr. Royce----«

»Wie wär's mit "Ich bin froh, ihn umgebracht zu haben"?« sagte Menkken mit kräftiger, klarer Stimme.

Johanson drehte sich um.

Stille.

Johanson und Royce tauschten einen Blick aus.

Plötzlich wurde Johansons Gesicht purpurrot. Royce konnte sehen, wo er seit fünfundvierzig Jahren jeden Morgen um fünf Uhr dreißig seine Wangen mit einem Rasierapparat säuberte. Plötzlich schrie Johanson: »Und was ist mit der armen Mutter von fünf Kindern, die du wegen eines Sechser-Packs weggeblasen hast!«

Menckens Augen sprangen auf, sie waren vom Schmerz überflutet. Sein Gesicht verzog sich vor Wut. »*Ich war's nicht*----« Er hielt inne.

»Du warst es nicht«, knurrte Johanson, seine Stimme triefte vor Verachtung.

Aber Mencken beobachtete Royce. Royce beobachtete Menckens Augen. Das Gesicht entspannte sich, aber die Augen wiederholten den Einwand. »Ich war's nicht«, sagten sie so beredt wie die Stimme des Mannes----vielleicht überzeugender. Aber Menckens Mund verzog sich spöttisch, und er sagte: »Ich hatte nicht vor, Pit Bull umzubringen, Direktor. Ich versuchte nur, den Hurensohn für sein ganzes Leben zu lähmen.« Er schloß die Augen.

»Peters war ein gottesfürchtiger Mann, der seine Pflicht tat, als er sah...« Johanson unterbrach sich mitten im Satz. Sein Mund verzerrte das Gesicht in eine häßliche Maske, und in seiner Wange zuckte ein Muskel. Ein Augenblick verging, dann zwei.

»Ist das alles, was der Gefangene zu sagen wünscht?« fragte Johanson in einem offiziellen, unbeteiligten Tonfall.

Stille.

»Dr. Royce.« Johanson drehte sich um und nahm eine Position an der

Wand ein, neben dem roten Telefon, das die Gaskammer mit dem Büro des Gouverneurs von Texas verband.

Royce blickte zum Telefon. Seit Mitternacht gab es keine Chance mehr, daß es läutete. Vor Mitternacht war die Chance verdammt klein gewesen. Es war Freitagnacht, oder vielmehr Samstagmorgen. Es war ziemlich wahrscheinlich, daß der Gouverneur noch nicht die letzten Gäste eines großen Barbecues zum Sammeln von Wahlkampfspenden auf seiner Ranch weggeschickt hatte. Die Ranch war zweihundert Meilen vom Amtssitz des Gouverneurs in Austin entfernt.

Royce näherte sich dem kleinen Tisch rechts neben dem festgegurteten Gefangenen und nahm die Manschette des Blutdruckmessgerätes. Als er sie um Menckens linken Bizeps legte, öffnete Mencken die Augen.

»Darfst du reden?«

Royce schaute zu Johanson. Johanson sagte nichts.

Wenn man bedachte, daß seine Lage ähnlich der eines Mannes war, der ohne Fallschirm in der Tür eines Flugzeugs stand und der fühlte, daß ihn der Luftstrom hinauszog, dann war Mencken ruhig. »Wie steht's?« fragte er. Er hätte genauso gut über ein Footballspiel oder einen Mietvertrag sprechen können.

Royce holte tief Atem, dann erklärte er es mit sanfter Stimme, während er die kratzende Manschette anpaßte.

»Jetzt zirkuliert in den Hauptadern in deinem Arm eine harmlose Kochsalzlösung. Wenn der Direktor das Zeichen gibt, werden drei Leute dort hinter der Wand, Klammern von drei Schläuchen nehmen. Die Salzlösung wird durch alle Schläuche laufen, und zurück in dein Blutsystem, aber einer ist mit der Flasche da verbunden.« Royce wies mit dem Kinn zu der Flasche auf dem Tisch hinter dem Kopf des Gefangenen. Mencken drehte die Augen und betrachtete sie.

»Niemand weiß, welcher Schlauch heiß ist«, sagte Mencken.

»Richtig. Zuerst wirst du dich schläfrig fühlen. Wenn es soweit ist, versuch ein paarmal tief einzuatmen.«

»Sicher«, sagte Mencken. »Soll ich nicht von hundert an rückwärts zählen?«

Royce zupfte an seinem Ohr. »Dafür wirst du keine Zeit haben.«

Mencken saugte an einem Zahn. Sein Gesicht glänzte vor Schweiß. »Hab' ich genug Zeit, um zu sagen: "Das fiese Schwein verdiente es"?«

»Das ist zweifelhaft.«

»Whow. Das ist ‘ne Technik.«

»Es ist besser, wenn du ein paarmal tief einatmest. Dann geht es noch schneller, und du würgst das Mahl nicht wieder aus, von dem der Direktor sprach.«

»Ich hätte nichts dagegen, es ihm zurückzugeben.« Er hob seinen Kopf. »Hey, Johanson.«

»Mr. Mencken«, sagte Johanson.

»Wollen Sie mir ‘nen Abschiedskuß geben?«

Johanson sagte nichts.

»Es ist mein letzter Wunsch.«

Johanson blickte finster drein.

»Der Direktor mag mich nicht.« Mencken legte seinen Kopf hin. »Einem Mann seinen letzten Wunsch abzuschlagen.« Er sah zu den Flaschen auf dem Tisch neben sich. Royce drückte den Ballon des Blutdruckmessers. »Hey, Doc«, sagte Mencken schüchtern, »was ist in dem Zeug?«

Hundertfünfzig zu neunzig. Der Blutdruck eines vollkommen gesunden Mannes vollgepumpt mit Morphium und Adrenalin, der gleich an einer Überdosis dreier anderer Chemikalien sterben würde, nachdem er von vier Gefängniswärtern zusammengeschlagen wurde. Royce wischte mit dem blutgetränkten Handtuchzipfel den Schweiß von Menckens Brust und setzte sein Stethoskop an. Er kam sich wie ein Esel vor, weil er sich vergewisserte, daß dieser Mann lebte. Mencken hatte auch ein starkes Herz, obwohl es etwas mehr als hundert Mal in der Minute schlug. Er mußte etwas aufgeregt sein.

»Huh, Doc, sag«, dröhnte Menckens Stimme durch die Schläuche des Stethoskops, »hast du ‘nen Namen?«

»Franklin. Franklin Royce«, antwortete er und steckte das eine Ende des Stethoskops in seine Hemdtasche.

»Dr. Royce«, lächelte Mencken, »hat dich schon mal jemand Rolls genannt? Rolls Royce?« Mencken lachte, blickte zum Direktor, lachte wieder, blickte dann zurück. »Huh?«

Royce lächelte schwach und schüttelte den Kopf. »Du bist der erste.«

Aber Mencken hatte keine Antwort auf seinen Witz erwartet. »Ich wünschte, es würde jemand anrufen, yeah. Hat mich keiner mehr angerufen.« Er lachte kurz und schaute von Royce zu dem roten Telefon. »Hey Mann«, sagte er zu dem geduldigen Wärter neben dem Telefon, »warum rufst du nicht irgendwo an, um sicherzugehen, daß das Ding funktioniert? Der

Direktor ist vielleicht mitten in der Nacht hier runtergeschlichen und hat's rausgezogen.«

Der Wärter starrte stur geradeaus, stand mit den Händen auf dem Rücken steif da und leckte sich über die Lippen.

»Hast du das Telefon jemals läuten hören, wenn hier jemand auf dem Tisch lag? Kommt dir da nicht was in den Sinn, Mann? Huh?«

Royce führte die Spitze einer großen Nadel an den Gummiverschluß der Giftflasche und stieß sie durch das Siegel.

Um Royce zu beobachten, drehte Mencken den Kopf----das einzige Körperteil, das er trotz der Gurte, die ihn an den Tisch fesselten, bewegen konnte. Royce drehte die kleine Flasche um und hielt sie gegen das Licht. Alle in dem Raum und hinter dem Glas beobachteten fasziniert, als sich der Schlauch unterhalb der Nadel langsam mit einer klaren Flüssigkeit füllte. Das tödliche Serum floß langsam, denn es war dick, deshalb mußte die Injektionsnadel auch so groß sein.

»Rolls Royce«, atmete Mencken und beobachtete ihn, »was ist in dem Zeug?«

»Gift«, sagte Royce.

»Das ist ein Trost«, sagte Mencken abwesend, »ich will dies alles nicht für nichts und wieder nichts durchmachen.« Er lächelte. »Weißt du, ob's gut ist?«

»Das beste.«

»So gut wie das andere?«

Royce glaubte nicht, daß Johanson es schätzte, daß er dem Gefangenen in seiner letzten Stunde eine kleine Erleichterung verschafft hatte. Er blickte weiter auf den Flüssigkeitspegel in der Flasche, als er ruhig sagte: »Sie werden es mir schon sagen, Mr. Mencken.«

Mencken schnaubte. »Yeah«, sagte er. »Vom Sternennebel werde ich's hinunterstrahlen.« Er starrte auf die kleine Flasche und den Schlauch, der zwischen ihm und den hellen Lichtern über ihm schwebte.

Royce hängte die Flasche mit der Öffnung nach unten an den Infusionsständer, und ließ den Schlauch, der sie mit der Wand verband, hinunterbaumeln.

Royce sah über Mencken hinweg zu Johanson. Johanson runzelte die Stirn und machte mit seiner Hand und dem Zeigefinger eine kleine kreisende Bewegung, als wolle er sagen: »Machen Sie weiter.« Royce trat neben Mencken und blickte auf ihn hinunter.

»Bereit?«

Mencken runzelte kurz die Stirn, dann blickte er plötzlich finster drein. Er richtete seine Augen auf Royces Gesicht und sagte: »Bereit? Bereit? Was bedeutet dieses "bereit"? Wozu bereit? Meinst du, ob ich bereit bin, wie ein braver kleiner Junge zu schlafen----und ich benutze absichtlich das Wort "Junge"----und in einer Stunde in der gleichen verdammten Welt aufzuwachen, in dem gleichen verdammten Zimmer, auf dem gleichen verfluchten Tisch, und die weißen Leute sagen: "Du bist ein guter Junge, Bobby, denn wenn du nicht gestorben bist, mußt du Superman sein, und das war alles nur ein Scherz. Da du den chemischen Tod überlebt hast, sind wir einverstanden, Junge, daß alles nur ein Scherz war und daß du unschuldig sein mußt, und jetzt----bist du dazu bereit?----bist du frei, bist ein freier Mann in einer freien Gesellschaft."«

»Yeah«, sagte Mencken bitter. »Dazu bin ich bereit.«

Royce konnte Mencken nicht in die Augen sehen.

»Sieh nicht weg von mir, Doktor Royce, du bist der einzige, den ich hier im Zimmer sehen kann, und das letzte, was ich auf dieser trostlosen Erde erblicken kann. Und der Gedanke macht mich glücklich, Doktor, weil----hey, willst du wissen, warum ich bereit bin? Ich bin bereit, diesen Planeten zu verlassen, denn so lange ich zurückdenken kann, war's immer ein sehr verwirrender, schwieriger Ort. Weißt du warum?«

Royce machte sich an seinem Stethoskop zu schaffen. »Warum?«

»Weil ich's satt habe, gegen eine Welt zu kämpfen, die mich am Tag meiner Geburt verdammte----darum. Glaubst du, ich fasele?«

Plötzlich stieg der Geruch des verurteilten Mannes unerklärlicherweise in Royces Nase: Blut, Schweiß, Angst, Knoblauch----Tod.

Johanson räusperte sich. »Dr. Royce----«

Denk darüber nach», rief Mencken. Seine Augen wanderten von Johanson zu Royces Gesicht. »Ich werde heute nacht für die falsche Sache hingerichtet, Doc, aber daran bin ich gewöhnt. Ich bin dazu so bereit, daß es mich nicht überrascht. Kapiert? Das hier ist nichts Neues. Das ist mir mein ganzes Leben lang passiert. Und ich sag' dir was: ich hab' niemals----niemals!----aus dem richtigen Grund gebüßt! Hörst du mich? Niemals! Aber heute nacht hab' ich den Spieß umgedreht, ja, das hab' ich. Zumindest heute nacht, im allerletzten Augenblick, hab' ich dafür gesorgt, daß ich aus dem richtigen verdammten Grund sterbe. Ja, das hab' ich. Oh geil, oh Mann, oh Scheiße!«

Menckens Kopf fiel mit einem hohlen, metallischen Bums in eine durch Blut verfärbte Schweißlache auf die Oberfläche des rostfreien Stahltisches zurück. Seine Zähne preßte er vor Enttäuschung zusammen. Er atmete schwer. Tränen füllten seine Augen.

»Verdammt, ich brauche Urlaub«, sagte er.

Royce hatte die Lache vorher nicht bemerkt. Er faltete ein Handtuch und legte es sanft unter den Kopf des Schwarzen.

Royce schluckte und sah zu Johanson. Diese Sache fing an, alle zu zermürben. Es hatte keinen Sinn, es hinauszuschieben. »Alles ist fertig«, sagte er. Weder Mencken noch Royce hatten den Priester bemerkt, der herangekommen war, um zur Stelle zu sein, wenn Mencken ihn brauchte.

Johanson zögerte nicht. Er durchquerte den Raum vom Telefon zu dem rostfreien Stahltisch und schlug seine fleischige Faust dreimal gegen die Wand.

Mencken bäumte sich in den Gurten auf. Der Priester zuckte in seiner Soutane zusammen. Sogar Royce, der Johanson beobachtete, erschrak sich beim ersten Schlag.

Johansons Gesicht verriet nichts von seiner Freude, als er wieder seinen Platz einnahm.

Royce legte seine Hand auf Menckens Schulter und beobachtete den Flüssigkeitspegel in der umgedrehten Flasche. Nach einem Augenblick fing es an zu tropfen. Er wartete. Unter seiner Handfläche war Menckens Haut heiß. An der Spitze des Knochens lief ein Muskelstrang entlang. Zum ersten Mal bemerkte Royce die beiden kreisrunden Narben neben seinen Fingerspitzen am Nacken. Dann flüsterte er: »Jetzt ein paarmal tief einatmen.« Jetzt schwitzte Royce genauso stark wie Mencken, und die Schulter fühlte sich glitschig an. Die Flasche war halb leer. Royce zwang sich, die Augen von der Flasche abzuwenden und Mencken anzusehen.

Die Augen des Verurteilten trafen Royces. Sie waren sehr groß und dunkel und feucht. Dann gähnte Mencken. Es war das einzige Geräusch im Raum. Zweimal inhalierte er tief, jedes Mal so, als hätte er Schwierigkeiten zu atmen. Seine Nasenwände zitterten. Er atmete den zweiten Atemzug aus und hielt Royces Blick stand. Er schüttelte den Kopf, bewegte seine Lippen.

Royce beugte sich schnell über ihn, um Menckens letzte Worte zu verstehen.

»Colleen, ich...war's nicht...«, flüsterte er.

Und er küßte Royce auf die Lippen.

Überrascht richtete sich Royce schnell auf, berührte seinen Mund.

Mencken starrte ihn immer noch an, aber seine Augen waren blind.

Über seine Lippen zog sich die Spur eines Lächelns.

VIER

Die texanische Nacht----gewaltig, schwarz, heiß----glitt unmerklich über den Pickup, genauso mühelos wie der Pickup durch einen stetigen Strom von Motten, Käfern und zerquetschten Gürteltieren glitt. Der Texas Highway streckte sich gerade und scheinbar endlos vor und hinter ihm aus, sein Weg wurde hin und wieder in einer Richtung von Scheinwerfern und in der anderen von Rücklichtern markiert, mit großen, nicht meßbaren Entfernungen dazwischen. Es war vier Uhr dreißig am Morgen, und Royce hatte beide Fenster unten, und er schwitzte immer noch. Aber nach der erstickenden Klaustrophobie von Huntsville kam ihm der heiße Wind am Wagenfenster wie eine kühle Alpenbrise vor. Er war seit fast einer Stunde nach Südosten gefahren. Eine Hand hielt das Lenkrad, der Ellbogen stütze sich auf das offene Fenster daneben. Die andere Hand spielte an dem Verschluß einer Whiskeyflasche herum, die er gekauft hatte, als er eine Pause einlegte----eine halbe Stunde nachdem er den letzten Wachtposten am Rande des Gefängnisses, weit hinter den richtigen Mauern, passiert hatte.

Royce fuhr mit der zerstreuten Aufmerksamkeit, welche der besondere Schutz der Weststaatler ist, die häufig hundert Meilen oder mehr fahren müssen, um zur Kirche zu kommen, oder zur Viehauktion, oder um einen Verwandten sonntags zum Abendessen zu besuchen. Bei hundert oder mehr Meilen in einem V-8 Pickup, mit einem Bullen hinten drin, bei fünfundsiebzig oder achtzig Meilen pro Stunde, kann ein Mann schon ins Grübeln kommen. Unter diesen Umständen kann er über sein ganzes Leben nachdenken. Er kann die Ranchbücher----Geschäft für Geschäft, Einnahmen und Ausgaben----durchgehen, wenn er sie gut genug kennt. Oder er kann eine ganze Stunde damit verbringen, darüber nachzugrübeln, daß er wirklich nicht viel von Buchführung versteht. Oder er kann in den Genealogien der Viehzucht Tücken erkennen, die ihm unter weniger ruhigen Umständen entgangen wären. Während der Dauer einer Stunde ändert sich sein Gesichtsausdruck vielleicht kaum, aber seine Gedanken ändern sich, kehren dann zur ursprünglichen Position zurück, wechseln dann zu einer vollkommen anderen, dritten Meinung, vergessen dann die ganze Sache.

Wenn er ein Telefon im Wagen hat, kann er seine Frau anrufen und fragen, was sie darüber denkt, oder irgend jemand kann ihn anrufen und seine Meinung sagen.

Mal abgesehen von den Kosten und dem Standpunkt der Sender, haben aus genau diesem Grund viele Leute kein Telefon in ihrem Truck.

Franklin Royce hatte sehr viel auf dem Herzen, als er das Huntsville Gefängnis in jener Nacht verließ. Direktor Johanson war keine große Hilfe gewesen.

»Sie haben nicht die Nerven für den Job, am besten kündigen Sie«, hatte er gesagt.

Royce hatte die Nerven für den Job. Es war nicht der Job, der ihn beunruhigte.

Eine halbe Stunde von Huntsville entfernt hielt er an einem Rasthaus, um ein paar Bier zu kaufen.

Es war die übliche Art Laden: Neonreklame für Lone Star Bier oben an der Vorderseite in einer Wolke aus Insekten und ein halbes Dutzend Pikkups, die in dem Staub rundherum parkten. Einige Trucks hatten zwei Ballen Heu und einen Sattel auf der Ladefläche, oder vielleicht zwei 55-Gallonen-Fässer mit Diesel; ein Jagdgewehr oder ein Pistolenhalfter baumelte an dem Gewehrständer in der Fahrerkabine; Pferdetransporter waren zu zweit oder dritt zusammengerückt, in jedem ein oder zwei dösende Pferde oder sie waren leer, und die großen Trucks brausten auf dem Highway vorbei.

Innen war es dunkel und kühl. Eine Jukebox spielte ein Lied von Bob Wills. Im Hintergrund spielte ein Computerspiel mit sich selbst. Zwei Männer und eine Frau saßen an der Theke. Das Licht eines Fernsehers dahinter spielte auf ihren Gesichtern.

»Kann ich 'nen Drink kriegen?« fragte Royce einen Cowboy, der an der Bar rauchte.

»Kann sein«, sagte der Mann ohne seine Augen vom Bildschirm abzuwenden. Die Frau ein paar Hocker weiter die Theke herunter legte ihre Zigarette in einen Aschenbecher und stand langsam auf.

»Was darf's sein?« fragte sie, als sie das andere Ende der Theke umrundete und über die Laufbretter ging.

Royce saß an der Bar und sah zu dem Fernseher über seinem Kopf hoch. Eine Nachrichten-Show. Ein gebräunter junger Mann mit perfekt frisiertem weißen Haar und einem Stapel Blättern vor sich, sprach herrisch in eine Kamera.

»Zwei Dosen Pearl in einer Tüte«, sagte Royce. »Kalt.«

»Das ist ein gutes Bier«, sagte der zweite Mann an der Theke schleppend. Während er sprach, erschien auf dem Bildschirm hinter dem Nachrichtensprecher ein großes Bild von Bobby Mencken. Es erschreckte Royce.

»Besonders wenn es kalt ist«, fuhr der Mann unten an der Bar fort und atmete eine Rauchwolke aus. »Dann kann man's richtig schmecken.« Er schürzte seine Lippen und spie laut ein Tabakblättchen von seiner Zunge.

»Kann man das lauter stellen?« fragte Royce den Mann zwischen ihnen.

»Jeden Abend die gleiche Scheiße«, sagte der Mann, ohne seine Augen vom Bildschirm abzuwenden. »Stellen Sie's lauter.«

Royce stand auf den Querleisten seines Barhockers und fand den Lautstärkeknopf.

»...heute um Mitternacht. Mencken wurde 1983 für schuldig befunden, 1982 im Dallas-Fort Worth Gebiet während eines Raubüberfalls einer Verkäuferin wegen neun Dollar fünf Mal ins Gesicht geschossen zu haben.« Der Kommentator sprach in dem neutralen, deutlichen, monotonen Tonfall, den sie ihm in einer New Yorker Rundfunkschule beigebracht hatten, und hörte sich in dieser texanischen Bar sehr fremd an. »Mencken«, fuhr er fort, »wurde nur Augenblicke nach der Tat bei der Flucht vom Tatort verhaftet. Er verbrachte die nächsten neun Monate in Untersuchungshaft, während das Büro des Bezirksstaatsanwaltes die Anklage gegen ihn vorbereitete. Obwohl die Anklage keine unwiderlegbaren Beweise vorlegte und keine Augenzeugen aussagen ließ, wurde Mencken wegen Mordes verurteilt. Die ganze Anklage basierte auf der Tatsache, daß die Polizei Mencken bei der Flucht vom Tatort verhaftet hatte, und als am nächsten Tag das Mordwerkzeug gefunden wurde, waren Menckens Fingerabdrücke darauf.«

»Uh-oh«, sagte jemand.

»Die Geschworenen berieten weniger als zwei Tage. Wegen des besonderen Umstandes, daß der Mord im Verlauf eines bewaffneten Raubüberfalls begangen wurde, konnte Richter Howard Lemur die vom texanischen Gesetz vorgeschriebene Höchststrafe verhängen, Tod durch eine tödliche Injektion. Die American Civil Liberties Union legte sofort Berufung ein. Aber der Superior Court bestätigte die Verurteilung, und Ende letzten Monats weigerte sich der Supreme Court den Fall zu überprüfen.« Der Kommentator legte das oberste Blatt seines Papierstapels umgedreht auf den Schreibtisch, als Menckens Bild hinter ihm verschwand. »Mencken war die sechste Person«, fügte er hinzu, »die in Texas hingerichtet wurde, seit der

Oberste Gerichtshof der Vereinigten Staaten die Todesstrafe 1976 wiedereinführte.« Der Kamerawinkel änderte sich. Der Kommentator drehte sein Gesicht in die Kamera. »Gegen wen müssen die Dallas Cowboys im Herbst um die Spitze kämpfen? Es folgen Sportnachrichten.«

»*Scheiß* Cowboys«, sagte der Mann unten an der Bar und rieb sich mit dem Ballen der Hand, mit der er seine Zigarette hielt, die Augen.

Royce reduzierte die Lautstärke und setzte sich wieder auf seinen Barhocker. Keine Zeugen, hatte der Kommentator angemerkt, aber sie hatten Mencken trotzdem ins Jenseits befördert.

»Verdammt«, sagte der Mann neben Royce. »Schoß dem Kerl fünf Mal ins Gesicht?«

Die Frau hinter der Bar ließ direkt vor Royce zwei Bierdosen in eine braune Papiertüte fallen. »Wer sagt, daß es ein Kerl war?« fragte sie über ihre Schulter hinweg. »Das macht zwei fünfzig«, sagte sie zu Royce.

»War's keiner? Es war 'ne Frau? Himmel, Ella, was für'n Kerl schießt 'ner Frau fünf Mal ins Gesicht?«

»So einer.« Sie wies mit dem Kinn zum Fernseher.

»Aber warum? Warum sollte er das tun?«

»Vielleicht war sie häßlich«, sagte der Betrunkene neben ihm. Alle sahen ihn an.

»Allmächtiger Gott, George«, sagte der Mann neben Royce, aber er lachte trotzdem.

Die Frau hinter der Bar schüttelte den Kopf. »George«, sagte sie, »das reicht.«

Royce schaute auf die Tüte mit den zwei Bier. Er schob sie mit seinem Unterarm zur Seite und breitete ordentlich eine zehn-Dollar-Note auf der Bar aus. »Gibt's Whiskey?« fragte er.

»Sie sind in Texas, oder?«

»In Ordnung.«

Sie stellte ein Glas auf die Theke und füllte es. Royce hob es hoch und prostete dem zweiten Mann unten an der Theke zu. Aber er dachte nur an Mencken, als er sagte: »Auf den Humor im Angesicht des Unbekannten.«

»Verdammt«, sagte die Frau. »Hier ist jemand, der was über Pferde weiß.«

Royce kippte den Drink hinunter.

»Warum sollte ein Mann irgend jemand fünf Mal ins Gesicht schießen?« fragte der erste Mann.

»Weil er sie nicht mochte«, gab George zum besten.

»Hm«, stimmte der erste Mann nickend zu. »Damit könntest du recht haben, George.«

»Darum würdest *du* jemandem fünf Mal ins Gesicht schießen, George«, sagte die Frau.

»Nee«, meinte George. »Ich würde nur einen Schuß brauchen, und das wär's.«

»Vielleicht wollte er einfach nicht, daß die Frau ihn später erkennen konnte«, sagte der erste Mann.

»Und sich selbst auch nicht«, sagte George.

»Laßt uns mal überlegen«, sagte die Frau. »Die Verkäuferin, die den Laden führte, beging den Raub und hinterließ irgend so 'ne unschuldige Kuh mit weggepustetem Gesicht, so daß die Cops nicht merkten, daß es die Falsche war und nicht die Verkäuferin. Der Trick war nur, die Fingerabdrücke dieses unschuldigen Kerls auf die Mordwaffe zu kriegen, dann konnte die Verkäuferin sie zufällig irgendwo verlieren, wo die Cops sie finden würden. Vielleicht auf dem Polizeiball. Der Kerl hat ein Vorstrafenregister, also wissen sie, wer er ist. Ein Jahr später überfährt er ein Haltesignal, sie überprüfen ihn mit dem Verkehrscomputer, Volltreffer«, sie schnippste mit den Fingern. »Er ist geschnappt. Fall gelöst. In der Zwischenzeit lebt die Verkäuferin in Brasilien vom Inhalt der Registrierkasse.« Sie schaute Royce an. Royce blickte sie an. »Noch einen?«

Royce nickte.

»Das ist toll, Ella«, sagte George.

»Hey«, meinte Ella und goß Royce einen ein. »Ich hab' in meiner Kindheit viel Perry Mason gesehen.«

George runzelte die Stirn. »Du meinst, deine Kids haben in ihrer Kindheit viel Perry Mason gesehen.«

»Denk mal darüber nach, George«, sagte Ella streng.

George öffnete den Mund, nickte und klopfte mit seinem starren Zeigefinger auf die Bar. »Da sind nur fünf oder sechs Haken an der Sache, genau so viele wie man braucht, um 'ne Stute mit Narrenkraut zu halten.«

Ella senkte ihre Stimme. »Welche Stute, George?«

George ignorierte sie. »Aber einer der wichtigsten ist, keine Verkäuferin kommt mit neun Dollar bis nach irgendeinem Brasilien, und wenn es direkt neben Texas liegt.«

»Ich dachte, du wärst betrunken, George«, sagte Ella.

George schüttelte den Kopf. »Nicht so betrunken.«

»Trink einen.« Sie stellte ein Glas vor ihm auf die Theke. »Auf meine Rechnung.«

»Danke.« George legte schlau zwei Finger um das Glas. Die Frau hinter der Bar füllte es. George trank es auf einmal aus.

»Jetzt komm vom hohen Roß runter«, sagte Ella.

»Ich glaube, wir hatten das erste Mal recht«, sagte der Mann in Royces Nähe.

»Was«, sagte Ella und stellte die Whiskeyflasche unter die Theke, »ist er betrunken?«

»Nein, ich glaube dieser farbige Bursche dort im Fernsehen brachte die Verkäuferin um, weil er nicht wiedererkannt werden wollte.«

»Sie haben ihn sowieso ins Jenseits befördert«, sagte George.

»Aber«, meinte der andere Mann, »ist er's wirklich gewesen?« Royce starrte auf den Boden seines leeren Glases und hörte sich selbst sagen: »Niemand sonst hat ihn gesehen.«

Der andere Mann umfaßte Royces Unteram mit dicken, schwieligen Fingern. »Das stimmt, Hombre, niemand sah, daß er's tat. Es hätte jeder sein können.«

»Du hättest es sein können, Herb«, sagte George.

»Yeah, yeah.« Herb war aufgeregt.

»Er sagte, er sei unschuldig«, murmelte Royce.

Herb runzelte die Stirn. »Tatsächlich?«

»Nicht genau. Er sagte: "Ich war's nicht", und er meinte es. "Ich war's nicht"«, wiederholte Royce abwesend. »Aber etwas stoppte ihn.«

»Wo hat er das gesagt?«

Royce blickte auf.

»Mann----siehst du's nicht?« unterbrach George. »Merkst du's nicht. Dieser Bursche war dabei, direkt dabei, als sie diesen Kerl in Huntsville mit Drogen vollpumpten. Geständnis auf dem Totenbett war's. Dieser Bursche war dabei, und er hat auch jedes Wort gehört.« George lächelte. »Stimmt's, Kumpel?«

Alle drei beäugten ihn neugierig.

Royce sah wieder in sein Glas und räusperte sich. »Oh, ich----sah es in der Zeitung, vor einiger Zeit. Wissen Sie, ich hab' die Verhandlung in den Zeitungen verfolgt. Vor zwei Jahren«, fügte er lahm hinzu.

»In Ordnung«, sagte Ella tröstend und gab Royce einen Klaps auf den Arm. »Einige von uns können lesen, einige nicht.«

»Yeah«, stimmte Herb zweifelnd zu und sah zum Fernseher hoch, der über Royces Kopf still vor sich hin flimmerte. »Trotzdem, ich hatte immer gedacht, die würden niemand so hart bestrafen, ohne irgendwelche harten Beweise.«

»Das stimmt«, sagte George. »Ich dachte, die müßten mindestens zwei Augenzeugen haben, bevor sie jemanden zum Tode verurteilen.«

»Gott bewahre, daß ihr die beiden seid«, sagte Ella. »Könntet keinen Bullen von 'nem Ochsen unterscheiden, wenn er versuchte, euch zu besteigen.«

George warf Ella einen schnellen Blick zu und strich sich mit einer Hand über den drei oder vier Tage alten Bart in seinem wettergegerbten Gesicht. »Wenn er einen von uns besteigen würde«, sagte George, »dann, weil er sonst nur noch dich auf der Weide zur Auswahl hätte.«

»Du großmäuliger Huren----«

»Gib uns noch 'ne Runde, Ella«, sagte Herb laut und schnell. »Für dich und den jungen Burschen hier auch einen.«

»Ich bin nicht----« fing Royce an.

»Ich bin auch nicht jung«, beeilte sich Herb, ihn zu unterbrechen. »Ich bin schon steinalt. Her damit, Ella. George zahlt.« Herb schob flink Georges Geld zu Ella.

George rührte sich nicht. »Hey«, sagte er.

»Danke.« Ella lächelte säuerlich und schnappte sich die Geldscheine. »Das ist eine verdammt nette Entschuldigung. Du verdammter alter Trottel.«

George schüttelte den Kopf, klatschte kraftlos mit den Händen und sagte nichts.

Ella goß vier Whiskeys ein, dann hielt sie ihr Glas hoch. »Auf George«, sagte sie. »Es gibt keinen besseren Kuhtreiber im Kühe besteigen.«

George hob sein Glas und schüttelte den Kopf. »Auf den unschuldigen Mann«, entgegnete er.

Gedankenverloren blickte Royce auf und starrte George an. George wies mit seinem Glas auf Royce. »Auf den unschuldigen Mann, Mister, wo er auch ist.«

Das Wort unschuldig wirkte auf Royce. Es hätte heute nacht viel früher auftauchen sollen, aber das war es nicht. Das Vertrauen, das ihm erlaubt hatte, heute nacht zur Arbeit zu gehen, war tief erschüttert. Er hatte versucht, die Vorgänge dieser Nacht als Machenschaften der Justiz und des Staates abzutun, und sich selbst als ein kleines Rädchen darin zu betrachten. Aber er hatte es nicht geschafft. Eine nagende Ungewißheit untergrub und zerstörte sein Vertrauen in diesen Prozeß. Und jetzt, am Ende einer dummen Unterhaltung, wurde er herablassend aufgefordert, auf das Schreckgespenst seiner Ungewißheit zu trinken.

So machte er es. »Auf die Unschuldigen«, sagte er. Dann fügte er hinzu: »Und die Schuldigen, was immer wir sind. Mögen sie alle in der Hölle schmoren.« Er kippte den Whiskey hinunter und setzte das Glas etwas zu laut auf die Bar.

Sonst trank niemand auf seinen Toast. Die anderen saßen oder standen mit erhobenen Gläsern und blickten ihn an. Royce ignorierte sie.

»Bartender«, sagte er.

Ella hob eine Augenbraue.

»Könnte ich diese zwei Pearl Bier als Anzahlung für eine Flasche Ezra Brooks zurückgeben?«

Ella zuckte die Schultern und stellte ihren unberührten Drink vorsichtig unter die Theke. »Das ist aber teurer«, bemerkte sie und nahm die Papiertüte.

»Hurensohn, hombre«, sagte George mißtrauisch. »Das war eine gemeine *amor y pesetas* für uns arme Sünder hier.«

Royce beäugte ihn. »Sind Sie ein Kirchgänger?«

»Hah!« Herb schlug auf die Theke.

George zwinkerte mit einem Auge. »Wenn ich den Sinn verstanden habe, Mister, dann glauben Sie, daß wir alle auf die eine oder andere Art zur Hölle fahren, egal, wer wir sind oder was wir tun.«

»Nee, George«, warf Herb ein. Offensichtlich war er immer derjenige, der die Situation entschärfte. »Ich bin sicher, er denkt, es ist alles nur ein einziges großes Faß voller Pferdeäpfel, genau wie du.«

»Scheeei-ße«, brummte George leise, ohne seinen Blick auch nur kurz von Royce abzuwenden.

Royce kniff die Augen zusammen und fragte sich, ob George recht hatte. Das Licht in der Bar fing an, eine gelbliche Färbung anzunehmen.

Ella kam mit einer in eine große Tüte eingewickelten Flasche die Dielen hoch. »Siebzehn Dollar«, sagte sie, legte das Paket auf die Theke und fügte hinzu: »Keine Steuern für einen Mann, der höhere Gedanken diskutieren kann.«

Royce fügte zehn zu den zehn hinzu, die schon auf der Bar lagen, und ging.

Nachdem die Drahttür zugeklappt und Royces Truck auf dem Highway war, hob Herb sein Glas und sagte: »Auf die Unschuldigen.«

Die beiden anderen tranken mit ihm.

FÜNF

Als er ein paar Minuten nach vier zu Hause ankam, war Franklin Royce ein verwirrter Mann. Er war so verwirrt, daß er beim Einparken auf den Mercedes seiner Frau aufrollte und es der hohen Stoßstange seines Pickups erlaubte, langsam ein Rücklicht zu zerquetschen. Das verriet, was er wirklich von ihrem Wagen hielt. Er hatte sich darüber geärgert, ihn bezahlen zu müssen, nicht, weil sie einen Mercedes wollte, sondern weil er ihn sich nicht leisten konnte. Aber sie sagte, die Frau eines Arztes müßte einen Mercedes haben, so einfach war das. Es war egal, daß sie fünfhundert Meilen fahren mußten, um ihn zu bekommen. Es machte nichts, daß das Ding jedesmal Feuer fing, wenn ein vom Wind losgerissenes Büschel trockenen Grases darunterrollte. Es war egal, daß eine Inspektion fast tausend Dollar kostete und----

Aus diesem Grund machte es nichts, daß ein neues Rücklicht hundertsechzehn Dollar kosten würde. Das war wahr. Hundertsechzehn Dollar plus Einbau.

Schließlich war es ein Mercedes. Pamelas Mercedes.

Verdammt richtig, Pamelas Mercedes. Er drehte das Lenkrad, setzte zurück, drehte das Lenkrad in die andere Richtung, fuhr vorwärts. Das andere Rücklicht rieselte auf den Asphalt.

Zweihundertzweiunddreißig Dollar. Plus Einbau.

Mit der Whiskeyflasche in der Hand stieg er aus dem Pickup und knallte die Tür zu. Nach ein paar Schritten blieb er stehen, drehte sich um, öffnete die Tür des Pickups und versteckte die Flasche hinter dem Sitz. Dem Gewicht nach zu urteilen, war immer noch etwas Whiskey drin, und im Truck konnte er immer eine Flasche gebrauchen. Medizinische Gründe. Scheeei-ße, er knallte die Tür zu. Er drehte sich um 360 Grad und öffnete sie wieder. Er fand die alte Arzttasche auf dem Wagenboden und zog sie heraus. Dann drehte er sich zum Haus um, aber etwas hinderte ihn am Gehen.

Alle Lampen waren aus. Pamela hatte schon vor langem aufgehört, Johnny Carson zu sehen und war schlafen gegangen. Sie hätte die Verandalampe für ihn anlassen können.

Der Tag fing ja gut an.

Jetzt war es immer so. Nach Hause zu kommen war seit langem schlimm. Aber in letzter Zeit drehte ihm nur der Gedanke daran schon den Magen um.

Überall um sich herum hörte er Grillen, besonders eine ganz laute, die vor ihm in dem Unkraut stecken mußte, neben dem schmalen Weg, der von der Einfahrt zum Haus führte. Das kleine Ding strengte sich wirklich an. Er erinnerte sich, daß man vermutete, das Zirpen einer Grille würde mit der Umgebungstemperatur in Zusammenhang stehen. Je heißer die Temperatur rundherum war, desto schneller zirpten die Grillen. Wenn es heiß genug ist, explodieren sie. Darum gab's in Saudi Arabien keine Grillen. Hah.

Plötzlich wurde er sich der gewaltigen texanischen Nacht bewußt. Er beugte sich zurück und sah die Abermillionen Sterne über sich und fiel fast nach hinten um. Er schwankte und trat einen Schritt vor. Die Grille direkt neben dem Weg hörte abrupt auf zu zirpen. Er trat einen Schritt zurück. Offensichtlich ließ sich die Grille nicht so leicht narren. Er trat an den Truck zurück. Immer noch kein Geräusch.

»In Ordnung«, sagte Royce laut. Er stellte die Arzttasche auf die Ladefläche und öffnete die Tür. Er fand die Whiskeyflasche wieder und schraubte die Verschlußkappe ab.

»Ich habe Zeit«, sagte er leise und nahm einen Schluck. Es war guter Whiskey, sehr mild. Zum Nippen gemacht, sagten sie, und er hatte wirklich noch nicht viel davon gehabt. Aber es gab noch andere Dinge, die ihn aus dem Gleichgewicht brachten, sogar mehr als Whiskey und Pamela.

Wieder schaute er zum Himmel. Dort oben waren viele Sterne.

Hier unten viele Menschen.

Einer weniger heute nacht.

Als er die Sterne beobachtete, merkte er, daß sich einer bewegte. Eine Sternschnuppe? Das winzige Licht verfolgte schnell einen geraden Weg durch all die anderen rundherum. Ein Satellit. Von Menschen gemacht. Er beobachtete ihn, bis er weit im Osten hinter der trüben Lichtaura Houstons verschwand.

Als Frank Royce ein Kind gewesen war, hatte es keine künstlichen Satelliten am Himmel gegeben----und verdammt wenig Flugzeuge. Außer bei gelegentlichen himmlischen Ereignissen wie einem Meteoritenschauer war der Himmel relativ ruhig gewesen. Erfreulich ruhig im Rückblick.

Er erinnerte sich an eine Zigeunerlegende. Zigeunerkindern wurde gesagt, nicht auf Sternschnuppen zu zeigen, sondern sie still zu beobachten, weil jede die Seele eines fliehenden Diebes repräsentierte. Wenn man auf eine Sternschnuppe zeigte, dann würde ein Dieb gefaßt werden. Was passierte, wenn man auf einen Satelliten zeigte? Wer würde gefaßt werden? Ein korrupter Politiker?

Eine interessante Legende. Sie bedeutete, daß die Zigeuner zu den Dieben hielten, wer sie auch waren. Diebe waren gute Kerle. Diebe waren...unschuldig? Nein, nicht unschuldig. Nur...gute Kerle. Nein. Einer von uns? Ja. Gut? Unschuldig? Nicht unbedingt. Nur einer von uns.

Aus irgendeinem Grund war ihm zum Weinen zumute. Er seufzte laut, lehnte sich gegen den Pickup, trank Whiskey und beobachtete die Sterne.

Royce hatte es nicht gehört, als die Grille wieder anfing. Als er das Zirpen bemerkte, nahm er die Arzttasche und fing an, zum Haus zu gehen. Die Grille ignorierte ihn.

Aha, dachte Royce. Sie zeigt nicht auf mich. Sie hat entschieden, daß ich einer von uns bin. Ich bin eine Grille. Vielleicht werde ich heute nacht nicht gefaßt. Jedesmal wenn ich hierher komme, werde ich ganz und gar neu beginnen.

Er stand gerade in der Tür und knipste das Flurlicht an, als ein Glas oder eine Flasche an der seinem Gesicht am nächsten liegenden Wand zersplitterte. Glasstücke tickten gegen sein feuchtes Hemd und fielen auf die Arzttasche zu seinen Füßen.

Royce blieb mit der Hand auf dem Lichtschalter stehen und atmete tief ein. Dann schloß er die Tür und drehte sich zu seiner Frau um.

Er konnte Pamelas Gestalt in der Dunkelheit ausmachen. Sie lehnte an dem Pfosten der Tür, die zur Küche führte.

»Du bist noch auf«, sagte er ruhig.

»Dir verdanke ich das nicht«, sagte sie.

»Schau----« fing er an.

»Ich kann sehen«, sagte sie schleppend.

Er blickte auf die Flasche in einen und die Tasche in der anderen Hand. »Es war eine harte Nacht, Pam.«

»Es ist morgens, Royce. Vier Uhr dreißig morgens.«

Er sagte nichts.

»Warst du als Arzt tätig?« fragte sie schlau.

»Wohl kaum«, meinte er.

»Das ist eine ehrliche Antwort.«

»Dann laß es dabei bewenden.« Er öffnete die Tür des Einbauschranks und stellte seine Tasche hinein.

»Im Fernsehen sagten sie, heute nacht sei ein Mann in Huntsville gestorben«, sagte Pamela.

Royce schloß die Schranktür und ging in Richtung Küche.

»Tod durch Injektion«, sagte sie, als er an ihr vorbeiging. Die Küche wurde von einer einzelnen schwachen Birne erleuchtet, die in der Abzugshaube über dem Herd eingebaut war. Er fand ein Glas und tat etwas Eis aus dem Kühlschrank hinein.

»Ein widerlicher Kerl«, sagte Pamela. »Ganz grundlos tötete er eine Frau, die er nicht einmal kannte.«

Mach aus mir einen Heiligen. Er sah über die Spüle in den Garten. »Pamela----«

»Es sei denn, du hältst neun Dollar für einen Grund, jemanden umzubringen.«

Jetzt geht's los. Royce bedeckte das Eis mit Wasser aus dem Wasserhahn und fügte ein paar Zentimeter Whiskey hinzu. Er schob den obersten Würfel nach unten in die Mixtur und nahm einen Schluck. Sehr gut, aber es wäre noch besser, wenn es die Chance hätte, kalt zu werden. Unwahrscheinlich. Er nahm noch einen Schluck.

»Manche Leute töten für viel mehr, nicht wahr, Darling?« sagte er und beobachtete immer noch die Dunkelheit dort draußen. Irgendwo dort draußen döste ein teures und trotzdem vernachlässigtes Quarterhorse----zugeritten mit einem englischen Sattel.

»Und was soll das heißen?«

»Nichts, nichts«, sagte er ruhig. »Ich----«

»Wenn manche Leute wüßten, wie man ein anständiges Leben führt, anständige Arbeit macht, dafür anständig bezahlt wird, dann müßten sie sich nicht im ganzen Land rumtreiben und Leute umbringen, um davon leben zu können. Oder?«

»Nicht nur----«

»Nicht nur«, sie hob ihre Stimme, »daß es allgemein bekannt ist, daß es nur eine Minute dauert, einen Menschen zu töten.« Sie schnalzte mit den Fingern. »Weniger als eine Minute. Dann kann der Mörder abhauen, wenn er Verstand hat.«

»Es ist nur so«, Royce runzelte die Stirn und versuchte, seinen ursprünglichen Gedankengang wiederaufzunehmen, so daß er ihn mit seiner Frau teilen konnte, »er wäre nicht herumgelaufen, um unschuldige Menschen zu töten...« Seine Stimme verlor sich. Das war schwer zu erklären, sogar jemandem, der es hören wollte.

Einen Augenblick war Pamela ruhig.

Dann sagte sie: »Das ist die lahmste, dümmste, linkischste Schuljungenentschuldigung, die ich in meinem ganzen Leben jemals aus dem Munde eines erwachsenen Mannes gehört habe.«

Royce runzelte die Stirn und drehte sich um. »Wie bitte?«

»Ich sagte«, sie stemmte ihre Hände in die Hüften, »das ist die dämlichste, lahmste, an den Haaren herbeigezogenste Entschuldigung, die ich jemals gehört habe!«

Royce runzelte die Stirn. »Entschuldigung?« Er breitete die Arme aus. »Welche Entschuldigung?«

»Diese Entschuldigung!« schrie sie. »Du kommst hier morgens um vier Uhr dreißig rein von einem Fall, der Punkt Mitternacht in Huntsville erledigt war, zwei Stunden Fahrt von hier, bist halb betrunken und versuchst, mich mit irgendeinem Scheiß über einen tätowierten, schießwütigen Nigger, der unschuldig sein soll, vom Thema abzulenken. Oder wolltest du andeuten, du seist selbst unschuldig? Unschuldig? Ich werde dir zeigen, wer unschuldig ist, Franklin Royce. Ich werde einen Detektiv auf dich ansetzen!«

Royce traute seinen Ohren nicht. Aber ein Blick auf Pamela und er wußte, daß sie nicht log. Sie bebte vor Wut.

»Sieh, Pamela«, fing er an.

»Ich sehe!« schrie sie. »Glaubst du, ich bin blind?« sie preßte die Hände gegen ihre Brust. »Ich habe die ganze Nacht wachgelegen----die ganze Nacht!----und auf dich gewartet. Und das ist nicht das erste Mal, Royce. Nein! Das ist nicht das erste Mal.«

»Pam, Pam«, sagte er sanft, »du bist vollkommen hysterisch...«

»Ich bin nicht hysterisch!« schrie sie. »Du bist ein Arschloch!« Sie fing an zu weinen. »Nacht für Nacht«, schluchzte sie, »warten. Nie weiß ich, wo du bist, mit wem, warum du nicht...warum du nicht...«

Das alles hatte er schon früher gehört, aber es gab immer die Möglichkeit, daß sie mit etwas Neuem aufwartete. »Warum ich nicht...?« schmeichelte er. »Sag's mir, Darling. Warum ich nicht...?«

»Mich l-l-liebst...« schluchzte sie und brach zusammen.

Keine Chance. »Aber, aber«, sagte er und nahm einen Schluck.

»Faß mich nicht an, Royce«, sagte sie, obwohl er nicht den Versuch gemacht hatte. »Ich halte das nicht mehr aus.«

Royce spülte den kalten Whiskey um seine Zähne.

»Ich hab' Daddy angerufen...« sagte sie anklagend.

Royce schloß die Augen, schluckte den Whiskey herunter und starrte auf die Fußbodendielen direkt neben der Tür. Er war sehr müde. »Haben wir Post gekriegt?« fragte er träge.

»Ich habe ihm gesagt, ich sei müde, Royce. Müde und einsam und----und fürchtete um unsere Ehe.«

Royce seufzte. »Natürlich war er mitfühlend.«

»Nein«, sagte sie und sah ihn an, »nein.« Sie schüttelte den Kopf und blickte zu Boden. »Er war schockiert und verletzt und überrascht, Royce. Du kennst Daddy. Er hat dich durch's Medizinstudium gebracht, gab uns unser erstes Haus...Er vertraut dir.«

»Yeah«, sagte Royce abwesend. »Er ist ein guter Mann. Aber Pamela«, fügte er geduldig hinzu, »das war vor fünfundzwanzig Jahren. Seitdem haben wir keinen Cent von ihm bekommen. Vor zwanzig Jahren habe ich ihm all das zurückgezahlt. Seit zehn Jahren ist er in Pension. Wir sind seit sechsundzwanzig Jahren verheiratet...«

»Aber jetzt«, sagte sie, »ist er sich deiner nicht mehr sicher, Royce...« Ihre Stimme klang schleppend. »Er ist einfach nicht mehr sicher...«

Royce starrte seine Frau an. Er kannte sie fast sein ganzes Leben lang, und sie war immer noch----in ihren tragischsten Augenblicken----sehr attraktiv. Es war, als würden Tragödien und Schmerz ihre Gesichtszüge beleben. Selbstbetroffenheit veranlaßte ihre Persönlichkeit, sich ihrer Gesichtszüge vollkommen bewußt zu werden, sie auszufüllen----und umgekehrt. Jedes andere Thema erlaubte ihnen, in sich selbst zusammenzubrechen----fast zu implodieren----ein schnatterndes Universum voll von Bedeutungslosigkeiten und dahinfliegenden Schatten zu bewohnen. Der Tod eines Sterns, grübelte er träge. Irgendwann hatte sie sich in die Idee verrannt zu altern. Sie hatten lange damit gewartet, Kinder zu bekommen; sie hatten sehr sorgfältig für zwei Kinder geplant. Aber als es Zeit war, eine Familie zu gründen, als sie ein sehr gutes Haus gekauft hatten und es ihnen trotz Pams Geldausgaben gut ging, hatte sie sich gesträubt und Ausflüchte gemacht. Dann machte sie neue Versprechungen und setzte neue Ziele. Dann weigerte sie sich einfach, über Kinder nachzudenken. Schließlich hatte Royce begriffen, daß sie von Anfang an Angst vor der Idee hatte, Kinder zu bekommen, und daß sie diese Angst in einen, ihr beider Leben irgendwie beherrschenden Zauber verdreht hatte. Und, das war am seltsamsten, es funktionierte. An der Oberfläche schien jahrelang alles gut zu sein. Ihr tägliches Leben wirkte wie eine gute Tünche, wie ein glatter Gipsverband. Es schien gleichbleibend stabil zu sein, bis man unter die Oberfläche sah, wo es zu einem starren Komplex verdrehter Verbände wurde, die etwas zunehmend Unerfreuliches, Unerkennbares einhüllten.

Es war Royce nicht einmal in den Sinn gekommen, sie zu zwingen, Kinder zu bekommen, aber ihre Angst nahm unvernünftig zu, bis sie eines Tages mit durchtrennten Eileitern nach Hause gekommen war. Einfach so. Royce stand sechs Monate unter Schock. Dann----die Kinder waren lange vergessen, sicher vermieden----hatte sie vor allem anderen Angst bekommen. Sie hatte Angst, einen Wagen zu fahren, der älter als ein Jahr war. Sie hatte Angst, Fleisch zu essen. Sie hatte Angst, kein Fleisch zu essen. Sie hatte Angst, Käse zu essen. Sie hatte Angst vor Royce. Sie hielt es mit ihm nicht im gleichen Haus aus. Sie hatte Angst, allein zu sein.

Eines Tages begriff er, daß er diese Frau, die seine Ehefrau war, nicht mehr verstand, und außerdem kümmerte es ihn nicht, ob er sie verstand, wer sie auch war. Doch sie waren verheiratet.

»Er sagt...« Sie preßte die Hände gegen das Gesicht.

Royce hatte sich seit langem an Pamelas theatralische Auftritte gewöhnt, aber sie machten es schwer, ein ernsthaftes Gespräch mit ihr zu führen. Dennoch hatte es mal eine Zeit gegeben, als sie ihn amüsiert hatten.

»Er sagt?«

Sie ließ ihre Hand sinken und schaute ihn direkt an. »Er sagt, er setzt einen Detektiv auf dich an.«

Royce starrte sie an. Pamelas Vater war weit über achtzig. Die beiden Männer waren einmal gute Freunde gewesen. Der alte Cotrell war wie ein Vater zu Royce gewesen. Aber das war zwanzig Jahre her.

»Pamela«, sagte Royce gelassen, »ist das anständig?«

»Ich versuchte, ihn zurückzuhalten«, sagte sie schnell, »aber was konnte ich tun?« Sie rang die Hände. »Du weißt, ich kann Daddy nichts befehlen. Ich drängte ihn nur. Ich versuchte, ihn zur Vernunft zu bringen. Ich sagte ihm, wir----du und ich----wir könnten die Sache lösen. Ich sagte, wir könnten irgendwohin gehen, nur wir zwei, vielleicht nach Cabo oder Puerto Vallarta. Oh, Frank...«, und sie nahm seine Hand und versuchte, sie auf ihren Busen zu legen.

»Hör auf damit«, sagte Royce und wand sich aus ihrem Griff. Er drehte sich zum Spülbecken um und füllte sein Glas bis oben mit Whiskey, das Wasser schenkte er sich.

»Aber er ließ sich nicht überzeugen«, zischte sie. »Nein, im Gegenteil, er drängte mich sogar. "Ich weiß, es wird hart für dich werden, Pamela", sagte er zu mir, "und du weißt, daß ich mich nicht in eure Angelegenheiten einmischen will. Aber wenn dein Doktor dich betrügt, dann finden wir's am besten heraus. Und wenn wir es tun, nun dann"«, sie zögerte, »"dann..."«

»Yeah«, sagte Royce und leerte das halbe Glas so schnell, daß der Rand heftig gegen seine Vorderzähne stieß. »Dann wirst du dich von mir scheiden lassen, stimmt's?« Er ließ das Glas sinken und drehte sich zu ihr um.

Ein seltsamer Glanz kam in Pamelas Augen, aber er war nicht so seltsam wie der Ausdruck, der über den Rest ihres Gesichts kroch.

»Dann«, sagte sie, »dann wissen wir, wer sie ist, diese Ehebrecherin, die dich zum Trinken verführt und zu was weiß ich sonst noch, deinen Charakter verdirbt, bis vier Uhr dreißig morgens.« Sie warf ihm die Zeit an den Kopf, als wäre es eine verdammende Anklage. »Gibt dein ganzes Geld aus, stiehlt all deine Energie, ruiniert deine Karriere, zerstört deine Ehe...«

Plötzlich war Royce betrunken, sehr betrunken, und sehr müde. Das Gesicht seiner Frau war entstellt. Ihre Rede war laut und konfus. Er konnte die Bedeutung der Wörter, die sie benutzte, nicht erfassen. Es war fast so als könne er sie nicht hören. Natürlich konnte er sie hören, sie schrie praktisch. Vor Jahren hätte er eine Stunde damit verbracht, sie zu besänftigen, sie zu beruhigen, bis sie ein Sedativ nahm. Und dann hätte er tröstend auf sie eingeredet, bis sie einschlief, und er hätte sie zu Bett gebracht. Aber diese Bemühungen hatten allmählich aufgehört. Die Jahre hatten ihn zermürbt. Und außerdem, welchen Unterschied machte es schon? Kürzlich hatte er sich eingestanden, daß sie ziemlich fertig war. Schon vor langem hatten sie aufgehört, wie Mann und Frau zusammenzuleben. Was ursprünglich als Kinderzimmer gedacht gewesen war, war seit langem zu seinem Schlafzimmer geworden. Es hatte ihn wirklich nicht gestört, es lag neben der Bibliothek. Solange er nicht im Haus war, störte sie ihn nicht sehr, und nachts kreuzten sich ihre Wege nur selten. Alle Jubeljahre einmal...

Es waren diese seltenen Gelegenheiten, die ihn fast umbrachten. Ohne Sinn und Verstand, es war noch nicht einmal Vollmond, bekam sie einen Anfall. Tagelang war das Leben für sie beide die Hölle, und er hatte Angst, sie allein im Haus zu lassen. Oft löste die Tatsache, daß er sie allein im Haus gelassen hatte, den Anfall aus, aber das erklärte es nicht ganz. Nichtsdestoweniger hatte die Tatsache, daß er sie nicht alleinlassen wollte, seine Arztpraxis zum Teufel gehen lassen. Es war natürlich nicht alles ihr Fehler. Sein Trinken war auch nicht gerade hilfreich. Er hatte mal eine gute Praxis gehabt. Jetzt...

Darum hatte er heimlich den Gefängnisjob übernommen. Ein paar Tage pro Woche im Gefängnis, Stichwunden versorgen und Vergewaltigungsopfer. Dann diese Hinrichtung.

Natürlich fand sie's heraus. Sie wußte alles, was es zu wissen gab. Alles bis auf die Wahrheit.

Er hatte sie niemals betrogen. Nicht einmal.

Sicher, er war schon mal in Versuchung gewesen. Aber er hatte es nicht getan. Trotz allem hatte er sich irgendwie nie mit anderen Frauen eingelassen, obwohl es Jahre her war, seit sie miteinander geschlafen hatten.

Was für ein Narr er gewesen war.

Er schaute sie an, Pamela, seine reizende Frau. Ihre scheußlichen Kiefer kauten die Luft, *kreischten* ihn an. Seine Frau *kreischte*.

Zum zweiten Mal in dieser Nacht hatte er das ungewohnte Gefühl, daß ihm Tränen in die Augen stiegen. Er hatte sie einmal geliebt. Vielleicht tat er's immer noch. Er hatte sie niemals betrogen, niemals, niemals, niemals.

Er fragte sich, ob sie das wußte. Und plötzlich, als er sie in dem trüben Dämmerlicht der Küche anblickte, erkannte er, daß sie wahrscheinlich verdammt gut wußte, wie es war. All dieser Quatsch über Detektive und Ehebruch und ihren siebenundachtzigjährigen senilen Daddy...Aber das hielt sie nicht zurück.

Am wenigsten ihr geliebter Ehemann.

Ihr geliebter Ehemann----am allerwenigsten...

Royce stolperte aus der Küche in den Flur und öffnete die Tür des Einbauschrankes. Er fiel dagegen, und zum Ausgleich knallte sie gegen die Eingangstür, als er sich bückte, um die Arzttasche aufzuheben. Als er die Tasche und sein Gleichgewicht hatte, drehte er sich um und ging zum Schlafzimmer. Aus der Küche hörte er das Zerschmettern von Geschirr und Gläsern. Sie hatte schon vor langer Zeit ihr Hochzeitsservice zerstört. Jetzt kauften sie nur noch billige Services und Gläser, alle zwei Monate. Außerdem war das alles, was sie sich leisten konnten. Das Geschäft ging schlecht. Royce war nicht mit dem Herzen bei der Sache. Er verbrachte zu viel Zeit mit dem Trinken oder zu Hause, um sich eine gute Praxis aufbauen zu können. Darum hatte er den Vertrag mit dem Gefängnis abgeschlossen. So verdiente er ein paar Dollar extra.

Dann hatten sie ihm vierhundert Dollar für seine Anwesenheit bei der Hinrichtung des Gefangenen 61-204 angeboten.

Als er in seinem Schlafzimmer war, schloß er sich mit seiner Tasche ein. Wenn die Tasche bei ihm in Sicherheit war, konnte sie sich damit keinen Schaden zufügen. Das hatte er vor langer Zeit auf die harte Tour gelernt. Er selbst hatte sie gezwungen, die Tabletten auszubrechen, direkt dort im Eingangsflur, neben dem Schrank, in dem er die Tasche aufbewahrt hatte, solange sie das Haus besaßen. Der Fleck war immer noch auf dem Teppich. Seitdem erinnerte ihn eine leise Stimme in seinen schlimmsten Augenblikken, alle sechs Monate oder so, an diese verzweifelte Wiederbelebung, verspottete ihn, fragte ihn, warum es ihn kümmerte...

Und ja, er hatte Angst vor ihr. Darum schloß er in seinem eigenen Haus jede Nacht die Schlafzimmertür ab.

Ein paar Drinks----und er fand etwas Schlaf. Ein gutes Schloß----und er konnte sicher sein, daß er wieder aufwachte.

Das hatte er auch auf die harte Tour gelernt.

SECHS

Royce war sich nicht sicher, was ihn am nächsten Morgen so früh aufweckte, es überraschte ihn aber, daß es etwas harmloseres war als die Zunge einer Klapperschlange in seinem Ohr. Der Kater war schlimm, aber etwas besser als die Aussichten des neuen Tages, genau wie fast jeden Tag. Dieses Wissen hatte sich seit langem in sein Unterbewußtsein eingeprägt und erlaubte ihm gewöhnlich, lange und fest zu trinken, lange und fest zu schlafen----saufen und dösen. Erst als er in der Küche am Spülbecken stand und das zweite große Glas Leitungswasser leerte, bemerkte er, was geschehen sein mußte.

Von dort aus, wo er stand, konnte er die Einfahrt und das vordere, dem

Haus zugewandte Ende seines Pickup sehen. Rotes Plastik lag unter der Stoßstange auf dem Zement, dort wo er am frühen Morgen ihre Rücklichter zermalmt hatte. Ihr Wagen war weg. Aber weiße Glasscherben mischten sich mit den roten auf dem Pflaster, und ohne sich zu weit vorzubeugen, konnte er sehen, daß sie beim Hinausfahren seinen Truck ein bißchen bearbeitet hatte. Das sah ihr ähnlich, dieser paranoiden Schlampe, sofort die zerbrochenen Rücklichter zu bemerken. Wie du mir, so ich dir----ein Scheinwerfer für ein Rücklicht...

Auge um Auge. Strafe auf Gegenseitigkeit.

Er hatte sehr starke Kopfschmerzen. Geräusche und Lichter feuerten tief durch sein Hirn, meilenlange Risse schossen durch Packeis.

Sie hatte die Küche zerstört, oder vielmehr das meiste Zeug darin. Überall waren Glas- und Geschirrscherben. Er mußte seine Schuhe anziehen, um sicher zum Spülbecken zu kommen. Sie hatte sogar eine Hängeschranktür halb aus ihren Angeln gerissen, und ein Stück Seife zeigte Kratzspuren von verzweifelten Fingernägeln oder von einer Gabel. Als er sich im Zimmer umschaute, konnte er praktisch die Wagner-Melodie in ihren Gedanken hören. Wenn die Cops in diesem Augenblick hereinkämen, würden sie ihn sofort verhören und versuchen, das Versteck von Pamelas Leiche aus ihm herauszubringen.

Manchmal wünschte er sich tatsächlich, er wüßte, wo sie begraben war.

Aber solche Gedanken hatten ihn noch nie weitergebracht und würden es auch nicht tun. Oder, um genauer zu sein, er verfolgte sie nie weiter. Und würde es auch nie tun.

Richtig?

Er füllte das Glas zum dritten Mal mit Wasser und nahm es mit zu seinem Schreibtisch im Arbeitszimmer. Dort schluckte er einige Aspirin. Der Anrufbeantworter war leer, wie fast immer. Das Geschäft lief schlecht, soziale Kontakte hatte er nicht. Das Gespräch, das er letzte Nacht während des Heimwegs in der Bar hatte, war in den vergangenen Monaten das längste gewesen, in dem er niemanden angeschrien hatte. War das erst letzte Nacht gewesen? Heute morgen?

Er blickte zur Uhr. Viertel vor zwölf. Gerade noch heute morgen. Es kam ihm vor, als sei es bereits lange her.

Er sah sich in der sogenannten Bibliothek um. Das war jetzt hauptsächlich Pamelas Zeug, und die Überbleibsel seiner eigenen Bücher, die er nicht hatte verkaufen können. Eine tolle Bibliothek. Royce kam es wie ein Tiefpunkt vor, auf jeden Fall wie ein wenig behaglicher Ort, der bald mitleidig überflutet werden sollte. Ungelesene medizinische Zeitschriften, Stapel aus *Architectural Digest, Better Homes and Gardens, Horse and Rider und National Geographic;* Romane von James Mitchener, Louis L'Amour, Zane Grey, Barbara Cartland und Danielle Steele; überteuerte Videofilme; *Giant, Gone with the Wind, The Last Picture Show, High Noon, Terms of Endearment, Love Story,* viel von Astaire und Rogers.

Ein paar Minuten lang starrte er auf das Telefon.

Vielleicht war noch genug Zeit, heute morgen etwas zu tun.

Er wählte die Nummer des Gefängnisses von Huntsville und bekam Johansons Sekretär an die Strippe. Das war ein alter Kalfaktor, dem außer Johanson niemand vertraute.

»Thurman.«

»Doktor Royce?«

»Steht der Computer vor Ihnen?«

»Sie meinen mein Fenster in die Welt, Dr. Royce?« Thurman benutzte den Computer im Büro des Gefängnisses erfolgreich, um sich als Teilnehmer einer Noel Coward Farce namens *Maximum Security* ein weltumspannendes Bild aufrechtzuerhalten. Außerdem für Erpressungen und zur Vergrößerung seines Reichtums.

»Genau den, Thurman«, seufzte Royce und drängte seinen Kater willensstark zurück.

»Direkt vor mir, Dr. Royce.«

»In welchem Land sind Sie gerade, und wer bezahlt die Telefonrechnung?«

»Oh, Dr. Royce, wissen Sie, es ist so teuer, dieses Modem zu benutzen. Ich mußte einen privaten Anschluß anfordern, um auch nur bis zur Gefängniszentrale direkt dort unten zu kommen. Ja, die sind da unten so großzügig und haben schrecklich viel zu tun. All diese furchtbar dringende Reformarbeit, wissen Sie.«

»Ja, ich----«

»Aber da Sie schon mal fragen, ich bin im Augenblick mit einem herrlichen, kleinen Software-Piraten aus Tanger verbunden. Dr. Royce, wissen Sie, ich glaube, der Kleine lügt mich wegen seines Alters an. Er sagt, er sei gerade dreizehn und habe sich seine eigene Festplatte gekauft, mit seinem eigenen Geld----Dollars nennen sie dort *Dirhams*----das er gewissenhaft von seinen Gaunereien in der Medina gespart hat. Und seitdem ist er von der

Straße weg und an seiner Tastatur, stiehlt und verkauft in der ganzen Welt Software. Und das alles mit dreizehn. Ist das nicht die beste Erfolgsstory, die Sie jemals gehört haben?«

Royce stimmte zu, daß das so sei.

»Und«, fuhr Thurman fort, »er fragt mich um Rat. Und ich meine nicht nur um Ratschläge in Computerfragen, Dr. Royce. Wirklich, Dr. Royce----oh!----Dr. Royce, was für eine Gelegenheit! Oh mein Gott, ich bin so aufgeregt, daß ich kaum klar denken kann! Es scheint, daß Abdhul----das ist der Name des Jungen, Abdhul, ist das nicht zu unverfälscht?----diese kleine Infektion hat, Dr. Royce...«

Und Thurman fuhr fort, in genauen Details ein ziemlich intimes Problem zu beschreiben. Royce hörte geduldig zu, dann sagte er ihm, was er dagegen machen könnte. Bei Thurman gab es keine Möglichkeit zu entscheiden, wer dieses Problem in Wahrheit hatte, denn seine Ausflüchte waren nicht leicht zu durchschauen. Soweit Royce wußte, konnte es auch Johanson sein.

»Ein paar *Dirhams* für die örtliche Apotheke, Thurman, das ist alles, was es kostet.«

»Oh, Dr. Royce, ich weiß gar nicht, wie ich Ihnen danken soll, Sir. Gibt es etwas, was ich für Sie *tun* kann? Hmmmm? Möchten Sie eine Verabredung?«

Royce schüttelte den Kopf. Thurman saß drei aufeinanderfolgende neunundneunzig-Jahr-Strafen ab, weil er einige mexikanische Jungen unter seinem Haus in Corpus Christi begraben hatte, nachdem er ihnen unaussprechliche Sachen angetan hatte. Aber das war nicht der Grund, aus dem Royce das Angebot höflich zurückwies. »Nein«, sagte Royce, »ich glaube nicht, daß Sie etwas Besonderes für mich tun müssen, Thurman, obwohl ich Direktor Johanson wegen einer speziellen Angelegenheit sprechen möchte.«

»Nun, ich danke Ihnen, Dr. Royce, und bitte erinnern Sie sich daran, daß ich tief in Ihrer Schuld bin. Aber es tut mir leid, der Direktor ist heute nicht in seinem Büro...«

Das wußte Royce schon. Es war üblich, daß jeder, der an einer Hinrichtung beteiligt war, nachher etwas Urlaub nahm. Heute würde Johanson auf seiner Ranch Kälber kastrieren und Tontauben schießen.

»Sie wissen, daß hier heute morgen eine Hinrichtung war, und dieser *schreckliche* Mord...«

»Ja«, sagte Royce knapp, »ja, heute morgen war eine Hinrichtung.«

»Oh, es tut mir leid, Dr. Royce...«

Zum Teufel.

»Wir alle wissen, was Sie von diesen schrecklichen Sachen halten, und ich danke meinem Glücksstern, daß ich 1970 gefaßt wurde, als diese gemeine alte Todesstrafe außer Kraft war...«

Wirklich, dachte Dr. Royce, wirklich.

»Ganz davon zu schweigen«, plapperte Thurman weiter, »daß ich erst hier in Huntsville erfuhr, wie viele *wunderbare* Filme Joan Crawford gemacht hatte...«

Royce schüttelte traurig den Kopf. Er fragte sich, ob genau das die Bedeutung des Wortes "sorglos" war.

»Aber vielleicht geht's um was, bei dem ich Ihnen helfen kann, Dr. Royce?«

»Nun, um die Wahrheit zu sagen, Thurman«, sagte Royce schnell, »ich brauche nur eine kleine Information----über diesen Burschen letzte Nacht, ich meine heute morgen, Bob----ich meine,« Royce suchte in seinem Gedächtnis, »Robert Lambert Men...war es Mencken, oder wie hieß der Bursche, Thurman?«

Thurman seufzte. »Wir nannten ihn Snowball, Dr. Royce, diejenigen von uns, die ihn mochten.«

»Snowball?«

»Ziemlich bucklig, Dr. Royce«, kicherte Thurman, »wenn Sie wissen, was ich meine.«

»Snowball...« sagte Royce nachdenklich.

Thurmans Stimme nahm einen komischen pädagogischen Tonfall an. »Haben Sie niemals, Dr. Royce, haben Sie niemals *Wunder der Rose* von Jean Genet gelesen?«

»Ich kann's nicht sagen, Thurman.« Wie viele Gefangene, die nichts außer Zeit hatten und einen energischen Bibliothekar ein paar Gänge weiter unten, hatte Thurman sich in der letzten Dekade oder so gründlich weitergebildet. Zugegebenermaßen reflektierte seine Bildung eine gewisse Vorliebe.

»Also, Dr. Royce, *Wunder der Rose* ist ein Roman, ein Gefängnisroman ----wissen Sie, daß Genet einer unserer großen Gefängnisautoren ist?«

Obwohl er schon gehört hatte, daß Genet als homosexueller Romanautor beschrieben worden war, hatte Royce, der niemals ein Werk von ihm gelesen hatte, nicht gewußt, daß Genet das meiste im Gefängnis geschrieben hatte. Vor allem gehörte Royce einer Generation an, die sich nur verschwommen an den Aufschrei der Künstler und Intellektuellen der Welt erinnerte, der Genet aus lebenslanger Haft befreite.

»Er war auch ein Schwuler, nicht wahr?«

»Oh, *ganz sicher*«, sagte Thurman schalkhaft. »Sie können ja mal versuchen, im Knast etwas anderes zu machen. Wenn sie ihnen was *aufbrummen*, dann----«

»Thurman«, sagte Royce betont, »ich bin der Arzt. Erinnern Sie sich?«

»Oh natürlich, Dr. Royce, entschuldigen Sie, ich wurde etwas albern...Oh!« Thurman lachte, »wo war ich?«

»Sie sagten, daß Mencken Snowball genannt wurde.«

»Natürlich, und der Name paßte. In dem Roman, um Ihre Aufmerksamkeit auf die fünfhundert Seiten zu lenken, war Snowball ein mordender schwarzer Adonis----zum Tode verurteilt----in den sich der Erzähler verliebt. Aus der Ferne natürlich, beeile ich mich hinzuzufügen.«

»Aus der Ferne. Sie meinen von der anderen Seite des Hofes?«

»Ja!« rief Thurman begeistert. »Genau, Dr. Royce! Sind Sie sicher, daß Sie den Roman nicht in Ihren, hm, Entwicklungsjahren gelesen haben?«

»Ganz sicher.«

»Eines Tages hat also der Erzähler, der nach diesem großen, schönen, schwarzen Mörder verrückt ist,« Thurman genoß jedes seiner Adjektive ungeheuer, als wären es neue Glasmurmeln in seiner vorderen Hosentasche, »diese Vision. Snowball ist immer angekettet, wissen Sie, und Genet hat diese köstlichen, detaillierten Phantasien über ihn aufgebaut und lebt phantasierend von Anblick zu Anblick, bis er eines Tages, als er Snowball anbetend beobachtet, sieht, daß Snowballs Ketten sich in Girlanden aus Rosen verwandeln. Ist das nicht schön? Weil er ein Heiliger ist, wissen Sie, geheiligt und seliggesprochen durch Genets Vision...«

»Und was hat das alles mit Mencken zu tun?«

»Eigentlich nichts«, seufzte Thurman wehmütig. »Das war das Wunder der Rose, wissen Sie, die Ketten verwandelten sich in Rosen, die Metamorphose des Bösen in das Schöne, und daher haben wir Snowballs Spitznamen...«

»War er, hm, heilig?«

»Oh, absolut, Dr. Royce, *göttlich* ist nicht übertrieben. Nun, erst heute morgen bemerkte ein Typ in der Dusche, daß in einer perfekteren Welt, Snowballs Scheiße dem Papst empfohlen würde, zur Heiligsprechung, allein aus dem Grund, daß er uns von diesem dreckigen Schwein, Pit Bull Peters, befreit hat...«

»Hat irgend jemand...Anspruch auf die Leiche erhoben, Thurman?«

»Auf welche? Peters?«

»Nein, Snowballs.«

»Ich würde es«, sagte Thurman ernst, »wenn----«

»Los, beantworten Sie die Frage«, fauchte Royce.

»Okay, okay, bleiben Sie ruhig. Nein. Die Antwort lautet: Nein.«

»Hatte er jemals Besuch?«

Am Klang der Stille, die über das Telefon kam, merkte Royce, daß Thurman schmollte.

»Thurman, hören Sie...Sie mochten Bob----ich meine Snowball.«

Thurman sagte stockend: »Ich, ich liebte ihn, Doktor...«

Ich nehme zurück, was ich über das Wort »sorglos« dachte, überlegte Royce bitter. »Würden Sie mir ein bißchen helfen? Es könnte...Ich weiß nicht...« Royce schaute auf die Wand mit medizinischen Zeitschriften hinter seinem Schreibtisch. Er konnte genausogut direkt damit herauskommen. Vielleicht überraschte er sich selbst genauso sehr wie Thurman. Aber es verging ein Augenblick, bevor er sagte: »Ich will herausfinden was ihm passiert ist.«

Thurman schien nicht besonders überrascht zu sein. »Glauben Sie nicht, daß es etwas spät ist, um Snowballs Fall zu durchleuchten, Dr. Royce?« Sein Ton war fraglos kühl.

»Nein«, sagte Royce nachdenklich. »Ich glaube nicht.«

Thurman war einen Augenblick still. Dann sagte er. »Bleiben Sie dran.«

Royce drehte seinen alten Sessel herum, so daß er durch die Schiebetür aus Glas blicken konnte, die zu der Stelle im Garten führte, wo immer ein Pool hätte sein sollen, tatsächlich aber nichts als ein verrosteter Flugzeugpropeller war. Er blickte auf eine weite Ebene voller Buffalogras, ausgerissener Büschel vertrockneten Grases und Eichenpfosten, die durch einen Drahtzaun, der in etwa zehn Meter Entfernung um das Haus lief, von seinem Besitz abgetrennt wurde. In der Ferne zog ein Habicht seine Kreise, hoch über dem sanften Hügel eine halbe Meile weiter südlich.

Royce konnte das spezifische Klicken und Piepen eines Computers hören. Nach einer langen Minute sprach Thurman. »Haben Sie einen Computer zur Hand, Dr. Royce?«

Royce drehte sich um und betrachtete seinen Schreibtisch. »Vor mir steht ein alter tragbarer *Underwood.*«

»MS-DOS?«

»Ja.« Die Welt läßt mich hinter sich, dachte er.

»Gut. Hat es ein Modem?«

Er tippte auf die Umstelltaste der Schreibmaschine. Der Wagen ging rauf und runter. »Es ist eins eingebaut.«

»Boot it up«, sagte Thurman fix. »Sie brauchen für den File ungefähr 50 Kilobyte.«

»Thurman----«

»Er war ein toller Mann, Dr. Royce. Ich drucke den File aus und lege ihn in Ihre Box.«

SIEBEN

Der Kopf des großen, jungen, schwarzen Mannes war sorgfältig und glatt rasiert wie eine achter Poolbillardkugel. Seine Rundum-Sonnenbrille paßte ihm so gut, daß es aussah als sei sie in sein Gesicht gelötet wie das Rücklicht in den Kotflügel eines gewöhnlichen Wagens. Als er sich umdrehte, um ihm den Weg zu zeigen, sah man oben auf seinem Kopf einen vollkommenen, vom Haar-Stylisten weiß gebleichten Kreis kurzgeschorenen, gekrausten Haares um zwei schwarz gelassene Kreise. Der obere überlappte den unteren, um die Nummer acht zu bilden. Er hielt den Kopf hoch und stand vollkommen gerade, als er Royce mit sehr tiefer Stimme freundlich erläuterte, wie er Zapata Street Nummer sechzehn finden konnte. Im Augenblick standen sie in der Zapata Street. Aber Nummer sechzehn lag in einer namenlosen Sackgasse, die von der Nordseite des mittleren Blocks abzweigte. Die Nummerierung verlief einfach die Straße hinunter, ging eine Seite der Gasse und dann die andere entlang und wurde dann noch zwei Blocks weiter westlich fortgeführt, bis zum Oak Hill Bezirk. Die Nummer war leicht zu verpassen. Jeder hätte sie verpassen können. Aber Franklin Royce machte es nervös, daß er sie verpaßt hatte. Er sah sich genötigt, dem Jungen gegenüber, der fast so groß war wie er selbst, eine freundliche Geste zu machen, weil er sich als so hilfsbereit und freundlich erwiesen hatte.

»Danke, Junge«, sagte er freundlich. »Wie heißt du?«

Der junge Mann neigte den Kopf und wies auf sein Haar. »Eight Ball«, sagte er.

Royce lächelte und bot dem Jungen eine Dollar Note an. Der Junge blickte darauf.

»Ich bin kein Cop oder so was«, erklärte Royce.

Der Junge blinzelte kurzsichtig. »Was wollen Sie wissen, Mister.«

»Dann nimm den Dollar.«

Eight Ball wartete.

Royce zuckte die Schultern. »Die Dame wohnt in Nummer sechzehn, kennst du sie?«

Eight Ball grinste. »Klar...«

»Wie kommt das?«

»Jeder kennt sie.«

»Heißt sie Colleen?«

»Yeah. Ihr Name ist Colleen.«

»Wohnt dort seit drei, vielleicht vier Monaten?«

Der Junge zog die Stirn in Falten und fragte ihn: »Hey, Mister, warum fahren Sie nicht zur Tankstelle da unten und reden mit dem Spiegel im Waschraum? Das kommt auf's gleiche raus, als wenn Sie hier stehen und mir Fragen stellen, auf die Sie schon die Antworten wissen.«

»Nimm den Dollar, Junge. Kauf dir Kreide für deinen Queue----«

Eight Ball sah ihn einen Augenblick lang nachdenklich an, dann lächelte er und nahm den Dollar. »Das kann ich gebrauchen«, sagte er fröhlich.

Royce beobachtete, wie der Junge die Straße hinunterschritt. Seine langen Arme ließ er gerade an den Seiten herunterhängen, und er ging sehr steifbeinig, bei jedem Schritt ließ er den Fuß ganz abrollen, statt die Knie zu beugen. Mit der Bemerkung über den Spiegel hatte er ihn getroffen. Vor einer Weile hatte Royce angehalten, um in einen Spiegel zu blicken, und er hatte nicht vor, bald in einen anderen zu schauen. Er wollte dieses aufgedunsene Gesicht nicht sehen, das vom Trinken allmählich immer mehr gezeichnet wurde, oder die Blutspuren im Weiß seiner Augen, oder die geplatzten Blutgefäße direkt unter der fleckigen Hautoberfläche seiner Nase...genauso wenig wie er an die Gelegenheit erinnert werden wollte, als der Frisör ihm zum ersten Mal angeboten hatte, seine Haare wieder braun zu färben----oder sogar schwarz. Er hob die Arzttasche hoch und ging die Straße hinauf. Er kam an zwei Männern vorbei, die traurig in den Motorraum eines geparkten Wagens blickten. Jeder von ihnen hatte eine Hand auf der hochgeklappten Motorhaube und einen Fuß auf der vorderen Stoßstange. Verschiedene Werkzeuge lagen der Länge nach auf einem Läufer, der über den Kotflügel an der Straßenseite gehängt worden war. Kinder jeden Alters liefen den Block rauf und runter, jagten einen Ball, jagten sich gegenseitig und schienen die Hitze und Schwüle des Abends nicht zu bemerken. Im Schatten des Gebäudes, das an der Mündung der Sackgasse zur Zapata Street stand, lag ein alter, gelber Hund auf dem Bürgersteig, mit dem Kopf auf dem staubigen Rand eines unbereiften Rades. Er atmete tief und langsam, seine wäßrigen Augen waren halb geschlossen und seine rote Zunge rutschte seitlich aus dem Mund.

Royce bog in die Gasse ein und fand eine ausgetretene Holztreppe, deren Stufen zum Eingang eines dreistöckigen Hauses führten, das in Holzskelettbauweise errichtet worden war und Schindelseiten und einen gelben, abblätternden Anstrich aufwies. Zwei Zahlen aus Schmelzfarbglas in der gleichen Farbe wie das Haus, waren an einen Pfosten geheftet, der die Außenseite des Treppenaufgangs stützte: eine eins und eine sechs. Eine Menge zerbrochenes Glas und leere Kartoffelchipstüten hatten sich unter den ersten Treppenstufen angesammelt. Irgendein örtlicher Unternehmer mußte den Platz von Aluminium-Dosen freihalten. Ein ausgeplünderter Motorradrahmen stand rostend auf seinem Ständer zwischen dem Müll unter der Treppe, mit Schloß und Kette war er an denselben Pfosten gekettet, der die Hausnummer hielt.

Royce stieg bis zum ersten Absatz hinauf und stand einer verwirrenden Menge von Klingelknöpfen gegenüber, die in ein an das Tor genageltes Stück Sperrholz eingesetzt waren. Das Tor blockierte mehr oder weniger den weiteren Zugang zum Gebäude, obwohl es für jedes Kind keine Schwierigkeit war, es zu umgehen. Ein Schritt aufs Treppengeländer und die Sicherheit des Hauses war dahin. Tatsächlich sah es so einfach aus, in das Gebäude zu gelangen, daß er nach kurzem Nachdenken jede Höflichkeit außer acht ließ und gegen das Tor drückte. Es schwang ohne nennenswerten Widerstand auf, knirschte nur ein wenig.

Sie wohnte ganz oben auf der Rückseite und brauchte viel Zeit, bis sie auf sein Klopfen reagierte. Als sie es schließlich tat, fragte Royce sich, wie oder warum sie sich die Mühe gemacht hatte.

Als sie die Tür öffnete, war Colleen Valdez so stoned, daß sie kaum stehen konnte. Sie hatte rabenschwarzes Haar, das bis auf ein paar gekräuselte Strähnen glatt auf ihre Taille fiel und trug einen aprikotfarbenen Morgenmantel, der von ihrem Haar mehr oder weniger soviel einschloß, wie er im gleichen Verhältnis von ihrem Körper mehr oder weniger zur Schau stellte. Obwohl sie zu ihrem unerwarteten Besucher sprach, waren ihre Augen geschlossen. Ihre Stimme war kaum lauter als bei einem inneren Monolog----und sagte auch ungefähr das gleiche. Zwischen den Worten, die sie gebrauchte, schmatzte sie leise. Während sie murmelte, beobachtete Royce eine dünne Blutspur, die an der Innenseite ihres Unterarms entlangkroch.

»Oh, Eddie«, sagte sie, »ich, hm, meine...«

»Entschuldigen Sie, Ma'am«, sagte Royce und zog seinen Hut. »Ich bin ein Freund von Bobby Mencken, und ich suche eine Miss Colleen Valdez.«

Ein kurzes Stirnrunzeln huschte über ihre ausdruckslosen Gesichtszüge, als wäre sie blind und könnte sich nicht mehr erinnern, wo sie den Salzstreuer gelassen hatte. »Oh, wow«, sagte sie und lächelte kurz. Sie hätte wahrscheinlich auch mit den Augen gezwinkert, konnte ihre Augen aber nicht ganz öffnen. »Ein richtiger Gentleman. Tja, das bin ich. Aber...sie ist nicht...sie ist *unpäßlich*, sehen Sie...« Sie schluckte und machte leise, schmatzende Geräusche mit ihren Lippen; und als wären sie ziemlich trocken, fuhr sie mit ihrer Zungenspitze über die Lippen. Dann fing sie an den Kopf zu schütteln und sagte wie zu sich selbst: »Ich weiß nicht mal, warum ich an die Tür gegangen bin.« Sie kicherte leise, ohne Anstrengung, als wäre in ihrem System nicht genug Energie, um richtig lachen zu können, nicht einmal dann, wenn der Witz auf ihre Kosten ging, und dann runzelte sie wie ein kleines Mädchen die Stirn. Royce dachte, der Scherz hätte tatsächlich leicht auf ihre Kosten gehen können. Wäre er ein Cop gewesen, hätte er dieses Mädchen vielleicht in Gewahrsam genommen. Aber so sagte er nur: »Sie scheinen sich nicht besonders wohl zu fühlen, Miss Valdez. Darf ich Ihnen in einen Sessel helfen?«

Miss Valdez atmete tief ein. Der Atemzug nahm ihre Kraft offensichtlich über Gebühr in Anspruch, denn er verfing sich in ihrem Hals, und sie wurde ganz weiß. Dann sackte sie gegen den Türpfosten, drehte sich an ihm herum und fiel in Royces Arme.

Sie mochte vielleicht fünfzig Kilo wiegen. Royce ließ seine Tasche und seinen Stetson fallen, um sie aufzufangen. »Miss Valdez?« Keine Antwort. Er trug die Frau in die Wohnung. Die Eingangstür lag in der Mitte eines schmalen Flurs. Er ging nach links und fand sich in einer sehr kleinen und sehr desorganisierten Küche wieder, in der der Geruch von verbrannten Streichhölzern hing. Er ging rückwärts den Flur zurück bis zur Eingangstür, drehte sich um und wandte sich der rechten Seite der Wohnung zu. Dort fand er zwei

Zimmer. Im ersten waren ein zerschlissener, überladener Sessel, eine Gitarre, ein Sofa und ein Tisch, die einem Fernseher auf einem kleinen Schränkchen gegenüberstanden. Im zweiten Zimmer sah man durch ein zersplittertes Fenster über ein Durcheinander aus Hinterhöfen und Wäscheleinen und einem stark befahrenen Freeway in einer viertel oder halben Meile Entfernung. Ein zerwühltes Doppelbett nahm fast den ganzen Raum ein, und ungeschickt legte er die Frau so sanft er konnte darauf. Er fühlte ihren Puls. Er war langsam, aber regelmäßig. Er untersuchte ihre Arme und fand an beiden Spuren, die hinauf und hinunter liefen. Neben dem Bett war ein kleines Faß, das als Tisch diente. Darauf lag ein Augentropfer, dessen eines Ende mit dem Ballon eines Schnullers und das andere mit einer Spritze verbunden war, in deren Spitze sich noch ein Blutstropfen befand, ein verbogener, schwarz gebrannter Löffel, mehrere geschwärzte Streichhölzer, ein noch brennender Kerzenstummel, eine halbleere Streichholzschachtel und eine Rasierklinge. Ein Glassinbriefumschlag lag auf einer Taschenbuchausgabe von *Krieg und Frieden* und war entlang seiner Nähte aufgeschlitzt und glattgestrichen worden. Es war einer dieser winzigen, durchsichtigen Briefumschläge, die Briefmarkensammler benutzten, um ihre seltenen Exemplare darin aufzubewahren. Vielleicht machen sie das immer noch.

Interessant, dachte Royce. Er blies die Kerze aus.

Das Zimmer war sehr eng. Er zog einen zerlumpten Vorhang vor das offene Fenster, und es wurde dunkel im Raum. Es schloß eine dichte, schwüle Dschungelatmosphäre ein. Am Fußende des Bettes hing in einer Zimmerekke waagerecht ein Besenstiel, gehalten von einem Nagel in der Wand und einem im Fensterrahmen. Ein paar Kleidungsstücke hingen auf ihren Bügeln daran oder waren achtlos darübergeworfen worden, Männer- und Frauenkleidung, geblümte Muster auf dünnem Stoff, der vom langen Tragen abgenutzt und verblichen war.

Mit dem Rücken zum Fenster saß er auf der Bettkante und beobachtete eine Weile die unter Drogen stehende Frau.

Zuerst fiel ihm ihr Gesicht auf. Es war gleichmäßig mit Pockennarben oder einer ähnlichen Entstellung übersät. Man mußte es als ruiniert bezeichnen. Es glich verwittertem, fünfhundert Jahre altem Marmor. Aber genau wie Bobby Mencken war sie jung, noch keine dreißig. Aber ihr Gesicht hätte schön sein können. Je länger Royce Colleen Valdez' Gesicht betrachtete, desto schöner fand er es tatsächlich. Ihr Teint war leicht gebräunt, ob durch die Sonne oder durchs Blut konnte er nicht beurteilen. Aber die Augen waren schmal, wie durch asiatischen Einfluß, und die vernarbten Wangenknochen lagen kurz darunter. Sie hatte eine kleine, gerade Nase, nur leicht gerundet. Obwohl sie jetzt ihrer Farbe beraubt waren, waren ihre Lippen voll und breit und darunter lagen überraschend gleichmäßige, kleine Zähne, zwischen denen er ihre rosa Zungenspitze sehen konnte.

Und sie hatte viele der anderen weiblichen Attribute, die Männer schön finden. Brüste, Hüfte und Schenkel wölbten sich angemessen unter dem Taft-Morgenrock. Dunkles Haar zog sich spärlich an ihren nackten Armen entlang, wie sanft gerundete, zerbrechliche Fasern, die durch ein geheimes magnetisches Feld angeordnet wurden. Ihre Waden waren wie zwei parallele Wellen miteinander verschränkt und gingen sehr schön in zwei vollkommen nackte, gut geformte Füße über. Ihr in rabenschwarzes Haar eingehülltes Gesicht lag auf dem Kopfkissen wie die Büste einer blassen Madonna, die in ein Versteck aus bestem Ebenholz gepackt worden war.

Mein Gott, dachte Royce, dies ist wirklich das Prachtexemplar einer Frau. Und plötzlich wanderten seine Gedanken dreißig Jahre zurück, zu einer Anatomie-Übung und zu dem Leichnam, den er sich mit drei anderen Studenten geteilt hatte. Die Leiche war einmal eine junge Frau gewesen, die bei einem Motorrad-Unfall ums Leben gekommen und unerklärlicherweise der Wissenschaft überlassen worden war. Und sie alle hatten sich gefragt, wer sie war, was sie gemacht hatte, wie sie sich bewegt hatte, gedacht, gehandelt, gelebt und...Tja, sie wußten, wie sie gestorben war. Unzählige innere Verletzungen, ein ernstes Gehirntrauma, innere und äußere Blutungen, ein gebrochenes Genick...

Nun, hier war die andere Seite der Medaille, dachte Royce. Eine Frau, die sich wie das Motorradmädchen vorsätzlich an den Rand des Todes brachte, doch anders als die andere würde sie am Leben bleiben. Sie würde überleben. Und ich könnte all diese Dinge über sie entdecken, bevor----falls und wenn----sie stirbt.

Nachdenklich legte er Mittel- und Ringfinger im Nacken der Frau gegen ihre Halsschlagader. Der Puls war sehr langsam, aber sehr regelmäßig. Ihre Haut war an dem heißen Abend sehr kühl. Er streichelte die Halsschlagader, den Nacken, die Unterseite ihres Kinns. Ihr pockennarbiges Gesicht glitt unter seinen Fingern dahin wie rauhes, glänzendes Sackleinen. Ja, eine wunderschöne Frau. Er wußte nun, was jeder Mann in ihr sah, und das nahm Bobby Mencken nicht aus, der mindestens zwei Jahre und fünf oder sechs Adressen früher mit ihr zusammengelebt hatte, bevor er ins Gefängnis kam.

Er nahm die Hand von ihrem Hals und ließ sie an ihrer Schulter entlanggleiten, ihren Arm hinunter, über die Hüfte, entlang der Schwellung ihres Oberschenkels. Dann zog er die Hand weg.

Er ging auf den Flur hinaus und holte seine Arzttasche und seinen Hut. Nachdem er die Tür hinter sich geschlossen hatte, versteckte er die Tasche hinter dem Sofa im Wohnzimmer und legte den Hut auf den Tisch. Es war eine lange Nacht gewesen----und ein langer Tag. Nachdem er Menckens Vorgeschichte gelesen hatte----zumindest soweit, wie das Gefängnis Aufzeichnungen darüber hatte----hatte er die Akte und ein paar andere Sachen in den Arztkoffer gepackt und war, ohne einen einzigen Blick zurückzuwerfen, nach Dallas aufgebrochen. Die Fahrt war ziemlich lang, über acht Stunden. In dieser Zeit hatte er sich an die Idee von Menckens Unschuld gewöhnt, und außerdem hatte er sich an die Idee gewöhnt, daß er herausfinden wollte, warum Mencken die endgültige Strafe für etwas auf sich genommen hatte, was er vielleicht überhaupt nicht getan hatte. Was er machen würde, falls er eine Antwort fand----darüber hatte er noch nicht nachgedacht.

Colleen Valdez war seine erste Spur. Ihr Name war mal auf Bobbys Besucherliste aufgetaucht, und sie war nicht schwer zu finden gewesen. Er hatte erst seit gestern gesucht. Jeder erinnerte sich an die schlanke Schönheit mit dem ruinierten Gesicht. So wie es aussah, war sie ein bißchen zu kaputt und ein wenig zu sehr mit sich selbst beschäftigt, als daß sie nach Huntsville gehen und die Leiche beanspruchen würde. Aber das würde Bobby nicht stören. Tatsächlich hatte sie ihn seit zwei Jahren nicht mehr gesehen.

Royce verließ die schäbige Wohnung und ging ein paar Blocks, bevor er einen Spirituosenladen fand, für den sein Spanisch gut genug war, um eine Flasche von Ezra Brook's Tennessee Sipping Whiskey zu bekommen. Die Nacht brach herein, aber es war so heiß und schwül, wie es seiner Meinung nach außerhalb von Houston nur sein konnte. Er umrundete ein paar Blocks, um in den Genuß der dicken Luft zu kommen. Die Leute hingen in der Dunkelheit auf ihren Veranden herum und unterhielten sich ruhig. Die Männer trugen ärmellose Unterhemden oder überhaupt keine. Die Frauen hatten kleine Kinder mit großen Augen auf dem Schoß. Überall standen die Fenster auf, in der Hoffnung auf kühle Luft, und hier und dort konnte er Musik aus einem Radio hören oder das blaue Licht eines Fernsehers über die Wände eines dunklen Zimmers flackern sehen. Einmal kam er an seinem Pickup vorbei. Zwei Kids spielten hinten auf der Ladefläche. Er scheuchte sie weg, und sie beobachteten ihn vom Ende des Blocks, als er nachsah, ob der

Truck immer noch abgeschlossen war. Nach einiger Zeit ging er zur Wohnung zurück, um darauf zu warten, daß Colleen Valdez soweit war, um aufzuwachen und mit ihm zu reden.

ACHT

Als er aufwachte, wußte Royce zuerst nicht, wie lange er eigentlich geschlafen hatte. Er hatte sich an einem dieser Nickerchen erfreut, die Leute machen, wenn sie die gleichen Sachen schon zu lange getan haben und wenig Hoffnung haben, jemals etwas anderes zu machen, so daß sie sich besser dafür ausruhen. Das Leben rundherum würde während ihres Nickerchens nicht genug Zeit haben, um sich sehr zu ändern, aber schließlich hatte das Leben nie genug Zeit, um sich überhaupt zu ändern, jedenfalls was diese Schläfer betraf. Er mochte vielleicht ungefähr eine Stunde geschlafen haben.

Aber während Royce geschlafen hatte, hatten sich die Dinge verändert, obwohl er nicht mal sehr lange geschlafen hatte. Freundliche Veränderungen. Musikalische Veränderungen. Ein Mann----ganz in seiner Nähe----klimperte auf der Gitarre und sang.

The old hometown looks the same
As I step down from the train,
And there to meet me is my mama and papa...

Royce hielt die Augen geschlossen und lauschte. Eine einfache Melodie, aber in der Stimme lag eine gewisse Traurigkeit. Eine sehr beruhigende Traurigkeit.

Down the road I look and there runs Mary,
Hair of gold and lips like cherries...

Der Sänger unterbrach sich und fing an zu reden, ohne den Rhythmus seiner Saiten zu stören. »Hey, hey, Colleen«, sagte er, »das bist du, Honey«, und er lachte und wiederholte den Vers. Aber beim folgenden Vers hatte seine Stimme die Innerlichkeit wiedergewonnen.

...hair of gold and lips like cherries.

It's good to touch the green, green grass of home...

Royce hätte sich vielleicht vage an die Melodie erinnert, aber er wurde von ihrer wehmütigen Einfachheit seltsam berührt und konnte den Grund seiner Emotion nicht erkennen, bis der Spieler einmal nur die Melodie spielte und dann wieder den Text aufnahm.

Then I awake and look around me
At four gray walls that surround me,
And I realize that I was only dreaming...

Ach so. Ein Gefängnislied, und zwar ein sehr berühmtes. Porter Wagoners Version davon konnte man immer noch in bestimmten Teilen des Westens in den Jukeboxen der Truck Stops finden.

From there's a guard and there's a sad old padre.
Arm in arm, we'll walk at daybreak...

Yes, they'll all come to meet me,
Arms reaching, smiling sweetly.
It's good to touch the green, green grass of home...

Der Sänger wiederholte den Refrain und begann dann, die Melodie auf den Gitarrensaiten zu suchen. Er spielte sie einmal, beim zweiten Mal spielte er eine Jazz-Version, und seine dritte Version war recht schnell und wurde von ihm immer wieder mit einem »Yeah!« begleitet. Dann wurde er langsamer und sprach den letzten Vers, während er spielte, so wie's Wagoner tat.

Then I woke and look around me
At four gray walls that surround me
And I realize...I was only dreaming.
For there's the guard and there's the sad old padre.
And we're gonna walk...

Jetzt schlug der Spieler die Gitarrenseiten.

...arm in arm at daybreak...

Hier schwang der Spieler mit einer unerwarteten Inbrunst, die sein vorheriges Geklimpere geschickt in den Schatten stellte, in einen schönen zurückhaltenden und unerträglich traurigen Schlußrefrain.

Yes, they'll all come to meet me
In the shade of that old oak tree
As they lay me 'neath the green, green grass of home...

Dann schlug der Spieler, offensichtlich ein rückfälliger Clown, heftig den vierten Akkord, wahrscheinlich ein C, und sang ein langes »Ahhhhhhh«. Als ließe er seine Mandeln untersuchen, dachte Royce. Dann stürzte er sich auf den Ton wie eine Eule auf eine Ratte, notwendigerweise ein G, und sang »Me-ennnnn...«, während er die ganze Zeit das Tempo des Schlagens verringerte, bis er entschied, es sei Zeit mit dem Schlußakkord, also ein tiefes G, den Song zu beenden, und es auch tat.

Amen, stimmte Royce zu, was für eine Erleichterung.

»Und wenn Sie das nicht geweckt hat, Mister, dann träumen Sie, Sie würden in 'ner Kirche schlafen.«

Royce öffnete ein Auge. Der Gitarrist saß in dem zerschlissenen Sessel gegenüber dem Ende des Sofas, auf dem Royce sich ausgestreckt hatte. Eine Hälfte von ihm wurde in das flackernde, blaue Licht des Fernsehers getaucht, das einzige Licht im Zimmer, in dessen Schein man sehen konnte, daß er kein Hemd anhatte und tätowiert war. Gefängnis-Tätowierungen. Ein Skorpion, Spinnen, kleine Messer, eine weinende Frau, eine 13, eine 69. Schwarze und blaue Tätowierungen auf der blau-weißen Haut. Sein Kopf war rasiert, aber das weiße Haar war vor einiger Zeit nachgewachsen, und die Tätowierungen auf seinem Schädel sahen aus wie die wiederaufgeforsteten Landschaftsdiagramme von Nazca. Der Schädel selbst war so schmal und fleischlos, daß er die gekrümmte Unzialnummer-Acht-Erscheinung des schreienden Verrückten in Edvard Munchs berühmten Bild »The Scream« hatte. Auf seiner linken Wange sah man eine glänzende, sternenförmige Stichnarbe. Seine nackten Arme waren ebenfalls sehr dünn, aber muskulös, und der Gitarrist war wirklich kein besonders kleiner Mann. Er hatte lange, feingliedrige Finger, die leicht den dicken, langen Hals des Instrumentes im spanischen Stil umgreifen konnte, das auf seinem Schoß lag. An jeder Hand steckte ein großer Ring, jeweils ein geformter, flacher Stein, der in Silber eingefaßt war. Die Hände bewegten sich unruhig aber laut über die Saiten, doch die weiß glänzenden, tief in der feuchten Dunkelheit ihrer Höhlen liegenden Augen beobachteten Royce.

»Aha«, sagte der Gitarrist als er Royces geöffnetes Auge sah, »halb am träumen.«

Royce bewegte sich unbehaglich in den tiefen Polstern der Couch. Seine Flasche schlug mit einem Knall auf den dreckigen, olivgrünen Teppich.

»Also verdammt, Colleen«, jammerte der Gitarrist, »der Reverend hat seine Flasche direkt zwischen Kirchenlied Nummer eins«, er schlug den vierten Akkord an, »und Hymne Nummer zwei fallengelassen.« Er schlug den Grundakkord an. »Sag mal, Reverend, wie wär's mit 'nem Abendmahl für den Chor?« Er spielte ein lebhaftes, kleines Liedchen, das etwas Schwebendes an sich hatte, genau das Richtige, um bei einer Tanzveranstaltung eine Unterbrechung anzukündigen. »Was dagegen?«

Royce setzte sich auf und versuchte, die Nachwirkungen des Schlafs und der zwei oder drei kräftigen Züge, die er vorher genommen hatte, abzuschütteln. Er hob die Flasche auf und betrachtete sie----zwei Drittel voll----und gab sie weiter.

»Meine Güte«, sagte der Gitarrrist, »Ezra Brooks. Das is'n guter Whiskey, Reverend.«

Royce rieb sich mit beiden Händen den Kopf und fragte, wie spät es sei.

»Mitten in der Nacht«, sagte der Gitarrist und hob die Flasche.

»Die richtige Zeit«, murmelte Royce, nur um freundlich zu sein.

Der Gitarrist schluckte und hob eine Augenbraue. »Hier ist immer die richtige Zeit«, sagte er und gab Royce die Flasche zurück.

Royce hatte seine Standard-Fernseh-Position eingenommen. Er saß auf der Sofakante, beugte sich vor, sein Unterarm ruhte auf den Knien, eine Flasche war in der Nähe, der Bildschirm flackerte vor ihm. Das Flackern verstärkte seinen Schwips.

Ein paar Minuten lang klimperte der Gitarrist träge. Royce sah eine Zigarettenpackung auf dem Tisch und hielt sie hoch. Der Gitarrist nickte. Royce steckte sich eine an und beobachtete eine Zeitlang den Fernseher. Die Bilder hatten etwas beruhigendes, etwas, das die Zukunft hinausschob oder die Gegenwart ausschloß, und nachdem er das erkannt hatte, starrte Royce ohne Vorurteile darauf. Er war sicher, jeder würde verstehen, daß er nicht unterbrochen werden wollte.

Der Gitarrist spielte leise und beobachtete diesen Fremden auf der Couch. Royce hatte grau gesprenkeltes, kurz geschorenes Haar----einen

Haarschnitt, den man nach dem 2. Weltkrieg "GI" nannte----ein verschwitztes, weißes, kurzärmeliges Hemd mit festgeknöpftem Kragen, eine harmlose, lohfarbene Hose, die von einem Gürtel gehalten wurde, dünne, weiße Socken in ungeputzten, braunen Schuhen. In der Brusttasche steckte ein Kugelschreiber. Er war um die fünfzig.

Ein leicht amüsierter Ausdruck überzog das Gesicht des Gitarristen, als er Royce beobachtete. Dann beugte er sich über seine Gitarre, um den Bildschirm sehen zu können. Eine Sequenz schnell geschnittener Bilder verkaufte Bier. Er schaute zu Royce. Royce Augen wandten sich nicht vom Bildschirm ab. Sein Mund stand leicht auf. Der Gitarrist nahm die Whiskeyflasche und lehnte sich in seinem Sessel zurück.

»Hast du 'nen Namen, Reverend?«

»Royce.« Er nahm die Augen vom Fernseher. »Franklin Royce.« Seine Augen wanderten zum Bildschirm zurück.

»Wirst du Frank genannt?«

»Meine Frau nannte mich Royce. Als ich eine Frau hatte.«

»Wie wär's mit Rolls Royce? Hat dich schon mal jemand Rolls Royce genannt?«

»So hat mich Bobby genannt, zumindest einmal.«

»Du und Bobby----ihr seid Partner gewesen im Knast?«

Royce schwieg.

Der Gitarrist nahm eine Zigarette, steckte sie an und lehnte sich mit der Gitarre auf dem Schoß gegen die Polster des Sessels. Er blies Rauch in die blaue Dunkelheit. Dann sagte er: »Genauso halte ich es mit den Bastarden. Sollen sie ihre Anonymität genießen.«

Royce lächelte vage den Fernseher an.

Der Gitarrist schlug seine Beine übereinander. »Ich meine, geh ihnen aus dem Weg«, erklärte er. »Wenn sie nicht mal wissen, wie sie dich nennen sollen, dann können sie nicht kommen und dich finden. Sie wissen nicht mal deinen Namen. Das schützt einen vor allem möglichen Zeug. Steuern, zum Beispiel. Sie können keine Steuern von dir kriegen, wenn sie nicht wissen, wo sie dich finden können, und sie können dich nicht finden, wenn sie nicht wissen, wer du bist. Es ist ein gutes System. Natürlich muß man gewisse Opfer bringen. Wie zum Beispiel, man kann keinen Kredit bekommen, oder ein Telefon----jedenfalls nicht auf den eigenen Namen. Das ist ein ganz anderes Thema.« Der Gitarrist bewegte seinen nackten Fuß, den er auf das Knie stützte, und beobachtete ihn. »Aber alles in allem, ist es ein gutes System.

Darum haben wir hier kein Telefon. Ich hab' daran gedacht«, fügte er abrupt hinzu, »mir von jemandem ein paar Klappern auf meinen Fuß tätowieren zu lassen, und 'nen Schlangenkopf hinten auf meinen Nacken, mit weit geöffnetem Mund, so daß mein Gesicht in ihrem Mund ist. Verbunden werden sie durch rautenförmige Klapperschlangenrücken, die sich um mein Rückgrat ringeln, durch mein Arschloch und um meine Beine rum, bis sie zu meinem Fuß kommen, wo die Klappern sind, und dort ist der Schwanz der Schlange, siehst du, und ich könnte ein paar getrocknete Samenhülsen an meine Segeltuchschuhe nähen oder vielleicht an das Gewebe zwischen meinen Zehen, und dann fühle ich mich vollkommen als Schlange und muß gleichzeitig den Leuten Bescheid stoßen, warum ich die ganze Zeit diesen Fuß bewege.« Er blies in Royces Richtung Rauch. »Das ist mein Totem, die Klapperschlange. Verstehst du?«

Nach einem Augenblick drehte Royce seinen Kopf in einer Serie hölzerner Bewegungen in die Richtung des Gitarristen. Er blickte ihn einen Augenblick an, sagte »Sicher«, und blickte wieder zum Fernseher zurück.

»Natürlich«, fuhr der Gitarrist fort, »muß das ein wirklich guter Tattoo-Künstler sein, weißt du, vielleicht Erno draußen an der Küste. Das is'n Kerl, dem es nichts ausmachen würde, mit ein paar Schlangen zusammen zu schlafen, nur um ihre Bewegungen richtig hinzukriegen, sie aus der Nähe zu studieren. Schließlich müßte 'ne Schlange in dieser Größe ganz exakt sein, bis hinunter in die kleinsten Details. Ein Kerl, der sich hingebungsvoll dem Ummodeln der Haut widmet.«

Royce zog eine Augenbraue hoch. Mit den Dallas Cowboys auf dem Bildschirm schien etwas nicht in Ordnung zu sein. Er fragte sich, wie es Montagnacht sein konnte.

Der Gitarrist pickte ein Stückchen organischer Substanz von seiner Zungenspitze und untersuchte es, während er fortfuhr. »Aber ich kenne diesen Kerl Erno nicht durch Adam. Ich meine, ich hab' von ihm gehört. Er ist ein großer Tätowierer drüben in Frisco, an der Küste. Hier in der Gegend gibt es Kerle, die es unten in Galveston machen. Man braucht 'ne Hafenstadt, wo's Schiffe gibt und Seeleute und das Zeug, um 'nen wirklichen Tattoo-Künstler zu finden. Natürlich«, er zuckte die Schulter und dämpfte die Stimme, »begrenzt das strenggenommen nicht die Möglichkeiten. Es gibt viele Häfen auf der Welt, weißt du? Aber normalerweise, Mann, muß man in der Szene sein, Mann, und braucht etwas Knete, du weißt schon, Mann, und ein paar Verbindungen, Mann, um sicherzugehen, daß man nicht an 'nen

Kerl gerät, der dir den Rücken in ein Buch der Offenbarungen verwandelt, Mann, oder in 'nen Brief an seine Mutter, oder in Spinnen, die Blut saugen, während man schläft...«

Royces Aufmerksamkeit wurde immer noch von den Dallas Cowboys gefesselt, und warum auch nicht? In letzter Zeit hatte er viel auf dem Herzen. Pamela ist bestimmt geistesgestört...Nein, er wollte heute nacht nicht in die Realität zurückkehren...Guter Paß...

Der Gitarrist betrachtete Royce mit philosophischem Ärger. Er zog zweimal schnell an seiner Zigarette und legte die Gitarre zur Seite. »Der Arzt vom ATD, bei dem ich war«, sagte er und beugte sich vor, um den Stummel im Aschenbecher auf dem Tisch auszudrücken, »sagt, diese Sache mit dem Fuß sei 'ne nervöse Spannung.« Er nahm die Flasche und lehnte sich im Sessel zurück. Als er den Fuß über das Knie legte, fing er wieder an zu vibrieren. »Ich sagte, ich hätte das immer gehabt, schon als Kind.« Er hob die Flasche und nahm einen Schluck. »"Das ist ein sicheres Zeichen von Intelligenz", sagt der Quacksalber mit 'nem zögernden Lächeln. "Keineswegs", sag' ich zu ihm. "Es hängt mit den zwei hohlen Zähnen vorne in meinem Mund zusammen und mit dem Pfeifen, das ich immer höre, wenn ich Mescalin esse. Es ist meine innere Schlangengleichheit, Doc. Die Klapperschlange ist mein Totem. Nichts und niemand wird mich vom Gegenteil überzeugen. Ich bin 'ne verdammte Schlange, und dabei bleibt's." So.« Er stellte die Flasche auf den Tisch zwischen sich und Royce zurück und zündete sich eine andere Zigarette an. »Danach dauerte es nicht mehr lange und sie entschieden, ich sei sozial 4F, wenn du weißt, was ich meine, und sie gewährten mir Hilfe für die vollständig Abhängigen.«

Die Cowboys drängten das Spielfeld hinunter, es sah gut aus, und dabei war es nur ein Freundschaftsspiel----tatsächlich hätte es auch die Wiederholung eines Freundschaftsspieles vom letzten Jahr sein können. Royce tastete nach der Flasche, und ohne sie anzuschauen, führte er die Öffnung an seinen Mund.

»Sie dachten, ich sei verrückt, und das kann ich ihnen nicht verdenken. Es ist nur gut für uns, daß ich mit der ganzen Sache nicht zu weit gehen mußte. Aber verrückt ist eine Sache, und Sparsamkeit ist was anderes. Ich hab' was von dem ATD-Geld gespart. Ich weiß, ich weiß«, er hielt eine Hand, mit der Innenfläche nach außen, hoch, »du glaubst, das ist unmöglich. Schließlich ist ATD nicht besonders viel, und Reagan hat's sogar noch gekürzt. Doch kurz und gut, wir schafften es mit der Gnade Gottes und verschiedenen Vergehen.« Er betrachtete das Ende seiner Zigarette und blies darauf. Kleine Aschestückchen flogen vom Ende ab, und die Glut glühte hell auf. »Nach und nach«, fuhr er fort, nahm einen kleinen Zug und betrachtete wieder das Ende, »bekomme ich genug zusammen, um eines Tages die Tätowierung machen zu lassen.« Er schaute an seinem Körper hinunter. »Dann werd' ich all diesen Scheiß los.« Er blickte zu Royce. Royce schaute auf den Fernseher. »Dann, bei Gott«, sagte der Gitarrist ruhig, »dann, bei Gott, mit dieser Schlange, die sich ganz um mich herumwindet, wenn dieser Fuß dann anfängt zu zittern«, sein Fuß begann zu zittern, »und die Samenschoten anfangen zu klappern, shake-a shake-a shake-a, und vielleicht etwas hissssss...dann werden die Leute es, bei Gott, wissen.«

Bevor Royce wußte wie ihm geschah, war der Gitarrist aus seinem Sessel gesprungen und saß rittlings auf Royces Oberkörper. Einen Augenblick lang benahm sich Royce als sei das nur eine lahme Intrige, die nur ausgeheckt worden war, um seinen Spaß an dem Football-Spiel zu unterbrechen. Er schob den Körper des Gitarristen zu einer Seite, so daß er seine Augen auf dem Bildschirm lassen konnte. Aber als er sich drehte, schrie der Gitarrist: »*Bei Gott, sie werden wissen, daß sie's mit 'nem, bei Gott, ECH-ten REP-til zu tun haben!*« Und schnell brannte er mit dem roten, heißen Ende seiner Zigarette zwei nebeneinander liegende Löcher seitlich in Royces Hals. Die Handlung war so aggressiv, daß Royce von dem Schmerz vollkommen überrascht wurde, und bevor er reagierte, war die Zigarette durch den Druck bei dem Zufügen des zweiten Brandmals von selbst erloschen.

Royce schrie. Er rollte auf den Fußboden zwischen dem Sofa und dem Tisch, schlug beide Hände gegen seinen Hals, kreiste um die Wunde wie ein Angelwurm um den hineingesteckten Haken.

Der Gitarrist stand auf und ließ ihn jammern. Er zog an dem Zigarettenstummel, sah, daß er ausgegangen war und schnipste ihn lachend zu der sich windenden Kreatur zu seinen Füßen. »Mann«, sagte er, »du wurdest von 'ner Schlange gebissen.« Er beugte sich zu Royce hinunter und gab ihm mit seiner Faust einen Klaps auf die Schulter. »Fast Eddie Lamark ist mein Name«, sagte er gehässig, »und mein Spiel ist ein echtes Reptilien-Trauma.«

Gerade als Royce dem Tisch einen Tritt versetzte, der heftig genug war, um ihn umzukippen, schnappte er sich die Flasche und trank einen großen Schluck.

NEUN

Eddie Lamark trank den Whiskey aus und betrachtete die Flasche. Dann schmiß er sie in den Fernseher.

Die Röhre implodierte mit einem dumpfen Knall, so als würde in einem entfernten Raum die Tür zugeschlagen. Die Geräusche des Football-Spiels klangen weiter durch den Rauch hindurch, strömten aus dem gezackten Loch----als berichteten sie von einem obskuren Wettstreit zwischen Mineralen. Dann hörte man ein Zischen, und der Bericht löste sich in nichts auf. Bläuliche Farbe flimmerte über die Oberfläche des gezackten Glases, wie ein fernes Wetterleuchten. Als unglücklich verheirateter Gefängnisarzt war Royce während seines Lebens schon ziemlich häufig Zeuge von Gewalt geworden, aber wenn er das Opfer gewesen war, dann war es niemals Zufall gewesen, und wenn es Zufall gewesen war, dann war er bisher nie das Opfer. Nachdem Royce aufgestanden war, sich----mit beiden Händen auf den Zwillings-Brandnarben an seinem Hals----in dem kleinen Zimmer umgedreht hatte und fragte, was, zum Teufel, das alles sollte, war er darum nicht allzu überrascht, als Eddie die Augenbrauen hochzog, dann die Schultern zuckte und den Kopf schüttelte. Aber Royce war trotzdem wütend, und Eddie Lamarks ehrliches Schulterzucken machte ihn nur noch wütender. Darum, eine Hand lag immer noch auf seinem Nacken, wollte er Lamark mit der anderen einen Schwinger verpassen. Er verfehlte ihn. Lamark rächte sich, indem er seine Faust in Royces Magen versenkte. Es war ein tiefer, befriedigender Schlag, der den älteren Mann auf die Knie fallen ließ. Dann wich Lamark zurück, so unerklärlich wie er begonnen hatte. Royce kniete auf dem zerlumpten Teppich und kämpfte darum, die 86 nachgewiesenen Gallensteine unten zu halten, die ihn zu ersticken drohten, als er nach Luft schnappte. Er war in einer perfekten Position. Lamark hätte ihm einen Schlag gegen die Schläfe verpassen können, der ihn vielleicht getötet hätte.

Statt dessen trat Lamark zurück und zündete sich eine Zigarette an. Ein Zug, zwei. Er blies Rauch gegen das Streichholz, aber es ging nicht aus. Dann beugte er sich ein wenig vor und packte Royce am Kinn. Er drehte es grob und betrachtete Royces Gesicht im Schein des Streichholzes.

»Verdammt, wer sind Sie, Mister?« Die Lässigkeit war aus seiner Stimme verschwunden.

Royce war verletzt und konnte nicht gut atmen und wollte die Frage nicht beantworten, aber plötzlich erriet er, daß Lamark ihn anzünden würde. Mit einem Schrei drehte er sich vom Streichholz weg, fiel gegen das Sofa und auf den Boden.

Eddie lächelte und zeigte dabei einige Zähne. Ein Rauchkringel schwebte aus seinem offenen Mund. Er blies solange Rauch auf das Streichholz, bis es ausging.

Royce kauerte in der Dunkelheit auf dem Boden. Seine Gedanken wanderten zu der Arzttasche, die er hinter dem Sofa versteckt hatte. Dort würde er eine Salbe für die Verbrennungen finden und genug Natriumthiopental, um Lamarks boshaften Seitenblick zu einer Totenmaske erstarren zu lassen. Niemals vorher hatte Royce so stark den Haß gespürt, der ihn jetzt überwältigte, nicht einmal in den schlimmsten Nächten mit Pamela. Lamark hatte es geschafft, in zehn Minuten Jahre des Aufruhrs und der Frustration freizusetzen und sich gleichzeitig als alleiniges und verfügbares Objekt in den Mittelpunkt zu stellen, durch das Royce sich Erleichterung verschaffen würde. Royce benutzte diesen Haß, um seinen Schmerz zu unterdrücken und um nach Vernunft zu ringen. Sein Atem pfiff durch die zusammengebissenen Zähne.

Aufgrund der Gerichtsprotokolle und anderer Materialien, die er in Thurmans Akte gefunden hatte, war Royce ziemlich überzeugt, daß Lamark und Colleen Valdez Bobby zur Zeit des Raubüberfalls und des Mordes, für den Mencken zum Tode verurteilt worden war, sehr nahegestanden hatten. Die Beweise des Staatsanwaltes waren eindeutig, aber höchst zufällig gewesen. Mencken war geschnappt worden, als er vom Tatort floh. Die Mordwaffe mit Menckens Fingerabdrücken tauchte in der Nähe auf. Valdez und Lamark waren etwa eine Woche später befragt worden, aber dabei kam nichts heraus. Sie waren gegenseitig ihr Alibi. Mencken mußte den Sündenbock spielen.

Aber Royce konnte nicht die Augen des Mannes in der Nacht vergessen, in der er ihm half zu sterben. Mencken war unschuldig gewesen.

Wie dem auch sei, Royce operierte auf Grund dieser Theorie.

Er dachte, “operieren” sei ein etwas unklarer Ausdruck.

Royce richtete sich in der Ecke zwischen der Couch und der Wand auf. Er leckte an zwei Fingern und preßte sie dann auf die zwei Brandwunden an seinem Hals----und wartete in der Dunkelheit. Auf der anderen Seite des winzigen Zimmers konnte er Lamarks Zigarette glühen sehen. Es war verdammt schwer zu glauben, daß Mencken für diesen Kerl Eddie den Tod auf sich genommen hatte. Nicht wenn dies sein normales Benehmen war, und Royce hatte keinen Grund zu glauben, daß sich der Mann jemals anders benahm.

Das Mädchen allerdings. Sie war es vielleicht einmal wert gewesen, ihretwegen etwas zu riskieren. Aber ein Leben?

In dem Augenblick erinnerte sich Royce an die zwei runden, glänzenden Narben auf Menckens Schulter. Jetzt lag Royce zusammengekauert auf dem Boden einer Wohnung in Dallas und preßte seine Finger voller Schmerzen gegen zwei Wunden, die, wenn sie geheilt waren, genauso aussehen würden.

Er würde Eddie Lamarks Brandzeichen tragen.

Genau wie Bobby Mencken.

Plötzlich erleuchtete ein gelbes Deckenlicht das Zimmer.

»Was ist hier los?«

Colleen Valdez stand in der Schlafzimmertür rechts neben Royce, schmiegte sich in ihren Taft-Morgenrock und sah sehr verschlafen aus. Mit einer Hand kratzte sie sich am Kopf und blickte zu Royce, dann wanderten ihre Augen über die Trümmer im Zimmer, bis sie Eddie fanden, der sich gegen die gegenüberliegende Wand lehnte. »Wie spät ist es?« gähnte sie.

»Spät genug, um 'ne neue Flasche Whiskey und 'nen neuen Fernseher zu holen«, sagte Eddie. »Wo warst du?«

»Oh, Mann«, sagte sie während des Gähnens. »Ich hab' nur 'nen Schuß genommen, der mich daran erinnerte, warum ich von Geburt an nur Trash war.« Während sie sprach, beugte sie sich vor und richtete den Tisch auf, der die Tür blockierte. »Wie dem auch sei, ich denke, das war's«, fügte sie hinzu. »Das Letzte, an das ich mich erinnere, ist, daß dieser Kerl hier«, sie zeigte auf Royce, »mich auffing, als ich in den Flur rausging. Danke.«

Royce nickte, ohne seine Augen von Lamark abzuwenden.

Pause.

»Tja«, sagte sie und nahm die letzte Zigarette aus der Packung oben auf dem ruinierten Fernseher. Sie beäugte den zerbrochenen Hals der Whiskeyflasche, der aus dem Loch in der Bildröhre herausragte, und fügte hinzu: »Sieht aus, als hätten wir hier alle unsere Fehler.«

»Also laß uns 'ne Flasche und 'nen Fernseher holen«, sagte Eddie, ohne seine Augen von Royce abzuwenden. »Wer ist dieser Kerl überhaupt?«

Colleen Valdez wandte den Kopf und hielt ein Streichholz an ihre

Zigarette. »Sagte, er sei ein Freund von Bobby Mink«, erklärte sie und wedelte das Streichholz aus.

»Knast?« fragte Lamark.

Royce sagte nichts, war aber angenehm überrascht zu hören, daß Colleen Valdez in der Lage war, sich daran zu erinnern, ihn früher am Nachmittag getroffen zu haben.

»Er kämpft nicht, als wenn er im Knast gewesen wäre«, beobachtete Lamark.

»Ich bin ein Intellektueller«, sagte Royce verteidigend.

Lamark bog die Finger seiner Schlaghand, öffnete und schloß sie, während er Royce durch den Rauch der Zigarette beobachtete, die er im Mund hielt.

»Ist das das gleiche wie smart?« fragte Colleen zerstreut und suchte einen Aschenbecher für ihr Streichholz. Obwohl sie sich ein wenig langsam bewegte, war sie deutlich munterer als beim ersten Mal, als Royce sie gesehen hatte, und entsprechend interessanter anzusehen. Sie war viel größer, als Royce zuerst gedacht hatte. Sie gab die Suche nach dem Aschenbecher auf und schnippste das Streichholz auf den Tisch. »Solche mochte Bobby.«

»Komische Zeit, hier aufzutauchen«, sagte Lamark. »Bobby ging erst vorgestern zu Boden und all das. Warum bist du hier?«

»Ich kam, um herauszufinden, wie sich zivilisierte Leute benehmen«, sagte Royce. »Ich nahm an, die Freunde von Bobby würden alles darüber wissen.«

Lamark lachte.

»Ficken und streiten«, sagte Colleen, als sie zur Küche ging. »Nichts hat sich geändert.« Royce und Eddie beobachteten sich gegenseitig. Royce war jetzt wieder zu Atem gekommen und dachte, es sei besser, um alle harten Tatsachen herumzusegeln, die ihn zu Fall bringen konnten. Trotzdem erkannte er, daß er vorsichtig sein mußte, wenn er diese Leute mit dem Inhalt seiner Arzttasche bekannt machte. Einige Dinge waren darin, die sie zweifellos auf der Stelle konsumieren wollten. Das Morphium, zum Beispiel, würde Leuten wie diesen beiden mindestens ein paar Tage lang den Ärger ersparen, die Straße unsicher machen zu müssen.

Das Gefühl, einen gewissen Halt in dem Chaos dieses neuen Milieus gefunden zu haben, ließ etwas Ruhe in Royces Gedanken einfließen, die panisch und hilflos zu werden drohten. Obwohl das Morphium zweifellos ein Trumpf war, machte er sich wenig Illusionen: Lamark oder sogar das Mädchen würden nicht davor zurückschrecken, ihn umzubringen, wenn er ihn falsch ausspielte.

Er fühlte sich wie ein Tourist in Manhattan, der kein Englisch spricht und plötzlich an einem Dienstagmorgen um drei Uhr aufwacht und in Hosenträgern, Lederhose und einem Miss Liberty T-Shirt um den Times Square herumwandert, mit einem Paß und zweitausend Dollar in Reiseschecks, die aus seiner Hosentasche heraushängen, und einer teuren Kamera, die an einem Lederriemen an seinem Hals hängt: verwundbar.

Aber seine Angst hatte einen Beigeschmack von Erregung. Sein Schmerz wurde durch das Wissen gelindert, daß die erste Spur aus Menckens Akte ihn direkt zu mindestens einer Person geführt hatte, die dazu fähig war, die Taten begangen zu haben, für die der Staat Texas Bobby Mencken verantwortlich machte.

Wenn er es beweisen konnte, war Mencken so gut wie gerächt. Royce betrachtete Lamark in einem neuen, fremden Licht. Lamarks Tod war vielleicht das Ausdrucksmittel für Menckens Ehrenrettung. Und wegen Lamarks Provokation würde es ihm jetzt eine Freude sein, diese Ehrenrettung zu verwirklichen. Royce würde Eddie Lamark gern ein Mittel für einen heißen Schuß verkaufen. Waren solche reellen Geschäfte auf dieser verwirrten Welt immer noch zulässig?

Royce kam der Gedanke in den Sinn, daß----wenn Lamark so verrückt war, wie er sich benahm----er ihn nur fragen mußte, wer Amanda Johnson getötet hatte, eine fünffache Mutter, die für $ 3.25 nachts in einem Laden arbeitete, um Geld zum Leben zu verdienen. Eddie würde es ihm vielleicht erzählen.

Außerdem kam ihm der Gedanke, daß diese Schlange Lamark, die verrückt und möglicherweise smart war, ihm wahrscheinlich nicht lange genug Zeit ließe, um überhaupt viel herauszufinden. Schuldig oder nicht----er hatte es offensichtlich geschafft, smarter als Mencken zu sein. Er war nicht gefaßt worden.

»Als er in die Todeszelle kam, habe ich Bobby nicht mehr oft gesehen«, äußerte Royce. »Wir wurden Freunde, als er sich stark mit...Körpertraining beschäftigte. Yeah.« Ein Schmerz schoß durch Royces Magen. Er preßte beide Hände dagegen und zuckte zusammen. »Körpertraining.«

Lamark schüttelte sehr langsam den Kopf und sagte: » Es ist klar, daß du kein Körpertraining gemacht hast, Jack.«

Royce schloß die Augen und biß vor Schmerzen die Zähne zusammen.

»Ich hatte was mit der theoretischen Seite zu tun«, sagte er lahm, obwohl er mit seiner Lüge nahe an der Wahrheit blieb. »Ich war der Therapeut. Kalfaktor, verstehst du? Draußen war ich Arzt...«

Lamark runzelte leicht die Stirn. »Ein Arzt?« Seine Lippen kräuselten sich höhnisch. »Was für 'n Arzt?«

Royce schüttelte den Kopf. »Das macht keinen Unterschied. Ich, uh...Ich schrieb Rezepte für reiche Junkies.«

Lamark lächelte hoffnungsvoll. »Hast du immer noch 'ne Zulassung?«

Royce lachte. »Du meinst zum Fahren?«

Lamark schüttelte den Kopf und lachte mißgünstig.

»Wie dem auch sei«, fuhr Royce fort. »Wegen guter Führung wurde ich auf Bewährung entlassen, und zufälligerweise kam ich vor ein paar Tagen raus, kurz bevor Bobby Mink...« Er ließ seine Stimme verklingen. Nach einer Minute nahm er den Faden in einem etwas anderen Tonfall wieder auf, an die Stelle einer leichten Bitterkeit trat eine leichte Melancholie. »Meine Frau wartete am Tor und gab mir meinen alten Arztkoffer mit ein paar Kleidungsstücken darin. Dann gab mir der sie begleitende Deputy eine Vorladung für's Scheidungsgericht, einen Unterlassungsbefehl, der besagt, daß ich die Schwelle meines eigenen Hauses nicht mehr überschreiten darf, und die Schlüssel und Papiere meines eigenen Pickups. Dann trennten sich unsere Wege. Für immer, vermute ich.«

Royce bemerkte den Saum des Taft-Morgenrocks direkt hinter der Ecke zum Eingangsflur, wo Colleen Valdez an einer Wand lehnte, eine Zigarette rauchte und seiner Geschichte lauschte. Der braune, nackte Fuß, den er sehen konnte, war klein und schön gewölbt.

Eddie blickte auf das Ende seiner eigenen Zigarette. »Und wie geht's dem alten Thurman?« fragte er einfach.

Royce ließ seinen Blick von Colleens Fuß zu Eddies Gesicht gleiten. Eddie beobachtete weiter seine Zigarette. Auf dem Flur hob Colleen ihre Zigarette an die Lippen und hielt sie dort, ohne zu inhalieren.

Das wird leicht, dachte Royce. Er ließ die Spannung einen Augenblick wirken, dann zwei, dann sagte er: »Wie immer. Wahrscheinlich würde er gern eine Nacht mit dir in der Stadt verbringen, Eddie.«

Eddie zog eine Augenbraue hoch und nickte seiner Zigarette nachdenklich zu.

»Aber wirklich wollte er sein ganzes Leben damit verbringen, Bobby alles zu geben, was er wollte. Er nannte Bobby Snowball, nach irgendeinem verrückten Roman, den er gelesen hatte, und brachte seine Anschlüsse im Büro durcheinander, nur weil er sich Geschichten über sich und Snowball ausdachte.«

Royce sah eine Rauchfahne im Flur vor Colleen aufsteigen. Eddie fuhr fort, nachdenklich zu nicken er schürzte seine Lippen und beobachtete, wie der Rauch zwischen seinen Fingern aufstieg.

»Doch Bobby hatte mit den Schwulen nie viel zu tun. Ich glaube, er mochte Nutten.«

Eddie schaute auf.

»Wurdest du Doc genannt? Wurdest du so da drin genannt?« Colleen beugte sich um die Ecke und sah Royce an.

Royce nickte. Er hatte seinen Namen schon gesagt, aber Eddie wollte einen Anhaltspunkt. Viele sehr dumme Pseudonyme gingen ihm blitzschnell durch den Sinn. Lonnie Childs. Miles Torn. Elmer Shipault. Aber er war neu in diesem Undercover-Geschäft. Außerdem hatte er einen Führerschein und eine Truck Zulassung, und es gab zu viele andere Wege, versehentlich seine Story auffliegen zu lassen, als daß er mit einem falschen Namen herumspielen konnte. Darum erzählte er die Wahrheit. »Viele von ihnen nannten mich Doc, yeah. Aber mein richtiger Name ist Royce. Franklin Royce. Die meisten Leute nennen mich Royce, oder Frank.« Er schüttelte den Kopf und wurde fast rot. »Bobby nannte mich Rolls. Rolls Royce.« Er lächelte zu seinen beiden Gastgebern hinauf. »Genau wie du, Eddie.«

Eddie schaute zu ihm hinunter. Ein Rauchring trudelte von der Wand weg, an der Colleen stand.

Einen Augenblick hörte Royce nur eine sehr laute Stille. Dann bemerkte er, daß die Grillen in diesem Teil von Dallas fast genauso laut waren wie die außerhalb des Gefängnisses von Huntsville oder vor seinem Haus in Giddings. Irgendwo die Straße hinauf, jenseits der Einmündung der Sackgasse, stützte sich jemand auf eine Hupe und schrie irgend etwas Unverständliches. Weit weg wurde zaghaft gepfiffen. Es war immer noch heiß. Die Strapazen, die Eddie gerade auf sich genommen hatte, zeigten sich in den Schweißrinnsalen auf seinem Kinn und seinen Muskeln. An Royces Nasenspitze hing ein Schweißtropfen, und seine Augen brannten von der salzigen Flüssigkeit, die von oben eindrang. Das kleine Wohnzimmer stank nach feuchter Zigarettenasche, abgestandenem Tabakrauch, verschmorter Elektronik, Schimmel und Verwesung. Das Pfeifen wurde lauter und stellte sich als das hartnäckig kochende Wasser in einem Teekessel in der Küche heraus. Colleen Valdez Morgenrock verschwand, und bald fand der Geruch von billigem Pulverkaffee seinen Weg den Flur hinunter zum mit Müll übersäten Wohnzimmer, wie der Geruch frischer Erde, die gerade in einer Furche umgegraben wurde.

Eddie schnipste seine Zigarette durch das Loch in der Vorderseite des Fernsehers und wuchtete das Ding auf seine Schulter. Er trug den zerstörten Apparat durch die Vordertür, bog nach links und warf ihn über das Geländer der Hintertreppe. Der Fernseher zerplatzte drei Stockwerke tiefer auf dem Pflaster der Gasse. Als er in die Wohnung zurückkam, hatte Colleen drei Tassen mit dampfendem, schlechtem Kaffee ins Wohnzimmer gebracht und Royce eine angeboten. Es gab weder Milch noch Zucker. Das Gebräu war widerlich und heiß.

Während er sich mit dem Rücken gegen die Wand lehnte, wurde Royces Aufmerksamkeit wieder von Colleens fremdartiger Schönheit angezogen. Ihre Beine hingen von der Couch herunter. Das Vorderteil des Morgenrocks öffnete sich darüber bis zu ihren Oberschenkeln. Diese Teile von ihr waren makellos schön----Royces Meinung nach----und besonders faszinierend in Kontrast zu ihrem zerstörten, aber doch betörendem Gesicht. Die Schönheit ihres Gesichts schwebte gerade unterhalb der vernichteten Oberfläche, genauso wie man in der Architektur eines Hauses, das lange der langsamen Zerstörung der Jahreszeiten überlassen war, eine gute Konstruktion entdekken kann. Das soll nicht heißen, daß sie alt war. Sie konnte noch keine dreißig sein. Abgesehen von ihrem Gesicht, und obwohl sie offensichtlich seit langem am Rande des körperlichen Zusammenbruchs stand, hatten Colleen Valdez Körper und Figur die Geschmeidigkeit und Elastizität eines siebzehnjährigen Mädchens. Das war für Royce sichtbar, und er fühlte in sich Triebe und Wünsche aufsteigen, die er sich seit langer, langer Zeit versagt hatte. Und er fühlte sich auch alt, formlos und unattraktiv.

Eddie und Colleen unterhielten sich über die Adresse einer reichen Familie. Royce schenkte ihnen wenig Aufmerksamkeit, statt dessen schwebte er träge auf einer Woge der Sinnlichkeit, die die Schmerzen, die Lamark ihm vor kurzem zugefügt hatte, einlullte, sich seltsam mit ihnen vermischte, sie linderte. Er saß mit dem Rücken an der Wand auf dem Boden und schlürfte heißen Kaffee, nicht einmal einen Meter von Colleens Beinen und Oberschenkeln entfernt. Er versuchte, sich vorzustellen, wie sich ihre Haut unter seinen Fingerspitzen anfühlen mochte, die behutsam ihren Weg über ihre Waden fänden, über die gerundeten Knie mit den Grübchen, sie sanft teilen würden, entlang der samtigen, unrasierten Innenseite ihrer Schenkel...

»Hey, Rolls Royce!« redete Eddie ihn an. Royce riß seine Augen von der fleischlichen Versuchung los und merkte, daß Colleen und Eddie vom Sofa aus auf ihn hinunterblickten.

»Ja.« Royce lächelte dümmlich.

»Du hast immer noch diesen Pickup?«

»Zu deinen Diensten«, sagte er galant. »Habt ihr was dagegen, wenn ich hier die Nacht verbringe?«

»Überhaupt nicht«, sagte Eddie. »Bobby Minks Freunde sind auch unsere Freunde. Aber zuerst haben wir 'nen kleinen Job zu erledigen.«

»Oh?« Royce sah von einem Gesicht zum anderen und wieder zurück. »Was?«

»Tja«, sagte Eddie einfach und starrte Royce an. »Wir brauchen immer noch 'ne Flasche Whiskey und 'nen Fernseher.«

»Oh.«

»Darum dachten wir, wir leihen uns deinen Truck.«

Ein etwas unangenehmes Gefühl versuchte, sich den Weg in Royces Gehirn zu bahnen, aber er ignorierte es und sagte einfach: »Sicher. Leiht euch den Truck.«

»Gut«, sagte Eddie, »Du kommst mit, oder? Ich meine«, er öffnete seine Hände und schloß die eine über der anderen, »du willst doch sicher am Steuer deines Trucks sein, oder?«

Vorsicht, dachte Royce, dies ist ein Test. »Sicher. Vermutlich. Soll ich?«

Colleen lachte. Sie hatte entzückende Zähne, obwohl sie vom Tabak etwas gelb waren.

»Natürlich sollst du«, sagte Eddie. »Außerdem kannst du da drin warten, falls wir Hilfe brauchen beim, hm, parken oder so.«

»Richtig«, stimmte Royce mit einem schwachen Lächeln zu, »beim Parken.«

»Gut«, sagte Eddie. Er zog eine Schublade an der Schmalseite des niedrigen Tisches auf und nahm eine Pistole heraus.

In Royces Magengrube verbreitete sich ein Gefühl der Leere. »Was--« fing er an, und seine Stimme blieb ihm im Hals stecken. Der einzige Gedanke in seinem Kopf war, daß Lamark und Valdez ihn durchschaut hatten und jetzt nur noch wissen mußten, wo er seinen Truck geparkt hatte. Sie würden ihm die Schlüssel abnehmen und ihn dann in eine verlassene Gegend bringen und wegpusten.

Eddie stand auf und lächelte. Die Kanone sah wie eine .25er oder .32er Automatik aus. Nicht zu groß, aber auch nicht besonders klein, sie war im wesentlichen schwarz und sah sehr effizient aus. Eddie zog den Verschluß zurück, bis eine Kugel in die Lücke davor fiel, dann ließ er den Verschluß mit einem Klicken los. Obwohl er zweifellos versuchte, Royce irgendwas klarzumachen, bemühte Lamark sich, die Mündung der Kanone nicht auf die bevölkerten Gebiete des Zimmers zu richten. Er sicherte sie sogar. Er stopfte den Lauf der Pistole vorne in seine Hose und ging ins Schlafzimmer. »Brauchst du viel, Doc?« fragte er von dort.

Royce räusperte sich und fand seine Stimme wieder. »Ich brauche viel«, wiederholte er tonlos.

»Yeah.« Eddie kam durch die Schlafzimmertür zurück, zog ein langärmeliges Hemd an und stand über ihm. Das Hemd hatte große gelbe und rote Blumen auf einem beigen Hintergrund und war im Cowboy-Stil geschnitten. Vorne lief eine doppelte Passe in Brusttaschen aus, die jeweils eine durch einen Perlenknopf verschlossene Klappe hatten. Jeder Ärmel konnte ordentlich durch drei gleiche Perlenknöpfe zugemacht werden, aber Eddie Lamark ließ sie offen und rollte die Ärmel statt dessen auf. Unterhalb seines Halses ließ er zwei gleiche Knöpfe auf, so konnte man die oberen Strahlen der Fackel der Freiheitsstatue sehen, die auf seine Brust tätowiert war; die restlichen Knöpfe vorne an seinem Hemd wurden geschlossen. Er stopfte das Hemd nicht in die Hose. Als er fertig war, sah er übertrieben salopp aus. Unter den Blumen war die Waffe nicht zu sehen.

»Yeah«, sagte er. »Brauchst du viel Stoff?«

Royce schaute von Colleen zu Eddie hinauf und sagte nichts.

»Klar brauchst du das«, sagte Lamark und beantwortete damit seine eigene Frage. »Ein reicher Arzt muß 'nen guten Grund haben, um Süchtigen Rezepte auszuschreiben, reich oder nicht, 'ne Art Einfühlungsvermögen, die Sorte, die vom gemeinsamen Verstehen eines gemeinsamen Bedürfnisses kommt.«

Royce schüttelte den Kopf. »Gute Arzneimittel sind in dem Laden zu schwer zu finden«, sagte er. »Ich bin sauber.« Colleen stand vom Sofa auf und ging zum Schlafzimmer. Als sie sich zwischen Eddie und Royce durch die Tür drängen wollte, packte Eddie den dünnen Stoff, der ihren Körper bedeckte. Während sie weiterging, glitt der Stoff von ihren Schultern und gab einen kurzen Blick auf ihre Nacktheit frei, als sie das Schlafzimmer betrat. Royce fielen bei diesem Anblick fast die Augen aus dem Kopf. Er sog schnuppernd die Luft ein, als sie vorbeiging. Eddie stand lächelnd im Türrahmen, warf Royce einen Seitenblick zu und ließ den Morgenrock in seiner Hand hin- und herbaumeln. Royce fragte sich, ob Eddie sich das Bedürfnis vorstellen konnte, das sich in ihm für Eddies Mädchen zu entwickeln begann. Vielleicht würde Eddie Royce ein bißchen Zeit mit ihr verschreiben.

Als wenn er Royces Gedanken läse, schmiß Eddie den Morgenrock ins dunkle Schlafzimmer und sagte: »Du hast lange gesessen?«

Royce zog sich selbst auf die Füße und klopfte seine fleckige Hose ab. »Gut zwei Jahre.«

»Hat's dir gefallen?«

»Wie das?« Royce starrte ihn an. Eddie hatte einen spöttischen, amüsierten Ausdruck in den Augen.

»Das Leben dort hat dir gefallen. Keine Frauen und all das.«

Royce schüttelte den Kopf. »Das war vermutlich das schlimmste.«

Eddie schürzte die Lippen. »Vermutlich hat Bobby sich angepaßt.«

Royce mußte darüber einen Augenblick nachdenken. Er erinnerte sich, wie Mencken sein Becken vom rostfreien Stahltisch gehoben hatte, als er das Morphium bekam. Ein Scherz. Es bedeutete nichts Bestimmtes. Oder doch?

Statt das Risiko einer Vermutung einzugehen, ging er darüber hinweg. »Ich nicht.«

Eddie wandte den Kopf und kratzte sich an einer seiner Koteletten. »Das scheint mir 'ne logische Sache zu sein, wenn man dort lange genug drin ist«, sagte er. »Dann fühlt man sich eher zu Hause.«

Royce sah ihn erstaunt an. »Du warst nie im Knast?«

Eddie blickte ihn an und grinste.

»Gut gemacht«, gab Royce zu. »Wie, zum Teufel, hast du das geschafft?«

Eddie grinste nur weiter. Zum Teufel, er war nie im Knast gewesen.

Colleen erschien in der Schlafzimmertür. Sie hatte ihr Haar geflochten, so daß es viel kürzer aussah. Sie trug Tennis-Schuhe, Jeans, ein kariertes Westernhemd und Ohrringe. Nur der unterste Hemdenknopf über dem hohen Bund der Jeans war zugeknöpft. Das V, das sich zu ihrer Schulter hin weitete, zeigte Royce viel Busen, mehr als er seit langem gesehen hatte.

Sie tätschelte Royces Bauch. Er konnte ihre Haare, ihre Zigaretten und ihr Baby Shampoo riechen. Mit ihrem Kopf reichte sie gerade bis unter seine Nase. »Wie geht's dem Bauch, Doc?« Sie hatte helle, grüne Augen.

Royce biß sich auf die Lippe und versuchte, einen Scherz zu machen. »Ich weiß nicht, ob es ein postreptilisches Trauma ist oder ob es Schmetterlinge der Vorfreude sind. Ich meine«, er blickte von Lamark zu Valdez und zurück, »wollen wir einen Fernseher und eine Flasche Whiskey kaufen?«

Eddie zog den Kopf ein und kratzte sich an einer seiner Koteletten. »Das kommt drauf an«, sagte er.

Colleen Valdez schlug sich mit beiden Händen auf den Hintern und schob ihr eng eingepacktes Becken vorwärts. »Laßt uns fahren«, sagte sie.

ZEHN

Der Truck stand dort, wo er ihn zurückgelassen hatte. Es war ein ungefähr fünf Jahre alter Chevy Silverado, dafür bestimmt, einen Pferdeanhänger zu ziehen. Bis auf die Beule vorn, die vor kurzem von Pamela fabriziert worden war, und dem Staub von Texas, war der Truck relativ einwandfrei. Eine Werkstatt in der Nähe von Huntsville hatte vor zwei Tagen die Scheinwerfer repariert, während Royce in einem Café saß und die Akte über Mencken las.

Eddie betrachtete die Vorderseite und fragte, ob alle Scheinwerfer noch funktionierten. Royce sagte, sie täten es noch, und Eddie klopfte anerkennend auf die Kühlerhaube. »Ein netter Truck.«

Colleen saß in der Mitte und spielte am Radio herum. Einen Augenblick später hatte sie die Country Music Station WBAP gefunden, die die ganze Nacht lang sendete und extra für Trucker gedacht war. Sie setzte sich zufrieden zurück, ihre Arme streckte sie über die Rücklehnen hinter ihren beiden Begleitern aus. Royce fuhr.

Zuerst kauften sie einen Tank voll Benzin, um eine kostenlose Fahrt durch eine automatische Waschanlage zu bekommen.

»Jetzt sind wir unsichtbar«, sagte Eddie. Dann lotste er sie zu einer Straße in University Heights, wo die Bewohner wohl kaum Sicherheitsvorkehrungen hatten, wie er ihnen versicherte.

Royce war nervös. Das erste und letzte Ding, das er jemals gestohlen hatte, war eine Wassermelone gewesen, als er noch in der Junior High School gewesen war, und er war geschnappt worden. Während er mit zwei Personen, die ebenso tollkühn waren wie er verängstigt, auf der Suche nach einem leichten Ziel durch die heißen Schatten eines Vorortes von Dallas fuhr, zweifelte er ernsthaft an der Wirksamkeit seiner Odyssee mit dem Ziel,

Bobby Menckens unrechtmäßigen Tod zu rächen. Sogar die Worte schienen übertrieben zu sein. Ein Blick auf Eddie zeigte ihm einen zu allem fähigen Psychopathen, der es durch Glück und Gerissenheit wunderbarerweise vermieden hatte, ernsthafte Auseinandersetzungen mit dem Gesetz zu haben, ein Mann, der verachtenswert genug war, um ihm zuzutrauen, daß er Bobby Mencken für etwas sterben ließ, was er selbst getan hatte.

Aber warum sollte er sein Leben riskieren----das tat Royce sicher----für einen Mann, den er nicht gekannt hatte? Um eine vergeudete Karriere zu rechtfertigen, eine Arztpraxis, die so schlecht ging, daß er die abscheuliche Aufgabe übernehmen mußte, mehrere tausend armselige, verzweifelte Männer im Gefängnis von Huntsville medizinisch zu versorgen? Um die Handlungen eines finanziell in die Ecke gedrängten Doppelverdieners zu rechtfertigen, der sich hinter dem hippokratischen Eid versteckte und den Job übernommen hatte, bei staatlichen Hinrichtungen menschenwürdige Bedingungen sicherzustellen? Und all das, weil er sein Trinken und die übermäßige und zwanghafte Geldverschwendung seiner Frau nicht kontrollieren konnte?

Oder ging es tiefer? Nach so vielen Jahren fragte er sich, ob das Leben noch mehr bereithielt als monatliche Zahlungen, Kontoüberziehungen, unfaire Strafmandate wegen zu schnellen Fahrens, eine in zwei Teile geschnittene Kreditkarte auf einem Silbertablett in einem sehr netten Restaurant, ein Leben, dessen pekuniärer Rhythmus von der Talsohle der Geldverlegenheit zum Gipfel der Ängstlichkeit und ohne Aufschub wieder zurück segelte.

Was war die größere Verschwendung? Ein Mann, dem alle Chancen in die Wiege gelegt waren und der sie nicht wahrnahm, oder ein Mann, der chancenlos geboren wurde und der dagegen kämpft? Am Ende sind sie beide Verlierer, oder?

Ja und nein, entschied er. Bobby Menckens Tod hatte ihm die Wahrheit gezeigt, daß das Leben des Mannes, dem so falsch mitgespielt worden war, wahrscheinlich mehr oder weniger so vermasselt gewesen war wie sein eigenes. Wäre solch eine Ungerechtigkeit an Royce statt an Mencken begangen worden, dann hätte Royce mit Zähnen und Klauen für sein, wie er es verstand, gottgegebenes Recht gekämpft, sein triviales Leiden fortsetzen zu dürfen, anstatt das Schicksal auf sich zu nehmen, für eine Tat zum Tode verurteilt zu werden, die er nicht begangen hatte.

Oder?

Wirklich gottgegeben. Wen beschwindelte er? Du tanzt mit deinem Schicksal, oder das Schicksal tanzt mit dir. Und niemand kennt sein Schicksal, bis er ihm in die Augen schaut, bis es zu spät ist, bis es praktisch vorüber ist.

Verdammt. Wenn Royce ein paar Drinks weniger getrunken hätte, als er mit der schönen Tochter eines reichen Rinderzüchters verheiratet war, und wenn er seiner lukrativen Praxis in Corpus Christi etwas mehr Aufmerksamkeit gewidmet hätte, dann wäre sein ganzes Leben anders verlaufen. Wenn Bobby Mencken nicht an einem Laden vorbeigejoggt wäre und eine Kanone auf dem Bürgersteig gefunden hätte----kurz nachdem drinnen jemand den Besitzer erschossen hatte, wie er bei seiner Verhandlung behauptete----dann wäre der Urteilsspruch anders gewesen. Sein Leben wäre vielleicht weitergegangen. Wenn er ein Weißer gewesen wäre, hätte sein ganzes Leben einen anderen Ablauf genommen. Aber so hatten die Geschworenen gelacht, als der Staatsanwalt Menckens Aussagen zusammenfaßte.

Er rief sich einen alten Betrüger aus Huntsville ins Gedächtnis zurück, der gewöhnlich ein Liedchen zitierte, während Royce ihm das hartnäckig brandige Bein verband.

Life is a game of poker.
Happiness is in the pot.
You're dealt five cards from the cradle,
And you play them wether you like it or not.

Royce lächelte bitter. Das ist eine darwinistische Lehre. Das Pech und dein gutes Aussehen sind geerbte Eigenschaften. Die Asse und Königinnen auf dem Tisch sind deine Umwelt. Viel später war herausgekommen, daß der Brand so lange so hartnäckig gewesen war, weil der Betrüger es so wollte. Er benutzte den Hohlraum der Wunde und den Verband, um im Gefängnis verbotene Waren herumzutransportieren, hauptsächlich Drogen und Waffen. Das Versteck wäre vielleicht niemals entdeckt worden, hätte er nicht eines Tages auf dem heißen Hof das Bewußtsein verloren und wäre er nicht ins Krankenrevier gebracht worden. Unter dem Verband fanden sie im Bein 150 Natriumamytal Kapseln. Royce war gezwungen, das Bein zu amputieren, bevor ein ordentlicher Chirurg von Houston nach Huntsville geholt werden konnte. Drei Tage später starb der Mann sowieso. Kurz bevor er zum letzten Mal das Bewußtsein verlor, öffnete er seine Augen halb und erkannte Royce am Fußende seines Bettes. Er winkte ihn heran und sagte: »Das Leben ist nur ein Pokerspiel...«

»Einstein sagte was über Gott und Würfel«, sagte der alte Betrüger mal zu ihm. »Aber Gott benutzt keine Würfel. Er betreibt ein Pokerspiel. Das ist ein Unterschied.«

Verdammt noch mal, dachte Royce.

Gerechtigkeit, sogar rückwirkende Gerechtigkeit, schien eine klare Alternative zu diesem endgültigen Verbrechen zu sein. Und während er sicherstellte, daß Bobby Mencken Gerechtigkeit wiederfuhr, könnte er, dachte Royce, einen Weg finden, um ein bißchen Würde in sein eigenes jämmerliches Leben zu bringen----vielleicht sogar Rechtfertigung.

Aber es gab noch Wichtigeres als das. Wichtiger als Gerechtigkeit. Wichtiger als Rechtfertigung. Wichtiger als Würde. Nichts geringeres als, vielleicht, Rache.

Rache für wen? Für Mencken?

Mencken brauchte keine Rache, er war jenseits davon. Technisch, moralisch war es das, hinter dem Royce her war. Aber, wie sie manchmal in der Prawda schreiben, technisch und moralisch war Royce verbraucht. Er wollte Rache für den jämmerlichen, leeren Betrug, zu dem sein eigenes Leben geworden war.

Nach Hause gehen? Er hatte kein Zuhause mehr.

An einem Stoppschild unter einer Straßenlaterne befingerte Royce die beiden Brandwunden, die oberhalb seiner linken Schulter an seinem Hals schmerzten. Außerdem, genug war genug. Er hatte mit diesem Eddie Lamark noch eine Rechnung zu begleichen.

Als sie eine Laterne erreichten und darunterfuhren und wieder davon weg, berührte Colleen Valdez die zwei Brandwunden mit ihren Fingerspitzen. Ein Schauer, den Royce jahrelang nicht mehr gekannt hatte, durchzog der Länge nach sein Rückgrat.

»Fahr langsamer«, sagte Eddie knapp und drehte das Radio leiser. Royce gehorchte. Sie fuhren langsam an einem großen, dunklen Haus vorbei. In der Einfahrt waren keine Autos zu sehen. Kein Fenster war erleuchtet. Eine Rasenfläche, die in der Dunkelheit dunkelgrau aussah, erstreckte sich rechts von der Einfahrt bis links zu einer Reihe großer Trauerweiden. Royce versuchte, das Grundstück durch Eddie Lamarks Augen zu sehen, als Ort eines Einbruchs. Die Bäume sorgten für einen perfekten Anmarschweg, unter ihnen würde ein Eindringling sowohl vom Haus aus als auch von der

Straße aus nicht zu sehen sein. Alle Fenster im ersten Stock waren geteilt und potentiell leicht erreichbar. Das Haus war groß, alt und mäßig wohlhabend, und enthielt darum wahrscheinlich viele tragbare Konsumgüter, die man schnell weiterverkaufen konnte. Am wichtigsten war, es sah aus, als sei niemand zu Hause. Das war für die Bewohner am wichtigsten. Eddie war das eine so lieb wie das andere. Eddie mochte einen netten, leicht durchzuziehenden Job, aber andererseits liebte er Ärger.

Es bestand immer die Möglichkeit, daß in dem Haus eine kleine, alte Großmutter wohnte, die mit Roy Bean in den Westen gekommen war und die Eddie mit dem abgesägten Gewehr, das sie unter ihrem Bett aufbewahrte, fertigmachen würde. Dann blieben Colleen und Royce allein zurück. Sie säßen im Pickup und bekämen einen leichten Schock von dem lauten Knall, der die ganze Nachbarschaft aufweckte, und von dem Mündungsfeuer das kurz in einem der oberen Fenster aufblitzen würde.

Als er sich über Colleen beugte, um mit den anderen das Haus genauer zu beobachten, wanderten Royces Augen zu dem Spalt zwischen Colleens Beinen, und er dachte über die Möglichkeit nach, wie schön es sein könnte, wenn Eddie einfach verschwände. Nach einem Augenblick schaute er in der Dunkelheit nach oben. Er konnte das Weiße ihrer großen Augen sehen, die nur ein wenig breiter als hoch waren und auf ihn hinunterschauten.

Eddie lehnte sich gegen die Rückenlehne und starrte geradeaus. »Paß auf, wo du hinfährst«, zischte er. Royce blickte schnell nach vorne und riß das Lenkrad herum. Der Pickup war nach rechts abgekommen und wäre fast mit dem Heck eines sehr neu aussehenden Lincoln zusammengestoßen, der zur Hälfte auf dem am Rand der baumgesäumten Straße entlanglaufenden Grasstreifen parkte. Die Vorderreifen des Pickup quietschten ein bißchen, als er ihre Richtung korrigierte.

Eddie war völlig geschäftsmäßig. Er sagte nichts über Royces Indiskretion, sondern saß unbeweglich in der Dunkelheit und dachte nach.

»Dreißig Minuten«, sagte er. »Ist hier 'ne Uhr drin?«

Royce drückte auf einen Knopf am Radio, und die korrekte Uhrzeit ersetzte die Frequenz des Country Senders auf einer Quarzanzeige am Armaturenbrett, schwarze Ziffern auf kühlem Grün: 23:25.

»Fünfunddreißig Minuten. Setzt mich an der Ecke ab«, sagte Eddie. Er fuhr mit der flachen Hand an der Tür hin und her. »Wie kommt man aus diesem verdammten Ding raus?«

»Unter der Armstütze.«

Eddie fand den Griff und legte seine Hand darauf. »Siehst du da links die Bäume?«

»Die Weiden«, sagte Royce.

»Fünfunddreißig Minuten von jetzt an, Mitternacht. Du kommst vom anderen Ende des Blocks langsam angefahren, du änderst die Geschwindigkeit nicht viel. Kommt nicht den ganzen Weg diese Straße runter. Fahrt erst am anderen Ende dieses Blocks, vielleicht zwei Blocks vorher, auf diese Straße. Aber nicht zu langsam. Kein Radio. Ich bin in den Weiden und sehe euch kommen. Gebt mir zweimal mit der Lichthupe ein Zeichen. Laß Colleen diese Tür am Griff offenhalten. Wenn ich mit viel Zeug rauskomme, müßt ihr halten. Sonst fahrt ganz langsam weiter. Ich spring rein. Wenn ich nicht auftauche, haut ihr langsam ab und kommt nicht wieder.« Vorsichtig betätigte er den Griff und öffnete die Tür ein paar Zentimeter. Ein lautes, durchdringendes, winselndes Surren, das wie die Warnanlage eines Zementlastwagens klang, fing an, am Armaturenbrett zu vibrieren. Und eine Frauenstimme sagte: »Ihre Beifahrertür ist offen. Bitte schließen Sie Ihre Beifahrertür. Ihre Beifahrertür ist offen. Bitte schließen----«

»Mein Gott, was ist das?« fragte Eddie. Er zog die Tür fast zu, und das Geräusch hörte auf. »Fahr um die Ecke.«

Royce bog nach rechts ab.

»Bring das Ding in Ordnung, bevor du zurückkommst«, zischte Eddie, dann sprang er hinaus. Colleen packte geschickt die Armstütze und schloß die Tür mit einem Klicken. Der Alarm summte, hatte aber keine Zeit seinen Vers aufzusagen. Royce beschleunigte allmählich bis zur nächsten Ecke und bog dann nach links ab; als er abbog, sah er in den Rückspiegel. Trotz des knalligen Hemdes, war von Lamark nichts zu sehen.

Einen Augenblick fuhren sie schweigend weiter. Royce konzentrierte sich auf jedes Detail, das er im Scheinwerferlicht ausmachen konnte.

»Ich setze voraus, du weißt, wo wir sind«, sagte er, nachdem er noch ein paarmal abgebogen war, »denn ich habe mich vollkommen verfahren.«

Colleen öffnete noch einmal die Tür und knallte sie zu. »Fahr geradeaus weiter«, sagte sie. Einige Minuten lang fuhren sie schweigend weiter, beide beobachteten die Straße vor ihnen. Das vorstädtische Wohngebiet verwandelte sich in ein Geschäftsviertel. Die Straße hatte jetzt vier Spuren und eine Trennwand in der Mitte. Bald tauchten auf beiden Seiten der Hauptverkehrsstraße Geschäfte auf, die meisten waren während der Nacht geschlossen. »Bieg hier ab«, sagte sie plötzlich. Royce gehorchte. Sein Scheinwerferlicht wurde durch ein hellerleuchtetes Areal verschluckt, auf dem vier Reihen glänzender Wagen und Trucks standen. Dahinter stand in großen, roten Buchstaben auf einer hohen, weißen Fassade: LANEY UND SÖHNE, GEBRAUCHTE WAGEN UND LASTWAGEN. Sie zeigte mit dem Finger. »Fahr nach links, und dann fahr zwischen den Gebäuden von der Straße weg.« Royce tat, was ihm gesagt wurde. Das nächste Gebäude war vollkommen dunkel, es wurde durch eine enge, unbefestigte Gasse von dem Platz mit den Gebrauchtwagen getrennt. Als das Auto auf dem holprigen Weg plötzlich seitlich ausbrach, fiel das Scheinwerferlicht auf ein Schild über zwei hohen Rolltüren an der Vorderseite eines dunklen Gebäudes: LANEYS MIETSTALL, PFERDE UND PFERDEANHÄNGER, HUFSCHMIED. »Hinter den Stall«, sagte sie. Royce fuhr zwischen die beiden Gebäude und fand den Weg durch ein Labyrinth von eingezäunten Korrals, kleinen Hütten mit Wellblechdächern, Toren, Ladebändern und sonderbaren Fahrzeugen blockiert. Hier und da funkelte das Auge eines Pferdes im Strahl seiner Scheinwerfer. Eine Reihe Pferdeanhänger jeglichen Alters und jeden Aussehens blockierte links den Weg. Er wendete rückwärts auf der Zufahrt, so daß der Truck mehr oder weniger mit der Nase zur Ausfahrt hin stand, dann stellte er den Motor und das Licht aus. Hinter ihnen zeichnete sich ein Wall ab, der so hoch war wie die Rückklappe. Es roch sehr stark nach Pferdemist.

»Prima«, sagte Royce. »Wenn irgend jemand kommt und uns hier sucht, dann können wir einfach ein "Zu verkaufen" Schild an den Truck hängen und uns im Pferdemist verstecken. Niemand wird uns je finden.«

»Wie spät ist es?«

Royce drehte den Schlüssel und tastete nach dem Knopf am Armaturenbrett: 23:42. »Das war schnell.«

»Kannst du das Dingsda abstellen?«

»Was? Du meinst dieses Ihre-Tür-Ist-Offen-Dingsda? Ist das dein Ernst?«

Sie blickte ihn in der Dunkelheit an.

»Scheiße«, sagte Royce. »Da ist eine Zange. Ich meine«, verbesserte er sich selbst, »vor drei Jahren waren dort im Armaturenbrett Werkzeuge«, sagte er und wies aufs Armaturenbrett. »Sieh nach, ob sie noch da sind.«

Sie öffnete das Handschuhfach. Das Licht, das dort hinausflutete, beleuchtete ihr Gesicht und gab ihr ein sehr mysteriöses Aussehen. Mit ihrem schwarzen Haar, das ihr Gesicht teilweise verdeckte, sah sie wie eine mit einem Sandstrahl abgeblasene Madonna aus, als sie sich vorbeugte, um den Plunder im Handschuhfach zu sortieren.

Ohne den Motor anzulassen, drehte Royce den Zündschlüssel und zwängte sich mit dem Kopf voran unter das Armaturenbrett unterhalb des Lenkrads. Dabei mußte er einen Fuß rechts neben Colleen aus dem offenen Fenster stecken und den anderen gegen den Sitz links von ihr legen. Sie arbeitete über und unter seinem linken Bein, während sie im Handschuhfach nach Werkzeugen suchte.

»Taschenlampe?« fragte er. »Feuerzeug?«

»Da ist 'ne Mini-Taschenlampe.«

»Perfekt«, sagte Royce mürrisch. Sein Kopf war zwischen Bremse und Gaspedal eingezwängt. Die Schultern gegen die Bodenmatte gepreßt, mußte er seine Nacken- und Schultermuskeln anspannen, um zu verhindern, daß er sich den Hinterkopf an den Ecken der Pedale quetschte. Er arbeitete in den seltsamen Lichtflecken, die aus der Rückwand des Armaturenbretts drangen, zwängte eine Hand in die Ansammlung von Leitungen und Gestängen über der Lenksäule und fand ein kleines, eingekapseltes Chassis, das seiner Meinung nach die Anschlußklemmen der verschiedenen Standard- und Zusatzsignaleinrichtungen des Trucks enthielt. Mit einer Hand hielt er es fest und arbeitete sich mit der anderen Hand durch eine Schleife in einer Heizspirale und fand die Klappe des Kastens. »Mach die Taschenlampe an und gib sie mir«, sagte er. »Steck sie mir in den Mund.«

Um das zu tun, mußte sie sich über die Mitte seines umgedrehten Rumpfes beugen, so daß ihre Brüste auf seinem Unterleib lagen. Durch Royce, der sich in der Dunkelheit auf das Kabel-Wirrwarr über seinem Kopf konzentrierte, hätte kein elektrifizierenderer Schlag jagen können, wenn er den Truck kurzgeschlossen hätte. Zwischen zusammengebissenen Zähnen atmete er tief ein. Plötzlich war er wieder siebzehn Jahre alt.

Colleen fühlte diese Ladung durch ihn hindurchlaufen und lachte sanft in der Dunkelheit. Trotz ihrer Nähe zu ihm konnte sie Royces Mund unter der Lenksäule nicht sehen, darum tastete sie mit ihren Fingern danach. Dann schob sie das kleine Röhrchen der Taschenlampe zwischen seine Lippen und Zähne. Und zog es wieder ein bißchen heraus. Dann schob sie es wieder ein wenig zurück. Zur gleichen Zeit drückte sie ihre Brust sanft gegen Royces Brust. Er konnte klar eine harte Brustwarze an seiner unteren Rippe fühlen.

»Ich mag einen Mann mit einem Truck«, sagte sie.

»Ich hab's, ich hab's«, sagte er um die Taschenlampe herum und packte sie mit den Zähnen. Ihre Fingernägel liebkosten seine Wange und verschwanden aus dem dünnen Lichtstrahl der Taschenlampe und unter dem Armaturenbrett.

Mann, dachte Royce, und lenkte den Lichtstrahl nach oben auf die Leitungen über seinem Gesicht, in diesem Verein hat man nie einen langweiligen Augenblick.

Aber dann fanden ihre Hände den Reißverschluß seiner Hose und drückten ihn der Länge nach gegen die entscheidende Quintessenz seiner Jugenderinnerungen, gerade als er den Deckel von dem Plastikkasten nahm.

»23:49«, sagte sie und öffnete seinen Reißverschluß. Royce konnte jeden Zahn des Reißverschlußes fühlen, als der sich langsam teilte. »Glaubst du, daß du vor mir fertig bist?«

Heiliger Strohsack, dachte Royce. »Was ist mit Eddie?« fragte er um die Taschenlampe herum.

»Wir sollten uns besser beeilen«, sagte sie schelmisch, »oder wir verpatzen alles.«

Mein Gott, dachte Royce mit einem seltsamen Druckgefühl, diese Frau weiß alles über mich. »Öffne die Seitentür«, zischte er. Sein Atem ging schnell, und wegen der Taschenlampe kam er hauptsächlich durch die Nase und brachte den wirksam kombinierten Gestank von Pferdedung und Vinyl mit. Seit mehr Jahren als er sich erinnern wollte, hatte ihn keine Frau mehr bereitwillig berührt.

Ohne zu unterbrechen, was sie angefangen hatte, befreite Colleen eine Hand und schlug die Tür auf. Der störende Summer ertönte, und die synthetische Frauenstimme wiederholte ihre Warnung.

»Ihre Beifahrertür ist offen. Bitte schließen Sie Ihre Beifahrertür. Ihre Beifahrertür ist offen...«

Royce konnte kaum denken, als er in dem Plastikchassis methodisch Leitungen ausstöpselte und wieder einstöpselte. Sein Nacken war unangenehm gespannt, aber jetzt preßte er seine Schultern bereitwillig gegen die Bodenmatte, als sie ihn in den Mund nahm und gleichzeitig mit der Hand bearbeitete.

»...Beifahrertür«, fuhr die Stimme fort. Sie war programmiert, verführerisch herumzunörgeln. Aber Royce und Colleen entdeckten schnell eine Verwendung für den Rhythmus. »Ihre Beifahrertür ist offen. Bitte schließen Sie Ihre Beifahrertür...«

Die fünftc Lcitung brachte den Alarm zum Schweigen, und einen Augenblick lang waren die einzigen im Truck zu hörenden Geräusche die, die man normalerweise mit Unersättlichkeit assoziiert, verstärkt vom ständigen Zirpen aller Grillen in Texas. Irgendwo in der Dunkelheit wieherte ein Pferd zufrieden. Über Royces Gesicht lief der Schweiß, der einen feuchten Streifen auf der Bodenmatte hinterließ, als Royce sein Gesicht drehte und die Taschenlampe gegen die Truck-Tür spuckte. Er stöhnte tief, laut und eingehend, mitten in einem Vergnügen, das er seit langer, langer Zeit nicht mehr erfahren hatte. Es war genug, um ihn zum Weinen zu bringen. Tatsächlich traten ihm Tränen in die Augen, und er stieß den Fuß, der aus dem Beifahrerfenster baumelte, so hoch, daß sein Schienbein gegen den Fensterrahmen knallte. Sein Orgasmus dauerte länger als jemals zuvor, länger als er es je für möglich gehalten hätte.

Seine Schauder hatten sich gerade erst zu einem leichten Zittern verringert, als Colleen ihn küßte und den Reißverschluß hochzog.

»Du hast gewonnen«, sagte sie. »Laß uns fahren.«

Sie öffnete die Tür und glitt aus dem Truck, so daß Royces Bein auf den Sitz fiel. Royce setzte den Plastikdeckel schnell wieder auf den Kasten und kämpfte sich unter dem Armaturenbrett hervor. Colleen kam in den Truck zurück, als er ihn anließ. Schneller werdend fuhr er den unbefestigten Weg zwischen dem Mietstall und dem Parkplatz zurück. Sie knallte das Handschuhfach zu und wies die Straße hinauf.

»Du hast recht, Baby«, sagte Royce heiser und rieb ihren Oberschenkel. »Ich habe gewonnen.« Er atmete so schwer, aber er fühlte sich wie ein neuer Mensch. »Weißt du, was du gerade für mich getan hast?« begann er überschwenglich. »Du----« er unterbrach sich selbst. Er hatte sich noch gerade rechtzeitig gefangen. Einen Augenblick später hätte sie alles gewußt. Pamela, die überteuerte Ranch, die sie sich nicht leisten konnten, der erstklassige Mercedes, der Country Club, all das, bis hinunter zu der Tatsache, daß er und Pamela sich das letzte Mal so etwa '74 oder '75 geliebt hatten----schlecht----bis hinunter zu der Tatsache, daß er Bobby Mencken überhaupt nicht gekannt hatte, jedenfalls nicht so, wie er es behauptet hatte. Aber nach einem Augenblick der Stille sagte er leise: »Zweieinhalb Jahre im Knast. Und ich bin normal.«

Er sah die Frau auf dem Sitz neben ihm an. Die Schatten der Straßenlampen glitten in der Dunkelheit über ihre Gestalt. »Bieg nach rechts ab«, sagte sie, ihre rechte Hand lag auf dem Türrahmen und ihre linke auf dem Armaturenbrett. »Jetzt nach links.«

»Colleen, warum?« fragte er, während er schnell fuhr und beobachtete, wohin sie fuhren. »Warum ich?«

»Hey«, sagte sie einfach, »du hilfst mir, ich helfe dir.«

Oh Mann, dachte Royce, das primitive Tauschsystem.

»Außerdem«, lächelte sie, »Verbrechen machen mich an.«

Royce hielt einen Augenblick den Atem an, dann drang ein langer, leiser, fast unhörbarer Pfiff durch seine geschürzten Lippen. Er war völlig erledigt.

Sie blickte nervös auf das Armaturenbrett. »Wie spät ist es?« fragte sie und wies darauf.

»Keine Bange«, sagte Royce. »Das ist ein Radio Sender. Hier.« Er drückte den richtigen Knopf und die Zeitangabe ersetzte die Frequenz: 00:02.

»Wir sind zu spät«, sagte sie zwischen zusammengepreßten Zähnen. »An der nächsten Ecke nach rechts. Dort ist ein Hydrant. Fahr so schnell wie möglich zur nächsten Kreuzung und werde dann im nächsten Block langsamer.«

Royce schleuderte mit dem Wagen um die Ecke. Dic äußeren Räder quietschten auf dem schwarzen Teer, und er hatte schon das Gaspedal losgelassen, bevor er sah, daß der nächste Block voller aufblitzender roter und blauer Lichter war.

»Cops!« zischte sie. »*Verdammt!*«

Royces Blut gefror. Er konnte nicht denken. Er hatte die Geistesgegenwart, sofort den Fuß vom Gaspedal zu nehmen, ohne voll auf die Bremse zu steigen. Er berührte sie nur stark genug, um den Truck zu verlangsamen, bevor sie zur letzten Querstraße kamen, einen Block vor dem Haus mit den Weiden.

»Nicht drehen!«

Colleen schlug mit der Faust auf das Armaturenbrett und glitt über den Sitz, bis sie so nah wie möglich neben Royce saß.

»Stell das verdammte Radio an«, sagte sie schnell und beobachtete die Straße. »Keine Sorge. Ich mach' das schon. Fahr weiter geradeaus.«

»Bist du verrückt?« fragte Royce.

»Benimm dich so, wie sie es von uns erwarten!« Sie spielte mit den Skalen herum, ohne die Augen von der Straße vor ihnen zu wenden. Einen Augenblick füllte die schleppende Melodie eines banalen Country Songs die Kabine des Truck: »*...and you decorated my life...*«

Colleen lehnte sich zurück und legte ihren Arm um seine Schulter. »Wir tun, als wären wir Schaulustige«, sagte sie.

Er tat, was ihm gesagt wurde. Sie hatten wirklich kaum eine Wahl. Im nächsten Block parkten drei Polizeiwagen an verschiedenen Stellen vor dem Haus mit den Weiden. Jedes hatte seinen Scheinwerfer an und das kreisende Signallicht oben auf dem Dach. Dunkle Gestalten bewegten sich zwischen den drehenden roten und blauen Lichtstrahlen. Als Royce und Colleen an der Kreuzung vorbeifuhren, sahen sie einen Cop, der die Signallampen aufstellte, die bald den Zugang zum nächsten Block verhindern würden. Der Cop sah in ihre Richtung.

»Wir sollten wenden----« fing Royce an.

»Fahr weiter«, sagte sie gelassen, während sie den Beamten mit der freimütigen Neugier derjenigen musterte, die unschuldig geboren wurden und deren Bestimmung es auch ist, so zu sterben. Flackerndes Rot und der Geruch von brennendem Magnesium wehte durch die Kabine, als sie vorbeifuhren, und sie konnten die Signallampen auf den Asphalt spucken hören.

Royce verlangsamte den Truck, bis er nur noch dahinkroch, als er sich zwischen den Wagen und den Polizisten in der Straße hindurchschlängelte. Das große Haus, das von der Straße zurückgesetzt hinter seiner Auffahrt und den Weiden stand, war hell erleuchtet, und uniformierte Gestalten bewegten sich in den vorderen Räumen. Ein Krankenwagen stand seitlich auf dem Rasen, die Türen waren geöffnet. Ein Scheinwerfer beleuchtete eine niedrige Trage auf Rädern, die Laken waren zurückgeworfen und die Gurte baumelten daran herunter. Die Vordertür des Hauses und die Garage waren weit geöffnet. Leute liefen auf den Stufen und in der Eingangshalle dahinter herum. Die Garage und jedes Fenster war beleuchtet.

Keine Chance, dachte Royce, keine Chance für Eddie. Plötzlich schoß ein Gefühl der Sympathie für Lamark in ihm auf. Als sie langsam an dem Haus vorbeifuhren, rutschte Colleen zur Beifahrerseite. Sie beugte sich aus dem Fenster, als wolle sie einen letzten Blick auf eine sensationelle Szene in einer ruhigen Gegend werfen, aber Royce hörte das Klicken des Türgriffs unter der Armstütze.

»Was zum Teufel machst du?« knurrte er. Aber gerade als sie an dem Lincoln vorbeifuhren, der immer noch da parkte, wo er vorher gestanden hatte, kam ein Cop ins Licht ihrer Scheinwerfer. Er stand an der Straßenseite vor der nächsten Weide, fast genau dort, wo Eddie auf sie warten wollte. Der Cop zeigte mit einer Taschenlampe in der rechten Hand von ihnen weg die Straße hinunter und winkte sie mit einer kreisenden Bewegung der linken Hand weiter.

»Hi, Officer«, sagte Colleen munter, als der Cop am Beifahrerfenster vorbeikam. »Was ist hier los?« Sie klang genau wie ein dummer Teenager. Während sie redete, tat sie sogar so, als würde sie Kaugummi kauen.

»Bitte fahren Sie weiter«, sagte der Cop ungeduldig und schaute die Straße in der Richtung hoch, in der sie fahren sollten.

»Ja-a«, sagte Colleen und lehnte sich auf ihrem Sitz zurück, gerade als das Beifahrerfenster an dem Cop vorbeikam. Sie senkte ihre Stimme. »Fertig fürs Straßenrennen? Bieg an der Ecke ab«, sagte sie nüchtern und starrte erwartungsvoll geradeaus. Mit den Händen hielt sie die Armstütze und den Fensterheber der Beifahrertür fest.

Sein Herz pochte laut in seiner Brust. Royce tat, was ihm gesagt worden war. Er bog nach rechts ab, um die Hecke, die das letzte Haus dieses Blocks verbarg. Auf der gegenüberliegenden Straßenseite stand ein Polizeiwagen. Zwei uniformierte Beamte nahmen Signallampen aus dem offenen Kofferraum.

Von Eddie keine Spur.

Colleen biß sich auf die Lippe. »Laß uns hier verschwinden«, sagte sie gleichgültig. Royce bog an der nächsten Ecke links ab, fast wie beim letzten Mal. Dann fuhr er nach rechts, dann nach links, dann wieder nach rechts.

Nach einer Weile machte Colleen die Beifahrertür weit auf und knallte sie laut zu.

ELF

Ein paar Minuten nachdem sie den Tatort verlassen hatten, stellte Royce eine sehr einfache Frage.

»Wohin?«

Colleen Valdez sagte grollend: »Fuck off!«

»Oh!«

Er fand den Northwest Highway und fuhr darauf in Richtung Westen, dann ging es eine Zeitlang auf dem Harry Hines Boulevard nach Norden. Als sie zum Lyndon Johnson Freeway kamen, bog er darauf in Richtung Osten ein. Nach einer Weile knickte der LBJ nach Süden ab, und er folgte ihm. Wenn sie lange genug darauf blieben, würden sie die ganze Stadt umrunden.

Nach ungefähr einer halben Stunde sah es so aus, als wollte sie, daß sie genau das tun würden. Colleen Valdez war so weit wie möglich von Royce weggerückt und brütete gegen das Fenster der Beifahrertür gelehnt vor sich hin.

Bald waren sie am südlichen Ende von Dallas, genau an der entgegengesetzten Seite der Stadt, von der aus sie gestartet waren. Ein Schild warnte vor der unmittelbar bevorstehenden Kreuzung mit dem Thorton Freeway. Endlich begann sie zu sprechen.

»Hast du Geld?«

Royce beobachtete den Highway.

Sie rutschte über den Sitz und legte eine Hand auf seinen Nacken und die andere zwischen seine Beine. Die Bewegung kam so plötzlich, daß Royce in seinem Sitz hochfuhr und halb auf die Nebenspur geriet.

Nach einigen Minuten der Stille fragte sie ihn freundlich: »Hast du Geld, Frank?«

Royce zuckte gegen ihre überzeugenden Hände die Achseln. »Ich hab' ein paar Dollar.«

»Dreißig?«

Er sah sie an. »Sicher.«

Sie drückte ihn zärtlich. »Nimm den Thorton, Highway 35.«

Sie befuhren ihn in Richtung Norden und verließen ihn, indem sie die Illinois Avenue in westlicher Richtung entlangfuhren. Ein paar Blocks hinter dem Zang Boulevard bogen sie nach Süden ab, dann wieder nach Osten, dann nach Süden...Er wußte, daß sie in der Nähe ihrer Wohnung waren, aber es war nicht genau das gleiche Viertel. Um präzise zu sein, es war ein ähnliches Viertel, heruntergekommen, trotz der späten Stunde----oder vielleicht wegen der späten Stunde----passierte viel auf den Straßen, aber es war nicht ihr Viertel. Sie wies ihn an: »Hier.« Er parkte den Truck auf der gegenüberliegenden Straßenseite eines, die ganze Nacht geöffneten Lebensmittelgeschäftes. Mehrere Leute lehnten an den Kotflügeln der davor stehenden Autos und hingen herum. »Gib mir die dreißig«, sagte sie.

Royce zog zwei Zwanziger heraus und gab sie ihr.

»Kannst du auch etwas Whiskey mitbringen?« fragte er hoffnungsvoll. »Ezra Brooks?«

Ohne zu antworten stieg sie aus dem Truck.

Er beobachtete, wie sie die Straße überquerte. Von hinten gesehen hatte sie einen schönen Körper. Von vorne übrigens auch. Gab es noch andere Leute wie sie auf der Welt, für die Sex etwas so Zufälliges war?

Statt in den Lebensmittelladen zu gehen, bog sie um die Ecke und verschwand in der Dunkelheit. Die an der Ecke herumhängenden Männer und Frauen beachteten sie kaum.

Eine halbe Stunde verging.

Royce schreckte plötzlich auf, als er hörte, daß die Truck Tür geöffnet wurde. Sie rutschte auf den Beifahrersitz und knallte die Tür zu.

»Laß uns fahren«, sagte sie mit belegter Stimme.

Er ließ den Truck an und rollte auf die Straße.

»Wohin?«

Sie antwortete ihm nicht. Ein Päckchen knallte vor ihren Füßen auf den Boden. Sie war schlafend gegen den Türrahmen gefallen.

»Hey«, sagte er etwas lauter, »wohin fahren wir?«

Sie antwortete nicht. Er fuhr an die Bordsteinkante und hielt.

»Hey, Colleen.« Er schüttelte sie.

»Nach Hause.« Sie schmatzte wie ein schlafendes Baby. Dann sah sie ihn komisch an----sie beugte ihren Kopf so weit wie möglich zu einer Seite und sah ihn unter den Augenlidern hinweg an, die offenbar stark unter dem Einfluß der Erdanziehungskraft standen. Trotz der Dunkelheit waren ihre Pupillen winzig, die Proportion zum Rest der Augen war etwa die gleiche wie das Verhältnis eines Marienkäfers zu einer Billardkugel. So sah sie nicht besonders gut aus.

»Tschüß Eddie...«

Dann gaben ihre Augenlider den Widerstand auf und schlossen sich.

Royce nahm das Päckchen zwischen ihren Füßen vom Boden hoch. Es war eine braune Papiertüte, und sie enthielt zwei Packungen Salems, Streichhölzer und eine Flasche Old Overholt. Das Siegel an der Flasche war noch nicht aufgebrochen worden.

»Vierzig Dollar«, murmelte er und brach das Siegel auf.

Der Whiskey war passabel. Als er sich seinen Weg zum Magen hinunterfraß, merkte er, welche Spannungen er aufgebaut hatte. Nach einem weiteren Schluck aus der Flasche entschied er, daß Verbrechen nichts für ihn waren. Zu viel Druck. Seine Karriere als Fahrer war ein hundertprozentiger Reinfall gewesen.

Andererseits...

Er betrachtete nachdenklich die Frau, die dreißig oder sechzig Zentimeter von ihm entfernt eingeschlafen war. Andererseits----wenn Eddie Lamark es wirklich vermasselt hatte und sich auf frischer Tat hatte ertappen lassen und in den Knast wanderte, dann hatte Frank Royce eine wirklich nette Puppe geerbt. Er nahm einen dritten Schluck. An die Idee konnte er sich gewöhnen.

Er trank einen vierten, kleineren Schluck. Es war unmöglich, daß Eddie und Colleen und Royce zusammen auskommen würden, das war unvorstellbar. Schade. Langsam kroch ein Grinsen über sein unrasiertes Gesicht.

Etwas Zeit verging. Träge streichelte er mit einem Fingernagel den Flaschenhals zwischen seinen Beinen und beobachtete den Verkehr. Große Trucks fuhren an ihm vorbei, bewegten sich in die nächtliche City, um ihre Ladungen loszuwerden. Er hörte Gelächter, ein Radio, das Zerbrechen einer Flasche auf dem Bürgersteig. In einiger Entfernung war ein Zug zu hören. Eine leise, weiße Cadillac Limousine mit Stierhörnern an der Motorhaube wurde langsamer, als sie an der gegenüberliegenden Straßenseite entlangglitt, vor dem Lebensmittelladen wendete und in die Parklücke rollte, die er einige Minuten zuvor verlassen hatte. Er beobachtete es im Seitenspiegel des Trucks. Colleen schmatzte und hing schlaff in der Ecke zwischen Sitz und Armstütze. Die breite Vordertür des Cadillacs öffnete sich zur Straßenseite hin, und ein Chauffeur in einer makellosen, kobaltblauen Livree, die wie ein Freizeitanzug aus dem Westen geschnitten war, trat heraus. Er drückte seine schmale Krawatte gegen die Brust, als er die Straße hinauf- und hinunterschaute, dann überquerte er die Straße und verschwand genau wie Colleen hinter der Ecke. Auch ihn beachtete keiner der fünf oder sechs herumlungernden Leute.

Wirklich nett, dachte Royce. Er schlürfte seinen Whiskey und spekulierte träge, welche Protzerei einem in dieser Gegend wohl ein wenig Aufmerksamkeit sichern würde.

Nach einer Weile rührte Colleen sich und öffnete ihre Augen zur Hälfte.

»Wo sind wir?«

»Das wollte ich dich fragen.«

Sie lachte leise. »Oh Mann«, sagte sie. »Ich bin so empfindlich.« Sie schmatzte langsam. Einmal, zweimal.

Royce schielte zu ihr hin. »Was also jetzt?«

»Nach Hause«, sagte sie. »Aber zuerst müssen wir noch mal halten.«

»Colleen«, seufzte er. »Es ist drei Uhr dreißig morgens.«

»Nur kurz«, sagte sie. »Wie ist das Zeug?«

Er hielt die halb leere Flasche hoch. »Kein Ezra, aber nicht schlecht. Willst du was?«

Sie schüttelte den Kopf, »Ich bin straight«, und wies ihm den Weg.

Er sah in den Seitenspiegel. »Ich mochte immer den Ausdruck 'straight' dafür, wenn man high ist«, sagte er und rollte von der Bordsteinkante weg.

Sie zuckte die Schultern. »Es ist eine verkehrte Welt.«

Sie hielten nur zwei Blocks entfernt.

»Warte hier«, sagte sie, als sie parkten.

Sie waren in einer sehr heruntergekommenen Gegend. Auf der anderen Straßenseite war ein Laden, in dessen Schaufenstern beiderseits der Tür Radios und Fernseher standen. Ein Fernseher in jedem Fenster war angestellt, beide auf dem gleichen Kanal. Vor der Tür und beiden Fenstern war ein Metallgitter genagelt.

Als sie zurückkam, schleppte sie einen kleinen Farbfernseher. Sie stellte ihn auf die Ladefläche des Trucks und stieg vorne zu Royce ein.

Sie mußte ihn wecken. »Du warst eine halbe Stunde weg«, sagte er mürrisch.

»Hier ist dein Geld«, sagte sie und und drückte ihm ein Bündel Geldscheine in die Hand.

Er blickte benommen darauf.

»Es ist fast alles da«, sagte sie verteidigend. »Ich mußte die Flasche bezahlen. «

»Ich, ich...«

»Ich hab' etwas Downtown für uns zwei aufgehoben.« Sie lächelte scheu. »Wir können es uns reinziehen.«

»Downtown?«

»Junk.«

»Junk?«

»Yeah. *Heroin*.«

»Mein Gott.«

Royce sah stumm auf die Flasche zwischen seinen Beinen, die jetzt fast leer war. Dann blickte er durchs Rückfenster auf den Fernseher.

»Es ist ein Sony Trinitron«, sagte sie gleichgültig. »Der ist besser als der, den wir hatten.« Sie sah ihn an. Ihre grünen Augen hätten nicht grüner sein können, denn ihre Pupillen konnten nicht mehr kleiner werden. Royce fragte sich, ob sie wußte, wer er war.

»Wir?« fragte er schelmisch.

»Yeah«, sagte sie mit einem niedlichen Seitenblick. »Wir.«

Royce schüttelte den Kopf.

Er mochte, wie das klang. Sie war ein Junkie. Das wußte er. Wahrscheinlich hatte sie sich gerade an einen Kerl für die Spritze und an einen anderen für den Fernseher verkauft. Den Whiskey und die Zigaretten mußte sie sich irgendwie so geschnappt haben, oder sie hatte dafür auch ein Arrangement getroffen.

Trotzdem sagte sie »wir«.

Er mochte den Klang.

Ich brauche noch eine Flasche, sagte er zu sich selbst.

Um viertel nach fünf waren sie schließlich zuhause.

Sie ließ ihn den Fernseher anschließen. Dann mußte er die kaputte Antenne in der Gasse unter der Hintertreppe suchen, wo Eddie sie zusammen mit dem alten Fernseher hingeschmissen hatte, und oben auf dem neuen befestigen. Dann ließ sie ihn das Gerät einschalten.

Es war alles in den Frühnachrichten, direkt nach den Landwirtschaftsberichten, die immer noch unpassenderweise in der Stadt Dallas gesendet wurden.

»Raub und Mord im exklusiven University Park«, lautete die Einführung. Royce war fast in seinem Sessel eingeschlafen. Auf seinem Schoß lag eine neue, kleine Whiskeyflasche. Aber er setzte sich gerade auf als er die Stimme des Ansagers hörte und wappnete sich, während er dem zwischengeschalteten Werbespot lauschte, mit geschlossenen Augen. Die Musik und die Stimmen schienen unangenehm laut und bedeutungslos zu sein. Die zweieinhalb Minuten Werbung zwischen der Einführung und der Story schienen endlos zu sein. Endlich erschien wieder der Nachrichtensprecher. Royce öffnete die Augen. Die Headline der Story erschien an der Wand hinter einem gutgekleideten Mann, der in dem Fernsehstudio saß. Es war der gleiche Kerl, den er neulich nachts in der Bar im Fernsehen gesehen hatte, oder er hätte es jedenfalls sein können.

»Berichten von einer Schießerei im exklusiven University Park Viertel nachgehend, fand die Polizei heute nacht gegen Mitternacht die Leiche von Mrs. Tyler Greyson im Schlafzimmer ihres Wohnhauses.«

Überbelichtete Aufnahmen einer tragbaren Kamera erschienen auf der Wand hinter dem Nachrichtensprecher, dann füllten sie den ganzen Bildschirm. Die Aufnahmen waren ein Gemisch aus herumwirbelnden Lichtern, Polizeiwagen, Gesichtern, Uniformen und Händen, die gegen das helle Licht hinter der Kamera gehoben wurden. Im Hintergrund erschien das Gebäude, das Royce in University Park gesehen hatte, und die Weidenreihe, die zu ihm hinführte.

»Oh Scheiße, Eddie, oh Liebling«, sagte Colleen.

»Eine Polizeisprecherin sagte, daß Mrs. Greyson offensichtlich gegen zehn vor zwölf einen Eindringling in ihrem Haus überraschte und daß es zu einer Schießerei kam. Ein Nachbar berichtete uns folgendes:«

Die Kamera richtete sich auf das hellerleuchtete Gesicht eines Mannes in einem karierten Hemd und mit dunkler Sonnenbrille. Er erklärte, daß er und seine Frau das charakteristische Knallen von Mrs. Greysons .44er gehört hätten, dem dann anschließend das leisere Knallen einer kleinkalibrigeren Waffe gefolgt wäre.

»Die Polizei erreichte den Tatort fünf Minuten nach dem Anruf und erhielt auf ihr Läuten an der Vordertür keine Antwort. Die Garagentür stand auf und Mrs. Greysons Wagen fehlte. Bei der weiteren Untersuchung des Hauses wurde Mrs. Greyson schwer verletzt auf dem oberen Absatz der Vordertreppe entdeckt. Die Polizeisprecherin sagt, sie sei mit einem Nachthemd bekleidet gewesen und mehr als einmal aus kurzer Entfernung im Gesicht getroffen worden.«

Royce wurde hellwach, jetzt war er ganz Auge und Ohr. Die Verkäuferin in dem Laden hatte man genauso erschossen. Er warf Colleen einen verstohlenen Blick zu. Sie lag zusammengerollt auf dem Sofa, ihre Augen klebten am Bildschirm.

Es war klar, daß Bobby Mencken nicht auf Mrs. Greyson angelegt hatte, und Colleen auch nicht. Sie war bei Royce gewesen und hatte ihm in seinem Truck geholfen.

Eddie hatte den Abzug gezogen.

»Ein antiker .44er Colt Revolver«, fuhr der Nachrichtensprecher fort, »wurde unter ihrer Leiche entdeckt, und die Polizeisprecherin sagte, die Waffe sei erst vor kurzem abgefeuert worden. Ein anderer Polizist sagte jedoch, dies könne unmöglich die Waffe gewesen sein, mit der Mrs. Greyson erschossen wurde.«

Du hast recht, es war nicht die .44er, dachte Royce. Die Waffe, mit der Mrs. Greyson erschossen worden war, würde sich als eine .25er oder .32er Automatik herausstellen, dasselbe Kaliber, mit dem die Verkäuferin getötet worden war.

Die Kamera an der Vorderseite des Hauses richtete sich auf einen Polizisten, der unter seiner Hutkrempe hervor auf ein Mikrophon schaute und sagte: »Keinesfalls. Ein Schuß aus einer Waffe dieses Kalibers hätte ihr den ganzen Kopf abgerissen.«

Ein anderer Blickwinkel auf den Nachbarn, der mit den Händen in den Hosentaschen kopfschüttelnd dastand, während eine Stimme aus dem Off sagte: »Könnte Sie sich nicht selbst aus Versehen in den Kopf geschossen haben?« »Auf keinen Fall, auf keinen Fall, auf keinen Fall«, meldete sich der Mann entschieden zu Wort, als ihm das Mikrophon wieder vors Gesicht gestoßen wurde. »Sie liebte diese alte Waffe. Sie hatte sie schon seit Jahren, und sie wußte, wie man damit umgeht, und sie hatte keinen Grund, sich selbst zu töten. Erst Sonntag waren all ihre Enkelkinder hier.« Die Kamera schwenkte zu einem Krankenwagen, der ungefähr da parkte, wo Royce ihn gesehen hatte, halb auf und halb neben dem Rasen vor dem Haus. Dann zeigten die Bilder einen Krankenwagen, der langsam aus der Einfahrt herausfuhr. Royce kaute auf seinen Lippen. Was, zum Teufel, hatte Eddie getan? Hatte er für einen Fernseher die Großmutter von irgend jemand weggepustet? Genau wie er diese Mutter für ein Sechser-Pack weggepustet hatte? Aber da war noch was. Wenn diese Mrs. Greyson tot war, dann waren Colleen und Royce Mitschuldige an einem Mord.

»Mrs. Greyson wurde ins Southern Methodist Hospital gebracht, wo bei der Ankunft ihr Tod festgestellt wurde, heute morgen um ein Uhr fünfunddreißig.«

Das ist es, was ich am elektronischen Zeitalter mag, dachte Royce, man bekommt immer auf die Minute genaue Informationen.

Als der Sprecher sein Blatt Papier weglegte, wurde ein anderes vor ihn geschoben. »Gerade kam dies«, sagte er, nahm das Blatt und las es. »Polizeibeamte haben aufgrund einer ausführlichen Beschreibung Mrs. Greysons Wagen in Highland Park entdeckt, nicht weit vom Haus der Greysons. Aufgrund der Schilderung eines Nachbarn, der sagte, er hätte seinen Hund in der Nähe von Greysons Haus ausgeführt, als er einen Mann in einem bunten Hemd mit hoher Geschwindigkeit in Mrs. Greysons Wagen davonfahren sah, nahm die Polizei einen Verdächtigen fest.« Der Sprecher sah von dem Blatt Papier hoch. »Zusammenfassend gesagt, die Polizei teilt mit, daß sie einen Mann verhaftet hat, der unter Verdacht steht, Mrs. Tyler Greyson heute morgen in ihrem eigenen Haus erschossen zu haben.« Er legte das neue Blatt zur Seite. »Wir informieren Sie über weitere Details dieses traurigen Zwischenfalls, sobald sie bekannt werden. Das ist bis jetzt alles.«

Ein ungeheuer irritierendes Geklingel platzte über die Fernsehwellen in den geschlossenen, kleinen Raum, und Royce stellte den Ton ab. Auf dem stillen Bildschirm hoben Flugzeuge ab und landeten, Leute lächelten und aßen von Tabletts, die Namen von Städten erschienen zusammen mit Preisen.

Keiner von ihnen sprach. Nach kurzer Zeit nahm Royce einen Schluck Whiskey.

»Das Ding hat eine gute Farbe«, sagte er. Colleen sagte nichts.

»Schoß ihr ins Gesicht«, meinte er nachdenklich.

Colleens Augen wanderten von den Gestalten auf dem Bildschirm zu ihm und wieder zurück.

Royce sah sie an. »Wie kam es, daß Bobby Mencken die Schuld auf sich nahm?« Er deutete mit der Flasche auf den Bildschirm, aber seine Augen ruhten weiter auf ihr.

Sie starrte ihn einen Augenblick an, dann blickte sie auf den Boden zwischen ihnen.

»Warum? Ich versteh's nicht. Der Kerl ist verrückt. Schießt Frauen ins Gesicht.«

Sie kaute auf den Lippen und starrte ins Nichts.

»Es muß einen Grund gegeben haben«, sagte Royce und schwenkte die Flasche. »Angenommen er war unschuldig, dann war das ein tiefer Sturz.«

Sie sagte immer noch nichts.

Royce beugte sich vor und legte eine Hand auf ihren Arm. »Colleen«, sagte er sanft. »Wenn das Eddie ist, den sie mit dem Wagen geschnappt haben, dann werden wir ihn nie mehr wiedersehen.«

Sie sah zum Fernseher, blickte ihn an, dann schaute sie auf den Boden.

»Er dachte, ich war's«, sagte sie ruhig.

Royce saß ganz still.

»Wer dachte das? Bobby?«

Sie schaute ihn an. In ihrer Mundecke zitterte ein winziger Muskel. »Eddie ließ es ihn denken. Ich konnte nichts dagegen tun. Er sagte, er...«

»Was? Was sagte er?«

Ihre grünen Augen waren jetzt weit aufgerissen. Royce konnte sehen, daß sie Angst hatte. »Eddie und Bobby holten mich von der Straße«, sagte sie. »Kein Mann wollte mich, außer für...außer für...«

Royce erhob sich aus dem Sessel, um neben ihr auf dem Sofa zu sitzen. »Was ist passiert, Colleen?« fragte er und nahm besorgt ihre Hand. »Erzähl es mir.«

Sie schaute ihm ernst in die Augen. »Ich bin gut, nicht wahr, Royce? Stimmt's?«

Royce fühlte ein Stechen in der Leistengegend, als sie das sagte. Wenn sie es nur weiß, dachte er. Wieso sollte sie nicht? Ich meine, sie weiß es. »Yeah, Baby«, sagte er und tätschelte ihre beiden Hände zwischen seinen, »die Beste.«

»Wirklich?« fragte sie mit leiser Stimme.

»Ehrlich. Ein Mann wie ich, der...hm...zweieinhalb Jahre im Knast war, entwickelt gewisse Standards.« Er lächelte grimmig. »Was passierte in dem Laden?« Sie warf einen Blick auf den Fernseher.

»Schau«, sagte Royce. »Eddie ist jetzt ein Medienstar. Er wird nicht mehr die gleichen Orte wie früher besuchen.« Er kniff die Augen zusammen. »Wird er uns verpfeifen?«

Sie zuckte die Schultern. »Was gibt's zu verpfeifen? Selbst wenn er's täte, solange uns keiner sah, ich meine, selbst wenn uns jemand gesehen hätte, wir haben niemand umgebracht.« Sie lächelte halbherzig. »Zu dem Zeitpunkt hatten wir fünf Meilen entfernt hinter einem Mietstall Sex.«

Royce dachte darüber nach. Dann erhellte sich sein Gesicht. »Yeah«, sagte er, »auf diesem unbefestigten Hof sind vielleicht Reifenspuren. Aber es gibt nichts, was uns mit Eddie in Verbindung bringt. Nicht solange du und er...«

Sie schüttelte den Kopf. »Ich bin nie mit dem Gesetz in Konflikt gekommen, seit ich Eddie traf. Ich meine«, sie wurde rot, »wir wurden nicht geschnappt.« Dann runzelte sie die Stirn. »Doch Bobby Mink wurde geschnappt. Oh Royce«, seufzte sie, »er war so ein wundervoller Mann. Ich traf nie jemand wie Bobby Mink...«

Ihre Stimme verebbte, und sie sah weg.

»Yeah«, sagte Royce ruhig. »Ich auch nicht.« Er stand auf und spielte auf dem Tisch mit dem Verschluß der Whiskeyflasche herum.

»Dann war es also Eddie, der die Frau in dem Laden umbrachte.«

Sie sah immer noch von ihm weg, biß sich auf die Lippen und nickte.

»Bobby war draußen und paßte auf. Eddie und ich gingen rein. Eddie hatte die Knarre. Sie----« Colleen schüttelte den Kopf, und eine Träne rollte ihre Wange hinunter, »sie schaute Eddie nur an, als er nach dem Geld fragte, schaute ihn nur an.« Sie seufzte. »Er hatte eine Waffe in der Hand, diese häßliche, kleine, schwarze Pistole.« Sie blickte auf ihre Hand. »Das am häßlichsten, gemeinsten aussehende Ding, das ich jemals sah. Es sah aus wie ein ekliges Insekt von irgendwoher, wo es niemals Licht gibt.« Sie warf ihm einen Blick zu und schaute weg. »Ich weiß nicht. Es war so eine, wie er sie heute----« sie blickte zum Fernseher, »heute nacht mit hatte...« Sie schauderte. »Er mag solche.«

Royce bot ihr die Flasche an. Sie zerrte mit der anderen Hand an der Innenseite ihres Ellbogens und lehnte sie ab.

»Sie sagte: “Steck den Erbsenspucker weg, Punk.” Einfach so. “Steck den verdammten Erbsenspucker weg, Punk, und verschwinde hier.”«

»Eddie sagte: “Du hast das Ding gedrückt, du dumme Hure. Warum, zum Teufel, hast du das gemacht? Huh? Warum, zum Teufel, hast du das gemacht!” Er weinte. Zu dem Zeitpunkt wußte ich nicht, wovon er sprach, aber es stellte sich heraus, daß er meinte, sie hätte den Alarmknopf unter dem Counter mit ihrem Fuß ausgelöst, während sie hartnäckig mit uns redete. “Du könntest uns einfach das Geld geben, Alte”, sagte er. “Los, du könntest uns einfach das verdammte Geld geben. Scheiße.” sagte er. “Mach schon!” In dem Augenblick hörten wir zum erstenmal die Sirenen. Du kannst dir gar nicht vorstellen, wie schnell die kamen. Diese Frau hinter dem Counter grinste uns wirklich gemein an. Sie freute sich hämisch, Frank. Sie war stolz darauf, daß sie diesen Jungen mit der Waffe in der Hand zum Weinen gebracht hatte. “Ihr seid alle gleich”, sagte sie, “und ich bin's auf den Tod leid.” Und weißt du, Royce, ich glaube nicht, daß er sie erschossen hätte, aber dann zog sie den Schlüssel aus der Registrierkasse , weißt du, den Schlüssel, der sie anstellt. Ich meine, man kann das Ding nicht mal öffnen, solange der Schlüssel nicht drin ist. Und sie warf ihn durch den Laden, so.« Colleen schleuderte ihren Arm seitwärts zum Fernseher, ohne ihren Ellbogen loszulassen.

»Ich beobachtete, wie er duch den Raum segelte, Royce«, fuhr sie fort und starrte auf ein Bild in ihrem Gedächtnis. »Es ging ganz langsam. Er schwebte geradezu über die Dosen, glitzerte unter diesen hellen Lampen in der Luft, als hätte er alle Zeit der Welt, um zum Eis zu kommen. Sicher, es war, als wäre es ein Einkaufsbummel oder so was. Du weißt schon, mit all dieser langsamen Musik, die sie im Supermarkt beim Einkaufen spielen? Es war, als würde der Schlüssel das Sirenengeräusch machen, weißt du?« Sie hielt inne und sah Royce an. Royce starrte sie einen Augenblick an, dann schüttelte er den Kopf.

»Ich sagte: "Wir sollten besser gehen, Eddie"«, ihre Unterlippe zitterte. »Und dann erschoß er sie«, sagte sie mit einer seltsamen Stimme. Sie zeigte es mit dem Zeigefinger und dem hochgestellten Daumen. »Er fing einfach an zu schreien und leerte die Waffe in ihr Gesicht...«

ZWÖLF

»Ich stand direkt neben ihm, an der gleichen Seite, auf die die Pistole die Patronenhülsen warf. Es war eine Automatik, richtig? Du hast heute nacht genau so eine gesehen. Eddie mag die. Weißt du, sie sind heiß, wenn sie aus der Pistole kommen----die Hülsen----Rauch kommt aus ihnen raus. Sie sprangen über mein ganzes Gesicht und über den Nacken und den Arm, stachen mich irgendwie. Ich dachte, ich sei in einem Wespenschwarm oder so was. Aber ich hatte zu viel Angst, um mich zu bewegen. Ich fuhr nur jedesmal zusammen, wenn die Kanone direkt neben mir losging, und dann jagte zwischen den Schüssen eine Hülse über meine Schulter dahin und stach jede Stelle ein bißchen, die sie berührte, weil sie einfach vom Abfeuern so heiß sind.«

»Ich schrie Eddie an aufzuhören, aber alles was ich tun konnte, war, zu beobachten, wie die Kugeln das Gesicht der Lady trafen. Ich erinnere mich, daß die Hülsen stachen und von mir aus in die Ständer mit Kartoffelchips prallten, die auf dem Counter und auf dem Boden standen. Sie rollten überall herum, es hörte sich an, als hätte jemand eine Tasche voll mit Kleingeld weggeworfen oder...Es war, als hätte ich die Schüsse wirklich nicht gehört.«

»Und dann packte Eddie mich und rannte zur Rückseite des Ladens. Dahinten war ein Fenster----hinter dem begehbaren Kühlschrank----mit einem Ventilator drin. Eddie riß den Ventilator mit einer Hand los und schob mich, mit dem Kopf zuerst, durch. Ich landete in einem Abfallhaufen hinter dem Laden, und dann war Bobby da, es war, als schrie er, aber er flüsterte nur. "Was habt ihr getan, was habt ihr getan?" Er sagte es immer und immer wieder, bis Eddie ihm die Pistole durch das Fenster zuwarf und schrie: “Sie hat sie erschossen! Teilt euch!” Bobby Mink war unschlüssig und stand da und blickte auf die heiße Kanone in seinen Händen, und dann sah er Eddie an. Ich sagte: “Was? Eddie...” “Mach schon, renn los!” schrie Eddie. “Hau hier ab und werde das Ding los! Wir treffen uns zu Hause!”«

Jetzt weinte sie. Die Tränen rollten langsam über ihr ruiniertes Gesicht zu den Mundecken, die von der Erinnerung entstellt wurden. »Ich hatte ungefähr eine Sekunde, um was anderes zu sagen, und ich tat’s nicht. Ich ließ es Bobby glauben, und dann war er weg.« Sie sah Royce an. »Ich denke, es machte keinen Unterschied. Wir mußten doch die Kanone loswerden...« Sie sah weg. Nach einem Augenblick schüttelte sie den Kopf. »Er rannte. So einfach war das. Er bog um die Ecke...und...Er bog um die Ecke und war...verschwunden...«

Sie biß sich auf die Lippen und strengte sich bewußt an, ihren Kopf daran zu hindern, hin und her zu wackeln.

»Eddie war in so einer Situation immer der Smarteste. Er wußte immer, was zu tun war----und tat es, lange bevor irgend jemand sonst wußte, was er sich ausgedacht hatte. Es dauerte lange...« Sie atmete tief ein----ihr Atem flatterte, als er in ihren Körper strömte----und seufzte. »Er wird nicht umsonst “Fast Eddie, der schnelle Eddie” genannt...« Sie fing an zu weinen. Royce zog ein großes, blaues Taschentuch aus seiner Hosentasche und bot es ihr an.

»Danke«, sagte sie einfach. Sie putzte sich die Nase.

»Es dauerte lange, bevor ich merkte, daß er uns in jener Nacht wieder weit voraus war. Schließlich kam er durch’s Fenster. Ich lag immer noch auf dem Boden. Er packte meinen Arm und zog mich wortlos hoch. In dem Moment wurden die Sirenen am lautesten, und wir hörten, daß bei einem Wagen die Bremsen blockierten und der Wagen schlitternd zum Stehen kam, und die Sirenen erstarben, und es gab einen Knall, nicht wie ein Schuß, sondern als sei jemand auf eine Motorhaube gesprungen oder so was, und die lauteste, unkontrollierteste, gemeinste, teuflischste Stimme, die ich jemals gehört hatte, schrie: “Stehenbleiben, Nigger, oder ich reiß dich in Stücke!” Ich glaube, jeder wäre auf der Stelle stehengeblieben, wenn er das gehört hätte, selbst wenn er kein...du weißt schon, Schwarzer gewesen wäre.«

»Sie schnappten Bobby«, sagte Royce. »Als er mit der Waffe in der Hand vom Tatort wegrannte.«

Sie nickte verzweifelt. »Sie schnappten Bobby, als er vom Tatort wegrannte. Später stellte sich heraus, daß er den Polizeiwagen hatte kommen sehen, er wußte, daß für ihn alles vorbei war. Darum ließ er die Kanone einfach in den Straßengraben fallen und lief weiter auf den Polizeiwagen zu, als würde er joggen oder so was.« Sie schüttelte den Kopf. »Er hatte sogar einen Jogging Anzug an und Jogging Schuhe und trug ein Stirnband. Er war auch mager genug, um ein Jogger sein zu können. Natürlich gab es damals meilenlange Spuren rauf und runter an seinen beiden Armen.«

Royce heuchelte leichte Überraschung. »Wirklich? Als ich ihn zum letzten Mal sah, beobachtete ich, wie er----«

Whoops. Paß auf, Royce, sagte er sich, fast hättest du gesagt, daß er zwei Wärter hoch hob, die versuchten, ihn festzugurten, damit du ihm zwei Spritzen geben konntest. Royce sah auf die Flasche, die neben ihm auf dem Tisch stand. Er hatte einen halben Liter Old Overholt getrunken und ungefähr ein Viertel aus dieser kleinen Flasche. Er hatte lange nicht mehr geschlafen. Es wurde schwierig, auf Draht zu bleiben.

Doch hier----jetzt----bekam er die Story, derentwegen er gekommen war.

Er setzte sich gerade auf, streckte die Arme aus und ballte die Hände zu Fäusten. »Mein Gott, die müssen fast dreihundert Pfund gewogen haben.«

»Was?« fragte sie abwesend.

»Diese Hanteln. Die einzigen Übungen, die sie ihn die ganze Zeit machen ließen, während er in der Todeszelle saß, waren überwachte Einzelübungen, mit Gewichten, Basketball-Würfe und so ein Zeug. Er sah toll aus, als ich ihn zum letzten Mal sah.«

Sie sah verwirrt aus. »Du meinst mit Muskeln und all dem Zeug?«

Royce nickte.

»Mein Gott«, sagte sie.

»Nun«, meinte er, »das ist wie eine Kontrolle des Verstandes, wenn du sitzt. Man muß etwas tun, sich auf etwas konzentrieren, diszipliniert sein.«

»Vermutlich«, sagte sie.

»Zigarette?«

»Danke.«

Sie zündete ihre Salem an. Royce hielt das Streichholz vor seine gespitzten Lippen und blies mit allmählich immer stärker werdendem Atem, bis es ausging. »Wo wir schon mal davon sprechen, daß man etwas tun muß«, sagte er und ließ das Streichholz in einen Aschenbecher fallen, »was passierte mit dir und Eddie?«

Colleen starrte in die Luft.

»Hast du etwas dagegen, daß ich frage?«

»Was?«

»Es ist eine gute Story, weißt du.«

»Yeah«, seufzte sie. »Vermutlich ist sie das gewesen.«

»Dann ist sie also zu Ende?«

»Entschuldige. Ich habe den Faden verloren. Es ist so lange her. Der Gedanke an einen muskulösen Bobby Mink hat mich verwirrt.«

»Thurman sagte, Bobby sei ein "Muskelpaket".«

Sie lächelte und rauchte ihre Zigarette.

Royce wartete.

Dann sagte sie: »Dort war ein Müllcontainer.«

»Ein Müllcontainer?«

Sie lächelte zurückhaltend. »Hinter dem Laden. Ich denke nicht, daß Eddie jemals vorhatte, wegzurennen. Ich glaube, er war überrascht, Bobby dort hinten auf uns warten zu sehen. Wenn Eddie Schmiere gestanden hätte, und Bobby und ich wären durch das Fenster gekommen, dann hätten wir Eddie nie mehr wiedergesehen. Aber Bobby war da. Wie ich schon sagte, Eddie gehört zu den Leuten, die blitzschnell improvisieren können. Er stiftet Verwirrung hinter sich und bringt sich dabei selbst in Sicherheit. Als er Bobby dort stehen sah, wurde er die Kanone los. So einfach war das. Auf dem Weg durchs Fenster sah er den Müllcontainer, und eine weitere Lösung bot sich von selbst an. Bobby rannte direkt in die Arme der Cops. Nicht Eddie. Eddie ist im Überlebenskampf in Hochform. Da Bobby sowieso von der Polizei geschnappt würde, weil er nur herumlungerte, und deshalb nutzlos war, half Eddie ihm heraus und machte aus ihm etwas Nützliches. Etwas sehr Nützliches. Bobby gab den Cops alles, was sie wollten. Sie machten sich nicht mal die Mühe, noch nach anderen zu suchen. Bobby verbrachte vor der Verhandlung ein Jahr in Untersuchungshaft, und wurde dann von einem Haufen Leute verurteilt, die von Anfang an glaubten, daß er den Raub allein begangen und die Frau umgebracht hatte, alles allein, ohne Hilfe, allein.«

Sie schüttelte den Kopf und blies Rauch in die Luft zwischen ihnen. »Es lag alles an Eddies schnellem Denken, und es bescherte Bobby den übelsten Handel, den man sich nur vorstellen kann: Mord unter besonderen Umständen, die Todesstrafe. Aber Bobby verriet Eddie nie, weil er glaubte, ich hätte es getan.«

»Was hätte es schon genützt, wenn er es getan hätte?« fragte Royce. »Sie hatten gegen keinen von euch was in der Hand. Bobbys Wort hätte gegen dich und Eddie gestanden.«

Sie schaute ihn an. »Dieser alte Ventilator, den er aus dem Fenster gerissen hat, war das schmierigste Ding, das man sich vorstellen kann. Es muß seit Bobb Wills Geburt hinten in dem Gebäude Fliegen weggeblasen haben. Sie hätten dort jederzeit einen ganzen Satz Fingerabdrücke von Eddies rechter Hand abnehmen können, zumindest, bis irgend jemand den Ventilator wieder eingesetzt hat und wahrscheinlich auch noch hinterher. Ich bin sicher, alles was sie taten, war, ihn wieder festzunageln. Ich wette 'nen Dollar mit dir, daß noch heutzutage Fast Eddies Fingerabdrücke in der Schmiere auf dem Blechrand dieses alten Ventilators sind.«

»Hm, warum, zum Teufel, fanden sie nicht gleich am Anfang irgendwelche Fingerabdrücke?«

Sie blies einen Rauchring. »Es gab keine Zeugen, darum. Von Anfang an nahmen die Cops an, daß Bobby den Job allein gemacht hatte. Als die Fingerabdrücke auf der Waffe zu seinen paßten und die Ballistik zu den Kugeln in der Kanone«, sie schnalzte mit den Fingern, »Volltreffer. Sie hatten ihren Mann.«

Royce hielt es für angebracht, etwas zu sagen. »Idioten«, meinte er.

»Idioten? Idioten?« Sie stieß mit der Zigarette in seine Richtung. »Sie haben nicht mal einen Paraffintest mit ihm gemacht, um festzustellen, ob er die verdammte Waffe abgefeuert hatte. Zum Teufel, dieser verdammte Test wurde in Mexiko erfunden, von einem mexikanischen Cop. Wenn die Mexikaner diesen verdammten Test erfinden können, dann sollte man glauben, diese verrückten Cops aus Dallas können ihn anwenden. Aber nein. Zum Teufel, nein. Sie hatten ihren schrecklichen schwarzen Junkie und die Mordwaffe. Da er zu dem Zeitpunkt neun Dollar bei sich hatte, nahmen sie an, er hätte das Geld gestohlen, deswegen hätte er die Frau umgebracht. Die neun Dollar machten das Verbrechen noch verabscheuungswürdiger.« Sie setzte sich auf und zerdrückte die Zigarette im Aschenbecher. Royces Augäpfel juckten vor Erschöpfung. In dem Schlafzimmerfenster hinter Colleen konnte er sehen, daß die Nacht langsam von der Dämmerung vertrieben wurde. »Aber worüber beschwere ich mich überhaupt?« Sie gestikulierte wild. »Wegen Bobby Minks nobler Integrität und der rassistischen Inkompetenz der Cops laufen Eddie und ich immer noch frei herum. Ist das nicht eine in der Hölle erdachte ethische Dichotomie?«

»Ethische Dichotomie?« Royce schnitt eine Grimasse. »Wo hast du so einen Begriff aufgeschnappt?«

»Hey, ich bin cool«, sagte sie bitter. »Ich hab' die Abendschule besucht.«

Royce sah sie an. Abendschule. »Und Bobby?« fragte er nach einem Augenblick.

»Bobby?« Sie warf ihm einen scharfen Blick zu, dann schaute sie weg. »Bobby ist an einem besseren Ort. Selbst wenn er nirgends ist, ist er an einem besseren Ort.«

»Ich wußte, daß er unschuldig war«, sagte Royce bitter. Sie nickte traurig. Eine Träne lief über ihre rauhe Wange.

Er hatte schon bemerkt, daß ihr Verstand immer schärfer wurde, je mehr die Wirkung der Droge----welche es auch war----nachließ, die sie vorher genommen hatte. Das bedeutete nicht, daß sie optimistisch wurde. Nur klarer. Weniger vulgär. Oder sollte er sagen, weniger familiär? Und was war daran überraschend? Auf jeden Fall gähnte Royce und hielt es für eine Ironie des Schicksals, daß sie immer gerade dann aufwachte, wenn er müde wurde. Aber da die Wirkung eines Schußes Heroin nach einiger Zeit nachläßt und Alkohol eine zunehmend überwältigende Wirkung hat, wenn man darauf beharrt, ihn die ganze Nacht zu trinken, lag nichts Überraschendes, keine Ironie, kein Trick des Schicksals darin. Es begegneten sich einfach zwei Schiffe in der Nacht. Yeah, so war es. Er war einfach müde. Sehr müde. Jetzt könnte er vulgär und familiär werden.

»Warte«, sagte er durch sein Gähnen und blinzelte mit den Augen. »Du willst mir also erzählen, daß du und Eddie hinter dem Laden in einen Müllcontainer gesprungen seid und nie entdeckt wurdet?«

Sie zündete sich eine neue Zigarette an. »Wir wurden nie entdeckt. Es war an der Rückseite des Gebäudes, von der Straße weg, und vom Fenster bis zu dem gemauerten Müllcontainer unter einer großen Pappel waren es vielleicht fünfzehn Meter, und es war vollkommen dunkel. Eddie warf mich über die Seite und folgte mir hinein. Es war perfekt. Das Ding war voll mit leeren Pappkisten und Bierkartons. Niemand hatte sich die Mühe gemacht, die Dinger plattzudrücken, wie es vermutlich vorgesehen ist. Es war auch groß genug, man konnte fünf oder sechs Leute da drin verstecken. Wir verkrochen uns in den Kartons auf dem Boden und zogen mehrere Lagen davon über uns drüber. Es war pechschwarz und ziemlich ungemütlich da unten, aber nichts im Vergleich mit einem Gefängnis in Dallas.«

»Sie müssen nicht besonders eifrig nach euch gesucht haben.«

Sie nickte und rauchte. »Sie waren die ganze Nacht da draußen, nachdem sie den aus dem Fenster gerissenen Ventilator gefunden hatten. Aber die Erde war hart dort, weil fünfzig Jahre lang Flaschenverschlüsse hineingetreten worden waren. Bist du alt genug, um dich daran zu erinnern, als es Soda in Flaschen gab und die Getränkekisten einen Öffner an der Seite hatten und darunter eine Dose, die die Flaschenverschlüsse auffangen sollte?«

Royce nickte.

Sie blies Rauch aus und wedelte ihn mit der Hand weg. »Ich nicht. Aber der Boden um diesen alten Laden herum war mit Flaschenverschlüssen gepflastert, wie mit kleinem Kopfsteinpflaster. Wie dem auch sei, der Punkt ist, es gab dort keine Spuren, denen man folgen konnte, oder so was. Sie suchten mit Taschenlampen herum und das alles. Wir lagen in der Dunkelheit, ohne zu reden, bewegten uns kaum, nicht mal, nachdem Eddie sein Ding in mich reingesteckt----«

Royce öffnete die Augen. »Was?«

»Nun, zum Teufel«, sie schwenkte ihre Zigarette. »Wir waren die ganze Nacht dort. Es hätte unsere letzte Chance sein können. Ich war ziemlich aufgeregt. Er mußte mich beruhigen. Außerdem langweilt Eddie sich schnell.«

»Ich dachte, du warst Bobbys Mädchen.«

Sie sah ihn an.

Nach einem Augenblick schüttelte er den Kopf. »Die ganze Nacht?«

»Den größten Teil. Wir konnten das Quäken der Funkgeräte hören und Autos, die kamen und fuhren. Ein Krankenwagen war da, viele Sirenen. Der schlimmste Augenblick war, als irgendein großes Fahrzeug direkt neben den Müllcontainer fuhr, nachdem wir dort mindestens schon eine Stunde waren. Es hörte sich nicht so an, aber die schlimmste Vorstellung war natürlich, daß der Müllwagen gekommen war, um den Müllcontainer zu leeren. Wir sahen uns schon, wie wir von diesen großen Gabeln hochgehoben und auf so eine große rollende Müllpresse gekippt wurden. Ich mit heruntergezogener Hose, Eddie mit seinem heraushängenden Ding...« Sie lachte kurz auf. Royce mußte lächeln.

»Dann wären wir natürlich zu Tode gepreßt worden. Oder verhaftet. Oder erschossen. Oder alles zusammen.«

»Was war es?«

»Ein Truck vom Fernsehen. Ein Übertragungswagen. Das Geräusch, das wir hörten, kam von der Antenne, die ausgefahren wurde. Wir krochen dort am nächsten Tag etwa gegen Mittag heraus. Bis dahin war es wirklich ziemlich schlimm geworden. Natürlich war es ziemlich heiß, und wir hatten beide ein paarmal pissen müssen, direkt dort, wo wir lagen. Und wir konnten auch nicht rauchen. Yeah, ich erinnere mich. Wir konnten nicht rauchen. Verdammt ungemütlich. Wir kamen nach Hause und sahen uns die ganze Sache in den Abendnachrichten an.« Sie wies mit der Hand zum Fernseher. »Genau wie heute nacht.«

Sie blickten zum Fernseher. Fünf Männer, die der Größe nach in einer Reihe standen und alle gleich gekleidet waren, standen mit offenem Mund vor der Kamera, offensichtlich sangen sie etwas. Eine Telefonnummer erschien vor ihnen unten am Bildschirm, mit den Worten GRACEPHONE darüber und JETZT ANRUFEN darunter.

»Hey«, sagte sie----ohne ihre Augen vom Bildschirm abzuwenden----mit der Zigarette in der Hand, die dicht vor ihrem Gesicht hing. »Für eine Nacht hatte ich genug Streß und Kummer. Willst du nicht high werden und ins Bett gehen?«

DREIZEHN

Einen Augenblick lang konnte Royce seinen Ohren nicht glauben. Aber seine Ohren waren nicht das Problem. Das Problem waren seine Wünsche. Sie standen im Widerspruch zueinander. Das letzte, was er wollte, war Drogen zu nehmen----jedwede Droge. Alkohol war okay; das war etwas, das er durch lange Gewöhnung verstand. Er wußte, was Alkohol wie und wann mit ihm machen würde. Aber was er unbedingt machen wollte, was ganz oben auf seiner Tagesordnung stand, war, mit Colleen Valdez zu schlafen.

Bei Colleen Valdez hingen die zwei Sachen mehr oder weniger zusammen. Man nimmt Drogen, das ist okay. Man hat Sex, das ist auch okay. Man hat beides zusammen? Man macht Urlaub. Das pflegte Bobby Mencken zu sagen. Er war morgens nach einer harten Nacht des Verbrechens nach Hause gekommen, hatte ein Tütchen mit Rauschgift vor Colleen herumbaumeln lassen und gesagt: »Laß uns Urlaub machen.«

Sie hätte vielleicht gesagt: »Sicher«, sie hätte vielleicht gesagt: »Binde mir den Arm ab«, oder sie hätte geschmollt und gesagt: »Mach's mir«, aber die Antwort war immer zustimmend. Immer.

So war es vor mehreren Jahren gewesen, als Colleen in Bobby Mencken sehr verliebt gewesen war. Sie waren alle jünger gewesen; die ganze Welt war jünger. Der Stoff war billig und in großen Mengen verfügbar gewesen, so wie Benzin in den Fünfzigern. Aber irgendwann war alles ernster geworden. Der Gedanke an Geld spielte nun überall eine Rolle, aber der wirkliche Stoff wurde mehr und mehr zu einem Gerücht über etwas, das andere Leute irgendwo anders hatten. Freunde begannen, aus unnatürlichen Ursachen krank zu werden und zu sterben. Schußwunden, Überdosen...tödliche Spritzen. Sie konnte nicht genau den Finger darauf legen, wann das Leiden den Spaß als beherrschende Lebensbedingung abgelöst hatte, genau wie sie nicht genau sagen konnte, wann Drogen wichtiger als alles andere geworden waren. Doch diese Dinge waren passiert. Es war, als hätte sie eines Tages aufgeschaut und bemerkt, daß jemand die ganze Szene im Theater verändert hatte, seit sie zum letzten Mal hingeschaut hatte. Das vorige Stück, eine komische Posse, war abgesetzt. Das neue Stück, eine tragische Posse, hatte begonnen. Wie in dem alten Stück war die Rolle, die sie in dem neuen hatte, weitgehend unbestimmt. Im alten Stück war ihr ein weiter improvisatorischer Spielraum gewährt worden. Im neuen Stück jedoch sagte ihr eine Kraft jenseits ihrer Kontrolle, jenseits ihres Verstandes immer, was sie zu tun hatte. Und wann sie es tun mußte.

Und jetzt war Eddie im Knast.

Dieses ganze Zeug mit den Schlangen langweilte sie sowieso.

Es kam ihr überhaupt nicht in den Sinn, daß Royce über ihr Angebot zweimal nachdenken würde. Sie stand auf und sagte: »Komm. Laß uns Urlaub machen.« Dann ging sie zur Küche. Royce blieb, wo er war, und beobachtete die Bewegungen ihrer Hüfte in den Jeans, als sie ging. »Keine Sorge«, sagte sie über die Schulter. »Ich weiß, du machst dir nichts aus Spritzen.« Sie lachte in sich hinein. »Noch nicht.«

Royce nahm seine Flasche und folgte ihr.

Die Küche sah aus wie das Innere eines Wohnwagens, der über eine Klippe gerollt und irgendwie aufrecht gelandet ist. Bücher, Töpfe, Pfannen, Flaschen, Zeitschriften, Zeitungen und Dosen lagen überall herum. Das gußeiserne, früher weiße Spülbecken hatte dunkle Rostflecken, der Wasserhahn war hinter Stapeln aus Gläsern und Geschirr versteckt. Auf beiden Seiten des Spülbeckens gab es ein gewelltes Abtropfbrett, das angeschlagen und fleckig wirkte. Links daneben sah er einen kleinen vierflammigen Gasherd und links davon einen sehr alten Kühlschrank. In der Ecke stand dann ein kleiner Tisch mit zwei Stühlen. Links neben dem Tisch, hinter einem der Stühle, führte eine Tür in ein kleines Badezimmer; man mußte eine Stufe hinuntergehen, um eintreten zu können. Links davon sah man durch ein baufälliges, zweiteiliges Fenster in die Freiluft-Eingangshalle. Das Fenster sah aus, als sei es zum letzten Mal während der Depression gestrichen worden, als die Leute für so was noch Zeit hatten. Ein Küchenhandtuch mit ausgeblichenen roten und weißen Karos war mit zwei Holzschrauben daran befestigt worden. Der Rest des Zimmers war schmutzig-gelb, und das ganze Ding sah aus wie ein Videospiel für Küchenschaben.

Auf dem Tisch lagen mehrere Teile verschiedener Ausgaben des *Times-Herald* und des *Fort Worth Star-Telegram*, überquellende Aschenbecher, zwei halbleere Flaschen Lone Star, in denen jeweils ein Zigarettenstummel schwamm, aufgerissene Kartoffelchipstüten und fünf verschiedene Gitarren-Pleks, die kreisrund angeordnet waren. Royce stellte die kleine Flasche Ezra Brooks in die Mitte. Ein Plektrum rutschte an der Tischkante herunter. Royce wollte es auffangen, schaffte es aber nicht. In den Zeitungen waren Artikel oder Teile von Artikeln umrandet worden. Aus manchen Zeitungen hatte jemand etwas herausgeschnitten. Royce schaute genauer hin und sah, daß es sich immer um Berichte über Bobby Menckens Hinrichtung und die verschiedenen Berufungen und juristischen Manöver handelte, die dazu geführt hatten. Als er darauf hinunterstarrte, verschwamm das Bild. Er war betrunkener, als er gedacht hatte. Schnell hielt er sich am Tisch fest, setzte sich dann schwerfällig auf den Stuhl neben dem Kühlschrank.

»Du bist ganz schön voll«, sagte Colleen. Eine Zigarette baumelte in ihrem Mundwinkel. Sie schürzte die dicken Lippen ihres breiten Mundes, nahm einen letzten Zug und ließ die halb gerauchte Zigarette in ein Glas im Spülbecken fallen, wo sie weiterglühte.

»Es ist hier nett und wohnlich«, sagte Royce müde und schielte zu der Glühbirne über ihm in der Decke. Er öffnete den Kühlschrank: eine Flasche Ketchup ohne Verschluß, eine halbleere Flasche Lone Star ebenso ohne Deckel, eine Dose Thunfisch, ein halbes Glas Pfefferschoten, die in einer verfärbten Lake schwammen, zwei weiße, herausnehmbare Schachteln mit Drahtgriffen.

»Ich habe nichts mehr gegessen, seitdem ich bei euch bin«, sagte er und schloß die Tür.

Sie zog ein kleines Päckchen aus der Uhrentasche ihrer Jeans und legte es zusammen mit einem gefalzten Stück Alu-Folie, das sie hinten vom Herd genommen hatte, auf die Zeitung. Dann setzte sie sich auf den anderen Stuhl.

»Du weißt, wie man das macht, Royce?« fragte sie.

»Nicht so gut, wie ich weiß, wie man das andere macht«, sagte er und spielte den Lüsternen.

»Yeah«, sagte sie abwesend. »Ich vermute, das macht dich motivmäßig transparent.«

»Komm schon«, sagte Royce und zog Selbstgerechtigkeit aus einem erneuerten Einfühlungsvermögen in seine Rolle, »was für eine Abendschule hast du besucht, die dir etwas über motivmäßige Transparenz, aber nichts über Biologie beibrachte?«

»Hmph«, sagte sie, »alle.«

»Gut«, schmollte Royce, »mein Testosteron hat seit mehr als zwei Jahren auf Eis gelegen.«

Das Päckchen war aus einer Zeitschrift gerissen und clever zu einem Briefumschlag gefaltet worden. Sie öffnete es vorsichtig, bis es in einem flachen, farbenfrohen Quadrat auf dem Tisch lag. Jede Seite war ungefähr siebeneinhalb Zentimeter lang. Auf dem mittleren Knick lag knapp vier Zentimeter lang eine extrem dünne Linie beigen Pulvers.

»Und essen kann ich besser als alles andere«, sagte Royce mürrisch und beäugte das quadratische Papier. »Ist irgendwas da?«

»Gleich kannst du's mir sagen.« Mit einem Messer scharrte sie ungefähr zwei Drittel des Pulvers auf den Knick in der Alu-Folie, zog es solange dünn aus, bis die neue Linie ungefähr fünf Zentimeter lang und gleichmäßig verteilt war. »Beobachte mich jetzt, Royce«, sagte sie.

»Mit Vergnügen«, meinte er.

Sie hielt die in ein leichtes V gefaltete Alu-Folie und fuhr ein paarmal vorsichtig mit einem Feuerzeug darunter her, dabei beobachtete sie das Pulver in der Falz genau. Die Bewegungen wurden langsamer. Beim letzten Mal stieg am Ende der Pulverlinie ein Kringel aus dickem Rauch auf und folgte der Bewegung der Flamme unter der Folie bis zum anderen Ende der Linie, dabei verzehrte er das Pulver. Ihre Nase schwebte ungefähr fünfzehn Zentimeter darüber, und der Rauch drang in ihre erweiterten Nasenlöcher ein, als sie gleichmäßig und vorsichtig inhalierte. Ihre Nase folgte dem aufsteigenden Rauch über die Alu-Folie, bis der Rauch verschwand. Das Feuerzeug ging aus. Colleen inhalierte tief, hielt den Atem an, dann seufzte sie zufrieden. Sie atmete nur wenig Rauch aus.

Royce war fasziniert. Sie hatte große Geschicklichkeit bewiesen.

Sie atmete noch einmal tief ein und seufzte.

»Jetzt du«, sagte sie.

»Ich?« fragte er.

Sie lächelte ihn schläfrig an. »Dann wir beide«, sagte sie verträumt.

Royce griff unsicher zur Alu-Folie.

»Nein«, sagte sie. »Ich mache es für dich. Du verpulverst es.«

»Oh«, sagte er.

»Keine Widerrede«, sagte sie und kratzte das restliche Pulver auf die Folie. »Es ist zu deinem eigenen Besten. Ohne das richtige Gefühl dafür, verbrennt es auf einmal, und man verliert den Rauch. Oder wenn es zu heiß ist, kann man sich die Lunge verbrennen. Es ist zu teuer, um es zu vergeuden.«

Er beobachtete, wie sie eine gleichmäßige Linie in dem Falz der Folie zog. Dann beobachtete er die Konturen ihrer Brüste unter dem dünnen Baumwollhemd, als sie sich über den Tisch beugte. Wieder fiel ihr langes, schwarzes Haar, das hinten locker geflochten war, seitlich an ihrem pockennarbigen Gesicht herunter----von der Stirn über die Wangen bis auf die Schulter----und erinnerte ihn an eine Pieta, an eine zärtliche Mutter, die sich über ihr gesegnetes Kind beugt. Der Gedanke an diese verfälschte Mutterschaft erfüllte ihn mit Zärtlichkeit und Lust, und er war ihr williger Schüler, als er seine Nase aufmerksam über die Alu-Folie hielt und tief die verführerischen Dämpfe einatmete, die davon aufstiegen. Die Wirkung trat fast sofort ein. Er hatte zu viel getrunken, um mit Heroin herumzuspielen, nicht daß es in der gegenwärtigen Menge gefährlich war, aber das Subtile seiner Wirkungen würde an ihm vergeudet sein. Das hoffte er jedenfalls. Aber eine träge Kraft breitete sich durch seine Gedanken aus und fühlte sich dort wie zu Hause. Er fühlte sich wie in einer anderen Welt, entspannt, krank und----seltsamerweise----als wäre er Teil einer keimenden Integrität.

»Wie fühlst du dich?« fragte sie.

Er rang nach Atem, ein gewichtsloses, doch hoffnungsloses Opfer der Anziehungskraft. Seine Augen wollten nicht offen bleiben. »Ich fühle mich schlecht«, sagte Royce schwerfällig.

»Das ist gut«, meinte sie.

»Ich würde mich gerne...hinlegen...und...«

»Eine gute Idee«, flüsterte sie. »Laß uns gehen.«

Seine Augenlider sanken herab. Er zwang sie, offen zu bleiben, um Colleen anschauen zu können. Ihre grünen Augen schrumpften schwindelerregend zu winzigen Punkten, während er sie beobachtete.

»Es ist nicht«, protestierte Royce, als sie ihm aufhalf, »nicht, was du denkst...« Es war wahr, es war nicht, was sie dachte. Zumindest war es nicht das, was er meinte, was sie dachte. Es war nicht so, daß er nicht mit ihr schlafen wollte, das wollte er. Unbedingt. Es war nur so, daß er sich jetzt einfach nur für ein paar Minuten hinlegen wollte. Vielleicht gleich hier auf den Boden. Nase an Nase mit einer Schabe. Dann konnten sie...er und Colleen...Später...

Dann merkte Royce, daß er dabei war, das Bewußtsein zu verlieren. Das Bewußtsein zu verlieren schien eine gute Idee zu sein. Er wollte sich dazu nur hinlegen.

Colleen schaffte ihn ins Schlafzimmer und aufs Bett. Es war schon taghell. Er konnte die Hitze des Tages spüren, die anfing, aus der Stadt aufzusteigen, aber er war cool, vom Wetter unabhängiger als jemals zuvor.

Er lag mit geschlossenen Augen auf dem Bett, während sie im Zimmer hin- und herging. Er hatte nicht das Bewußtsein verloren. Oder doch? Er fühlte keinen Drang, irgend etwas zu tun. Er lag einfach mit geschlossenen Augen da und bald kam ihm der Gedanke, daß es ihm Spaß machte. Es war sehr angenehm. Alles um ihn herum war zur Hölle gefahren oder fuhr zur Hölle, und das war gut. Es ging ihm sehr gut, danke.

Er begann träge, über alles mögliche nachzudenken. Er dachte an Pamela, die ihn so laut, so mies angeschrien hatte, daß es nur noch ein tonloses Summen war, in einer Frequenz, die er nicht klar empfangen konnte. Er dachte an Bobby Menckens Kuß, und in Gedanken berührte er die Lippen, die Bobbys Lippen berührt hatten. Royce berührte sie nicht wirklich. Aber in Gedanken tat er es. Er sah drei Leute mit erhobenen Gläsern in der Bar, sie schauten ihn an und weigerten sich schweigend, mit einem Mann zu trinken, der sein Glas zynisch auf die Unschuldigen und die Schuldigen erhoben hatte, die zusammen in der Hölle schmorten. Er sah Johansons rotes Gesicht, das vor Wut anschwoll. Er sah die Gesichter der Zeugen, die ihn durch das Glas des Beobachtungsfensters der Gaskammer beobachteten. Sie beobachteten ihn ohne Gesichtsausdruck, ihre Münder standen leicht offen, ihre Gesichter waren gegen den hellgrünen Hintergrund blaß. Die Spiegelungen des Lichts auf dem Glas, das sie von ihm trennten, bewegten sich leicht wellenartig entlang der Horizontalen. Dann schwamm eine kleine Fischschule zwischen Royce und den blassen Gesichtern mit den geöffneten Mündern der Todeskammer-Zeugen. Die Fische waren fast durchsichtig, mit kobaltblauen Flossen und hellgelben Mündern und diagonalen, knallroten Streifen hinter den Ohren. Sie ließen sich beim Schwimmen Zeit----hier ein Wackeln der Flossen, dort ein Schlag des Schwanzes----und untersuchten ohne Furcht das Glas zwischen sich und den Zeugen. Einer drehte sich um, um Royce zu betrachten. Eine Blase stieg vom Mund eines glotzenden Zeugen auf.

Erst jetzt merkte Royce, daß sie alle unter Wasser waren. Er lachte. Es war ein leises Lachen, denn für so was hatte er überhaupt keine Energie, aber es war doch ein Lachen. Das war ein gutes Gefühl. Ihm fiel ein, daß Lachen stärker ist als Ekel. Jeder sollte dieses gute Gefühl haben, dachte er, das besser als Ekel war. Dann wollte er natürlich weinen, weil er sich nicht mehr erinnern konnte, wann er zum letzten Mal gelacht hatte. Er wußte, daß es lange her war, denn er konnte spüren, daß die Kummerfalten in seinem Gesicht den nach oben gerichteten Lachfalten widerstanden.

Weit weg hantierte jemand an ihm herum. Er öffnete seine Augen einen Spalt, oder dachte doch, daß er das tat. Colleen zog ihm einen seiner Schuhe aus. Dann den anderen. Tatsächlich konnte er in der Dunkelheit ziemlich gut direkt durch seine Augenlider sehen.

»Mein Gott, Schuhbänder«, sagte sie. Royce dachte, irgendwas sei mit ihr, als er beobachtete, wie sie sich über ihn beugte. Er bemerkte, daß sie nackt war. Ihre Haut war glatt und braun, wie ein kaffeefarbener Strand ohne Fußabdrücke darauf. Ihre runden Brüste beugten sich mit ihr vor, die Brustwarzen zeigten wie eine interessierte dritte Partei auf ihre Arbeit. Ihr Haar war geöffnet und fiel trotz der Länge gekräuselt wie ein schwarzes Cape über ihre Schulter und an ihren Seiten herunter.

Sie zog seine Socken aus. Dann kam sie um die dem Fenster gegenüberliegende Seite des Bettes herum und knöpfte Royces Hemd auf. Er beobachtete sie genau. Sie war wirklich eine sehr schöne Frau. Royce hatte noch niemals einen so schönen unbekleideten Körper gesehen. Und trotz seiner Narkose begehrte er sie. Als sie ihm das Hemd auszog, legte er die Innenfläche seiner Hand auf ihren Hintern und streichelte den Spalt dazwischen.

»Ich bin gestorben«, sagte er, als sie zurücktrat, um den umgekehrten Hemdsärmel über seine Hand zu ziehen. Er ließ den Arm fallen und lächelte. »Ich bin gestorben und in den Himmel für fahrlässige Ärzte gekommen.«

Dann öffnete sie seinen Gürtel und zog den Reißverschluß seiner Hose herunter.

»Mmmm«, sagte sie verträumt und küßte ihn. Royce war wieder siebzehn Jahre alt.

»Kneif mich«, sagte er und strich schwach über ihr Haar. »Ich muß träumen.« Sie tat es vertraulich.

Sie zog die Hose über seine Beine und Füße, jedes Hosenbein einzeln, und ließ sie am Ende des Bettes auf den Boden fallen. Dann verließ sie das Zimmer.

»Wo...?« protestierte Royce, aber er war zu stoned, um etwas anderes zu machen. Außer seiner Männlichkeit war ihm offensichtlich alles geraubt worden. Es war wie ein Bild ohne Kontext.

Sie erschien wieder mit der Whiskeyflasche und stellte sie neben seiner Bettseite auf den Boden.

»Meine Bettseite«, sagte Royce ruhig und beobachtete sie. »Das mag ich.«

Colleen sagte nichts. Sie hob ein Bein über ihn und trat ins Bett, dann kniete sie sich hin und beugte sich zum Fenster. Sie mußte sich strecken, um den ausgefransten Saum des Vorhangs zu erreichen. Der Vorhang sah aus wie Sackleinen, aber Royce schaute nicht zum Vorhang. Seine Hand untersuchte ihren Hintern, als sie den rauhen Stoff an der Stange entlangzog, um ihn vor das Fenster zu ziehen. Der Raum wurde in dämmrige Obskurität getaucht.

Dann drehte Colleen sich um und zeigte Royce Sachen, von denen er bis jetzt nur im Gefängniskrankenhaus gehört hatte----von den Verurteilten, die so was miteinander getrieben hatten.

VIERZEHN

Drei Tage nach dem verpatzten Raubüberfall lagen Colleen und Royce immer noch im Bett.

Nur spät am ersten Tag hatten sie die Wohnung gerade lange genug verlassen, um mit Royces Geld noch mehr Whiskey und Heroin zu kaufen. Er wollte nicht, daß Colleen es im Tausch besorgte, und bestand darauf, daß sie bar dafür bezahlte. Aber es würde nicht mehr lange dauern, bis sie es auf ihre Weise machen müßte, denn er hatte nicht so viel Geld.

Darum zog er am zweiten Tag wie durch Zauberei die Flasche mit pharmazeutischem Morphium aus seiner Arzttasche hervor und machte sie damit bekannt. Sie hatte noch nie zuvor Morphium genommen, und Royce war stolz darauf, in der Lage zu sein, dieser Frau, die ihm so viel gezeigt hatte, auch etwas Neues zeigen zu können. Sie ihrerseits zeigte ihm, wie er die Droge direkt in eine Vene in seinem Arm injizieren konnte. Er bekehrte sie dafür zu der hygienischen Praxis, die Stelle vor und nach der Injektion mit Isopropylalkohol zu desinfizieren, und zu der neuartigen Idee, jedesmal eine neue Einwegspritze für Diabetiker zu verwenden, von denen er einen großen Vorrat besaß.

Colleen Valdez war für das Morphium sehr dankbar. Sie erlaubte Royce sogar, es ihr zu injizieren. Als Arzt war er darin schließlich sehr gut. Außerdem bemerkte er in Verbindung mit der Injektion sofort eine gewisse perverse Erregung, die er nur mit dem sexuellen Vorspiel vergleichen konnte. Doch die restlichen Formalitäten wie den Alkohol und die sauberen Spritzen und so weiter, ließ sie nur über sich ergehen, um ihn zufriedenzustellen.

Schließlich war er der Arzt. Colleen konnte die Patientin spielen. Oder die Schwester, mit Royce als Patienten. Sie hatten genug Zeit, um alle Kniffe auszuprobieren.

So verließen sie während der nächsten vierundzwanzig Stunden die Wohnung überhaupt nicht. Später ging sie eine Stunde lang weg, um Whiskey und Kartoffelchips zu kaufen, während Royce ein Nickerchen hielt.

Am dritten Tag war Royce bei Anbruch der Dämmerung schon überall gewesen----soweit es das Bett betraf----und lag nun wieder auf dem Rücken. Colleen kniete über ihm, ihre Arme hatte sie um seine Schultern geschlungen, und sie verbrachten langsam, sehr langsam, die Zeit. Dann kam Eddie Lamark nach Hause.

Er erschien einfach in der Schlafzimmertür. Royce war sich nicht einmal sicher, ob er Eddie bemerkt hatte, bevor Eddie sprach. Er sah, daß Eddie nicht mehr das geblümte Hemd trug, sondern ein blau und weiß kariertes Cowboyhemd, das bis zur Taille offen war. An den Schläfen und Wangen lief ihm der Schweiß hinunter, und er sah ein wenig erschöpft, hager und müde aus. Eine nicht angezündete Zigarette hing in seinem Mundwinkel, er stand in der Tür und blinzelte durch das graue Dämmerlicht des Schlafzimmers auf das Paar im Bett.

»Nun, also«, sagte er gedehnt, »das ist wirklich mit das Schönste, das ich diese Woche gesehen habe.«

Als ob sie ohne zu sprechen miteinander tanzen würden, waren Royce und Colleen in ihre privaten Gedanken versunken und reagierten entsprechend langsam auf die Unterbrechung. Royce öffnete die Schlitze seiner Augen gerade weit genug, um das karierte Hemd durch die Haare sehen zu können, die von der Schulter des Mädchens über sein Gesicht fielen, und er sagte nichts. Er dachte verschwommen, daß Franklin Royce vielleicht bald nur noch Geschichte war, wenn Eddie immer noch seine Waffe hatte. Ein Bote mit den Schriftrollen der Panik wurde von einem Teil seines Nervensystems zum anderen geschickt, ging aber während des langen Wegs verloren und kam nur kurz in der Nachbarschaft von Royces Leistengegend an, wo die Information zu einer beispiellosen Erregung führte. Furcht wurde durch erneuerte Lust verdrängt. Jetzt zu sterben, war, als wenn man im Sattel sterben würde, mitten im Glück, und er lächelte und wölbte beim Gedanken an diese Möglichkeit seinen Rücken.

Colleen bemerkte die Verdoppelung von Royces Anstrengungen und reagierte mit einem schnurrenden Geräusch in der Kehle. Sie drehte sich nicht einmal um, als sie mit leichter Überraschung freundlich sagte: »Eddie, du bist zurück.«

»Ja. Und dein Rücken«, sagte Eddie, »ist der schönste Anblick, den ich seit drei Tagen hatte.« Er fummelte an seinem Gürtel herum. »Steh nicht auf, Colleen, Honey«, fügte er hastig hinzu. »Beweg dich nicht, rühr dich nicht. Ich bin gleich da.«

Eddie ließ seine Hose dort, wo sie hingefallen war, riß die beiden unteren Knöpfe seines karierten Hemdes auf und kniete sich hinter Colleen auf das Bett. Er wickelte sich zwei dicke Flechten von Colleens langem, schwarzem Haar um seine Fäuste, so wie ein Postkutschenfahrer die Zügel für den langen Weg nach El Paso nimmt.

»Also los«, sagte er. Die nicht angezündete Salem steckte immer noch zwischen seinen Zähnen.

Dann fingen die drei an, Sachen zu machen, von denen Royce bis jetzt auch nur im Gefängniskrankenhaus gehört hatte----von den Verurteilten, die so was miteinander machten.

»Die alte Frau erwischte mich mit einem .44er Colt auf dem Absatz des ersten Stocks«, sagte Eddie später, als die drei im Bett lagen und Zigaretten rauchten, »eine richtige Antiquität.« In den vergangenen zwei Tagen hatte Royce immer ein- oder zweimal gezogen, wenn Colleen geraucht hatte. »Ich war noch keine Minute in dem Haus.«

Eddie nahm einen Schluck aus Royces Flasche. »Sie hat mich nicht mal nach meinem Namen gefragt«, sagte er. »Plötzlich ging das Licht an und da war sie, ungefähr zehn Stufen weiter oben auf der Treppe. Sie fing einfach an, in die Wand hinter meinem Kopf Löcher zu schießen.«

»Im Fernsehen sagten sie, sie hätte nur einmal geschossen«, meinte Royce.

Eddie gab Royce die Flasche. »Du mußt dich an den Gedanken gewöhnen, daß es eine zehnprozentige Fehlerquelle gibt, mindestens«, Eddie zeigte mit einem Finger gegen die Decke, »in allen Fernseh-, Zeitungs- und Radioberichten. Das ist das Minimum, und unterbrich mich nicht immer.«

»Sicher«, sagte Royce, »okay«, während er dachte: verdammter Besserwisser.

»Sie hat mindestens zweimal geschossen«, fuhr Eddie fort, »und vermutlich war sie auch keine schlechte Schützin. Sie hatte Angst, darum zielte sie schlecht. Teufel, ich hatte auch Angst.« Er zog an seiner Zigarette und blies den Rauch vor ihnen in die Luft. Außerhalb des offenen Fensters hinter Eddie kläffte in weiter Ferne ein Hund, und eine Hupe ertönte ein-, zweimal kurz in derselben Entfernung.

»Aber je mehr Angst ich hab', desto besser schieße ich«, sagte Eddie.

»Und du hast Erfahrung«, fügte Royce hinzu. Colleen kniff ihn.

Eddie wandte sich in der Düsternis zu Royce um, sah ihn einen Augenblick an, blickte Colleen an und schaute dann weg. Ein weiterer Augenblick verging. »Yeah«, sagte Eddie schließlich.

Aha, dachte Royce. Colleen und ich haben ein Geheimnis, und sie will, daß es so bleibt. Wenn ich darüber nachdenke, dann ist es bei Eddie genauso. Ihre Hand lag auf seiner Hüfte, wo sie ihn gekniffen hatte. Lässig legte er seine Hand darüber und drückte ihre beruhigend. Sie zog ihre Hand weg und zeigte hinter ihn.

»Reich mir den Aschenbecher, Royce«, sagte sie.

Er sah sie einen Augenblick an, dann nahm er eine Erdnußdose, die voll von Zigarettenstummeln und Aufreißstreifen war, von dem umgedrehten Holzfaß nebem dem Bett, das als Nachtschränkchen diente. Es war so ein kleines Faß mit eisernen Ringen, in das Hufeisen kommen. Royce betrachtete das Faß und hielt die Dose, während Collen das glühende Ende ihrer Zigarette ausdrückte. Pamelas städtischer Hufschmied machte Hausbesuche mit einem brandneuen Winnebago, der als Schmiede eingerichtet war. Auf einem kleinen Anhänger zog er einen bescheidenen Schmiedeofen mit elektrischem Gebläse hinter sich her. Auf der hinteren Stoßstange war ein Amboß. Er verkaufte seinen Kunden aus einer Auswahl solcher Fässer Hufeisen, und die Rechnungen waren extravagant, mindestens zweimal so hoch wie die, die ein Rancher erwarten würde. Außerdem liebte der Mann es, schlüpfrige Anspielungen über die Lieblingsbeschäftigungen bestimmter einsamer Reiterinnen zu machen. Der Schmied war ein großer, haariger Bastard, seine Arme waren von verschorften Brandwunden übersät, die er sich am Schmiedeofen geholt hatte, und Royce haßte ihm.

Nachdenklich stellte er den Aschenbecher zurück. Warum sollte er diesen Hurensohn jemals wiedersehen?

Seit vier oder fünf Tagen war er von Zuhause weg. Es war ziemlich unwahrscheinlich, daß in diesem Teil von Dallas jemand nach ihm suchte. Pam konnte das Haus haben----das Gericht würde es ihr sowieso zusprechen. Zum Teufel, ihr Daddy hatte die Anzahlung geleistet. Sie konnte die Ranch haben, die Tiere, den Schmied, das ganze miserable Leben. Vor allem konnte sie sich selbst haben.

Er lehnte sich gegen das Kopfkissen hinter sich. Sein nacktes Bein lag an Colleens. Er betrachtete einen Augenblick die Form ihres Körpers und dachte: Mir gefällt es hier.

Eddie rülpste laut. Royces Augen wanderten über Colleens glatte Oberschenkel zu Eddies blassen, haarigen daneben. Er hatte knorrige Knie.

»Wie Marlon Brandon schon sagte: "Sie ließ mir keine Wahl, Dad."« Eddie schniefte und rieb sich mit der flachen Hand die Nase. »Nach der Schießerei waren noch mindestens zwanzig Minuten Zeit, bevor ich euch zurückerwartete, und es muß sich wie Beirut um Mitternacht angehört haben, als wir aufeinander losballerten. Es blieb also nichts anderes übrig, als zu fliehen. Ich riskierte es und sah in die Garage. Die Schlüssel steckten, und ein elektrischer Garagentüröffner war an der Sonnenblende befestigt. Es war ein netter Wagen, ein neuer Buick. Alles war so gut vorbereitet, daß ich dachte, es sei 'ne Falle.« Er schnellte die Hand nach oben und ließ sie vor sich in der Luft zu einer Faust zuschnappen, so als würde er eine Fliege fangen. »Doch es war keine.«

Niemand sagte etwas. Royce befingerte die beiden eiternden Scheiben, die Eddie in seinen Nacken gebrannt hatte. Jede hatte ungefähr einen Durchmesser von einem halben Zentimeter und oben eine dicke Kruste.

»Aber was ist mit dem Hemd, Eddie?« fragte Colleen neugierig. »In der Glotze sagten sie, die Polizei hätte einen Mann mit einem geblümten Hemd festgenommen, den jemand gesehen hatte, als er mit dem Buick vom Haus der Greysons weggefahren sei.«

Royce beugte sich vor und grinste wissend. »Der Teil mit der zehnprozentigen Fehlerquelle?«

Eddie nickte weise. »Das kommt darauf an, wie man es betrachtet, Royce«, sagte er, faltete die Hände hinter seinem Kopf und lehnte sich gegen die Wand, den Filter einer Salem zwischen seinen Zähnen. »Ich fuhr rückwärts los, die ganze Straße hinunter. Dann fuhr ich den Weg zurück, den ihr wahrscheinlich kommen würdet, ich dachte, daß ich euch mit etwas Glück auf dem Rückweg abfangen würde, oder daß ihr an irgendeiner Ecke warten würdet. Dann hätte ich fast sofort die Wagen wechseln können, und sie hätten uns nie gefunden.«

»Smart«, sagte Royce unbehaglich. Aber er dachte darüber nach, was Eddie damit meinte, daß sie uns nie gefunden hätten. Hatten sie uns gefunden?

Colleen zündete sich eine neue Zigarette an und blies einen Rauchring zwischen sie.

Eddie schüttelte den Kopf. »Das war nur so ‘ne dumme Idee, die ich da hatte, so als wenn man seine Nummer auf dem Glücksrad beobachtet. Der Ärger mit solchen Hoffnungen ist, daß man immer noch auf seine Nummer starrt, wenn das Rad schon gehalten hat und sie einem das Geld wegnehmen. Dann bringen sie *dich* weg. Hab’ ich einen Zeugen?«

»Hallelujah«, sagte Royce unsicher.

»Erzähl es«, meinte Colleen.

»Man muß Kombinationen spielen«, sagte Eddie voller Überzeugung.

»Wenn man ein Risiko eingeht«, meinte Royce.

»Genau«, sagte Eddie trocken. »Wir reden nur von Leuten, die erst mal ein Risiko eingehen.«

Colleen lachte.

»Ich fahre also die Walnut Hill entlang, und ein Polizeiwagen kommt voll beleuchtet aus der anderen Richtung. Ich merke, daß ich etwas zu schnell fahre und werde also langsamer. Dort draußen ist doch dieser Supermarkt.«

Colleen nickte.

»Ich fahre rüber und schaue mich um. Ein Kid mit einem Sechser-Pack kommt aus dem Laden und geht zu der Ecke mit dem Parkplatz. Dort parkt ein alter, roter MG mit heruntergelassenem Verdeck, er ist blitzblank. Als der Junge die Tüte auf dem Beifahrersitz verstaut hat, bin ich dort und frage ihn nach dem Weg nach Balch Springs, das schwer zu finden ist und am anderen Ende der Stadt liegt.«

»Er fängt an, mir den Weg zu zeigen und schüttelt dann den Kopf. Der Weg ist nicht leicht zu finden. Darum kommt er zwischen die Autos herüber, um mir die Details zu sagen. Mit dem Hemd wische ich meine Fingerabdrük-ke vom Lenkrad. Er hockt sich sogar hin. Ich berühre seine Nasenspitze mit der Mündung der .25er. Er kann alle neun Kugeln riechen, die ich gerade daraus abgefeuert hatte. "Steig ein", sag ich, ziehe am Türgriff und rutsche auf dem Sitz etwas zur Seite.«

Royce runzelte die Stirn. »Neun?«

»Ein paar davon verfehlten sie«, sagte Eddie verteidigend.

»Dann war sie also leer?«

»Leerer als das durchschnittliche Mittelklasse-Leben«, sagte Eddie. »Aber der Junge wußte das natürlich nicht. Wie dem auch sei, der Pulvergeruch macht ihn schwach. Ich weiß, daß das bei mir so ist.«

»Ich kriege davon Kopfschmerzen«, meldete sich Colleen.

Eddie ließ seine Augen zu ihr wandern, schnaubte spöttisch und fuhr dann mit seiner Story fort, während er geradeaus starrte, als sähe er in der Dunkelheit jenseits vom Fußendes des Bettes ein Hologram der Ereignisse.

»Der Junge ist etwa neunzehn und hat panische Angst. Er steigt ein. "Schließ die Tür." Er schließt die Tür. Ich nehme sein Geld und seine Wagenschlüssel. "Ein nettes Hemd." Er weiß nicht, was das soll. "Laß uns die Hemden tauschen." Er sieht mich an, als sei ich verrückt. "Ja." Ich nicke ihm über die Kanone zu. "Ich bin verrückt, aber ich will dich nicht verletzen. Das Hemd." Wir tauschen die Hemden.«

»Es dauert nur eine Minute. Noch ein Polizeiwagen fährt in Richtung University Park vorbei, er hat alle Lichter und die Sirene an. "Ein schönes Hemd, ein schöner Wagen." Ich halte seinen Geldhaufen hoch. "Wieviel ist das?" "Ich weiß nicht", sagt er, "vielleicht zweihundert." "Was macht ein Junge wie du mit zweihundert Dollar in der Tasche, heh?" Er starrt geradewegs über das Lenkrad und zuckt die Achseln. "Heh?" "Ich w-weiß nicht!" schreit er stotternd.«

»"Okay", sage ich, "du weißt nicht, ob du's dir leisten kannst, es zu verlieren. Hier ist das Geschäft. Hast du den MG selbst wieder instand gesetzt?" "Ja." Perfekt. "Willst du ihn wiedersehen?" Er sieht mich an. "Sehen Sie, Mister, Sie haben hier einen schönen Buick, warum----" "Halt's Maul." "Bitte----" "Bettel nicht, Junge, das ist nicht männlich. Ich hab' hier einen Deal für dich. Ich behalte den roten Wagen und die zweihundert." Er knirscht mit den Zähnen. "Du", sage ich, "behältst dein Leben."«

Eddie kicherte in sich hinein. »Wir redeten in dem Wagen wie zwei Typen, die darauf warten, daß ihre Freundinnen aufhören, sich in dem Laden die Zeitschriften anzusehen. "Aber du mußt mir einen Gefallen tun." "Was für einen Gefallen?" "Keinen großen", sage ich. "Du mußt etwas herumfahren." "Herumfahren?" "Herumfahren..."«

Royce unterdrückte ein Gähnen. Es war ein paar Stunden her, seit er und Colleen gespritzt hatten, und das Morphium ließ nach. Er kratzte sich lustlos. Seit gestern bemerkte er jedesmal, wenn die Wirkung der Droge nachließ, einen gewissen Hunger, es war ein ruhiges, ständiges Verlangen, und bis er sich wieder eine Spritze setzte, war er gereizt. Er erkannte, daß es die Gier nach der Droge war, aber solange sie die Droge hatten, erlaubte er sich, dem nachzugeben. Es war wahr, daß der Hunger nach der Droge schlimmer war als Hunger nach etwas Eßbarem. Er war darüber ein wenig beunruhigt. Außerdem konnte das Verlangen nach Essen immer zum Magen zurückverfolgt und darum leicht erklärt werden. Der Ursprung des Drogenhungers war nicht so leicht zu verfolgen, er schien von irgendwo tiefer zu kommen, aus irgend etwas Unergründlicherem als dem Magen, und gleichzeitig schien dieser Hunger sich durch sein ganzes inneres System auszubreiten. Er lächelte. Vielleicht kam er aus seiner Seele. Wahrscheinlicher war es ----und auch schrecklicher----daß er aus seinen Därmen kam. Kein Hedonist fand die Kraft, seinen eigenen Metabolismus zu verleugnen; seine Seele, ja, aber nicht seinen Metabolismus.

Er beobachtete Colleen, die träge mit der flachen Hand ihren Unterarm hinauf- und hinunterfuhr. Sie war wahrscheinlich viel kaputter als Royce. Als er ihr die Spritzen gab, hatte er viele vernarbte Adern in ihren beiden Armen entdeckt. Eine besonders schlechte fühlte sich wie ein dünner Zweig an, der unter ihrer Haut eingegraben war. Eine gleichgroße Dosis Morphium hatte auf sie eine viel schwächere Wirkung wie auf Royce. Sie brauchte normalerweise eine um ein Viertel bis ein Drittel stärkere Dosis als er.

Jetzt gab es ein neues Problem. Sobald Eddie mit dem Plappern aufhörte und dem, was um ihn herum vorging, Aufmerksamkeit schenken würde, würde er ihren Vorrat verkleinern. Die Höflichkeit würde das gebieten, nicht wahr? Würde Colleen sich darüber genauso sehr ärgern wie Royce? Konnte es auch sein, daß sie sich vor Eddie genauso ekelte wie Royce? Reagierten diese Leute auf irgend etwas? Er streckte die Hand aus und nahm ihre Zigarette. Sie beobachtete, wie er daran zog, und einen Augenblick lang trafen sich ihre Augen. Der Kontakt war geräuschlos, aber Royce konnte fühlen, wie ihr grüner Blick bis in die Wurzeln seiner Sexualität drang. Eine dritte Form des Hungers. So etwas hatte er noch niemals zuvor gegenüber einer Frau gefühlt. Wollust. Besitzergreifend. Beschützerisch. Vielleicht Eifersucht? Er gab ihr die Zigarette. Ihre Finger verflochten sich kurz. Sein Geschlecht bewegte sich. Nachdenklich atmete er den Rauch dorthin aus. Sie nahm die Zigarette.

»Eddie«, sagte sie. »Was geschah mit dem Jungen?«

Eddie hörte auf zu reden.

Royce saß ganz still. Im Zimmer wurde es sehr leise. Durch das offene Fenster drang gerade kein Geräusch aus der Nachbarschaft herein. Sie konnten einen Jet hören, der in sechs oder acht Meilen Entfernung vom Love Field abhob.

FÜNFZEHN

Eddie lachte. »Was, zum Teufel, meinst du, Baby? Gib mir 'ne Zigarrette.«

»Die hat Royce.«

Royce fand das Päckchen Salem auf dem Faß und hielt es Eddie hin. Eddie nahm eine Zigarette. Er schob den Filter zwischen seine Lippen und zündete das Ende mit dem Stummel der vorigen Zigarette an, inhalierte tief, atmete aus. Er schob den Fenstervorhang mit seinem Fuß zur Seite und warf die Kippe aus dem offenen Fenster. Der Vorhang fiel an seinen Platz zurück. »Es ist schön, zu Hause zu sein und wieder zu ficken und zu streiten, Baby. Ein paar Tage lang stand es auf Messers Schneide.« Er sog wieder Rauch ein und atmete aus.

»Mann, Eddie«, sagte Colleen, »ich weiß nicht, wie du das machst.«

Eddie rauchte weiter. Dann fragte er: »Was hat euch beide eigentlich so high gemacht?«

Verrat es nicht, dachte Royce.

Colleen fuhr mit der Hand innen an Royces Oberschenkel auf und ab. »Royce hier hat einen Vorrat, Eddie«, sagte sie strahlend. »Wir haben auch für dich was aufbewahrt.« Sie sah Royce an. Royce sah sie an. Verdammt. Aber die grünen Augen und ihre schwarzen Wimpern in dem vom Haar umrahmten narbigen Gesicht hätten über ein Imperium oder über einen anderen Planeten herrschen können. Ein Planet voll von Royces. »Nicht wahr, Royce?« Sie streichelte ermutigend sein Knie.

»Yeah«, sagte er mürrisch.

»Royce weiß, wie man sich beliebt macht.«

»Das stimmt, Eddie«, sagte Royce und war unsicher, auf welche Gelegenheit sich das bezog. Er räusperte sich. »Schon mal Morphium probiert?«

»Nein, wirklich?« sagte Eddie und seine Augen leuchteten auf wie die eines Kindes. »Du hast Morphium? Reines Morphium?«

»Das beste, direkt aus dem Krankenhaus«, sagte Colleen stolz. »Dieser Kerl Royce ist ein Geschenk, Eddie. Ein Geschenk direkt von Bobby Mink.«

Eddie drehte sich um und sah sie an, dann blickte er Royce an. Einen Augenblick lang kaute er unschlüssig auf seiner Lippe. »Der gute alte Bobby Mink«, sagte er leise.

Royces Augen verhärteten sich. »Yeah«, sagte er. »Der gute alte Bobby Mink.« Dieser Lamark hat Nerven, dachte er. Ein Mann ohne Grundsätze.

»Es ist ein bißchen alt«, sagte Colleen entschuldigend und tätschelte wieder Royces Knie. »Die ganze Zeit während Royce im Knast saß, war es in seiner Arzttasche. Seine Frau hat nicht mal daran gedacht, da reinzusehen.«

Eddie lächelte unbehaglich. »Wahrscheinlich hat sie die ganze Zeit ihren Arsch dafür verkauft«, sagte er vage.

»Welche Ironie«, stimmte Colleen zu.

Royce stand aus dem Bett auf. Ein Geruch nach Schweiß und kaltem Tabakrauch erhob sich mit ihm. Befangen stand er ganz gerade da, damit sein Bauch Colleen nicht so fett vorkam. Oder Eddie. »Es ist schwer zu glauben, daß manche Leute ohne den Stoff leben können«, sagte er steif und wandte sich den anderen beiden zu, die immer noch zusammen auf dem Bett lagen. »Drei Schuß Morphium?« fragte er fröhlich.

»Also verdammt«, sagte Eddie. »Ich hätte nicht gedacht, daß du's auch genommen hast.«

»Warte, bis du einen Armvoll von diesem Stoff bekommen hast, Eddie«, sagte Colleen. »Das macht mehr Spaß als ein neues Pony.«

Royce lächelte gutmütig. »Du kriegst es, Eddie«, sagte er. »Ich bin nur dankbar, daß du mir keinen Schlangenbiß verpaßt hast, als du mich mit deiner Freundin im Bett gefunden hast.«

Eddie zuckte die Schultern. »Was ist daran verkehrt?« fragte er. »Ich hole mir meine Kicks.«

»Kootchie-kootchie«, kicherte Colleen.

»Wirklich?« fragte Royce angewidert.

Eddie streckte mit der Innenfläche nach außen seine Zigarettenhand Royce entgegen. »Zehn oder zwölf Milligramm sollten es erledigen«, sagte er.

»Ist das alles?« fragte Royce, als er sich umdrehte und das Zimmer verließ.

»Juchhuh«, sagte Eddie glücklich. »Das ist ja wie in einem Selbstbedienungsladen.«

»Ich nehme die Herausforderung an«, sagte Royce aus dem anderen Zimmer.

»Eddie«, hörte er Colleen sagen, »erzähl mir die Wahrheit, du lügender Bastard. Wie hast du's geschafft?«

»Ah«, sagte Eddie. »Ich habe den Wagen einfach von jemanden stehlen lassen, das ist alles. Die einfachste Sache der Welt.«

»Du hast jemanden den Wagen stehlen lassen?« fragte sie ungläubig. »Wie hast du...?«

»Dann stieg ich ein paar Tage in einem Motel ab, nur solange, bis ich sicher war, daß die Luft rein war.« Er hielt inne.

Er hat uns die ganze Zeit beobachtet, um zu sehen, ob die Cops hinter uns her waren, dachte Royce, als er im Wohnzimmer stand.

»Ich wußte, daß du dich nicht von irgendeinem Jungen ohne Hemd ansehen lassen würdest«, sagte sie. »Diese Tätowierungen hätten den einen oder anderen von euch getötet.«

»Sicher«, sagte Eddie. »Hey, kitzelt das?«

Sie kicherte. »Woher hast du also das Geld für ein Motel?«

»Ach, vergiß es«, sagte er schroff. »Ist der Whiskey noch da?«

Royce lauschte diesem Gespräch, während er die Arzttasche hinter der Couch hervorzog. Bei ihm ist sie wirklich gesprächig, dachte er sauer, mehr als bei mir. Das düstere Wohnzimmer wurde nur durch das Licht des Fernsehers erhellt, der Ton war ganz abgestellt. Sein Blick fiel auf den schmalkrempigen, beigen Stetson mit den Schweißflecken, den er vor drei Tagen hier liegengelassen hatte. Es war, als hätte er ihn niemals zuvor gesehen. Er schob ihn zusammen mit mehreren leeren Kartoffelchipstüten auf den Boden und stellte die Tasche auf den Tisch. Er setzte sich auf die Couch und beschäftigte sich mit den Utensilien.

Er konnte die Gereiztheit in Eddies Stimme hören. Aber er war sich nicht sicher, ob Eddie wegen der Aussicht auf einen Schuß nervös war, nachdem er vier Tage ohne auskommen mußte, oder wegen der Verschwommenheit seiner eigenen Story. Aber bald verdrängte Royce die Stimmen im Schlafzimmer, er hörte dem Geschwätz nur noch halb zu. Es gingen ihm andere Dinge durch den Sinn. Er hatte entschieden, daß es für Eddie Zeit war zu gehen.

Colleen hatte die Geschichte ausgeplaudert. Obwohl Bobby in den Raubüberfall verwickelt gewesen war----tatsächlich hatte er bis zum Hals mit dringesteckt----hatte Eddie es zugelassen, daß er für den Mord bestraft wurde, den Eddie begangen hatte. Tatsächlich hatte Eddie Bobby in den Tod geschickt. Er hatte seinen besten Freund----und zufällig auch Colleens Lover----in den Tod geschickt, indem er darauf vertraute, daß Bobby versuchen würde, ihnen aus dem Schlamassel zu helfen. Nun, er hatte ihnen wirklich geholfen. Und dabei hatte er sich selbst in die Todeszelle gebracht.

Außerdem würde es nicht mehr lange dauern, bevor Eddie einen zweiten Blick auf Royce werfen würde.

Er nahm eine Schachtel mit Diabetikerspritzen aus seiner Tasche und und riß laut drei davon aus ihren Papierumhüllungen. Es waren kleine Spritzen mit sehr kurzen, dünnen Nadeln. Sie waren zum Gebrauch durch Diabetiker vorgesehen, um Insulin mit einem Minimum an Unbequemlichkeit zu injizieren. Sie waren auch zum Injizieren für bestimmte andere Produkte ideal. Morphium, zum Beispiel. Royce stellte die Morphiumflasche vor sich auf den Tisch. Er dachte, daß sie sich auch zum Injizieren einer Überdosis Morphium eigneten oder----er nahm eine andere Flasche aus der Arzttasche und stellte sie neben die erste auf den Tisch----um einen wohlüberlegten Cocktail aus Pavulon, Kaliumchlorid und Natriumthiopental zu spritzen.

Es hatte keinen Sinn, das Morphium zu verschwenden.

Er nahm eine Flasche Alkohol, ein paar Wattebäuschchen und etwas zum Abbinden aus der Tasche.

Dann saß er einen Augenblick da und befühlte das Einschußloch in der Arzttasche. Das Einschußloch der Integrität. Der hippokratische Abpraller.

Ihm gingen viele Gedanken durch den Kopf. Unter anderem, daß Royce noch nie jemanden getötet hatte, auch nicht aus Versehen.

Andererseits war Eddie Lamark, soweit Royce es wußte, für den Tod von mindestens zwei Menschen verantwortlich, beide waren Frauen und beide waren mehr oder weniger wehrlos gewesen. Royce konnte kaum glauben, daß es eine siebzigjährige Großmutter mit einem so skrupellosen Mann wie Eddie Lamark aufnehmen konnte, nicht einmal mit einem .44er Colt. Außerdem war Eddie indirekt für Bobby Menckens Tod verantwortlich. Indirekt bei der engsten Auslegung der Definition des Wortes, dachte Royce. Eddie hatte Bobby ausgetrickst und hereingelegt, so daß er in die Todeskammer kam. Er wußte, daß Bobby diesen Gefallen nie erwidert hätte, selbst dann nicht, wenn er dazu in der Lage gewesen wäre.

Das machte drei Leute, die Eddie umgebracht hatte.

Royce war in einer Position, in der er den Gefallen erwidern konnte.

Außerdem wollte Royce Colleen Valdez----alles von ihr, für sich allein. Nur der Gedanke daran, sie wieder in Eddies Umarmung zu beobachten...Ganz zu schweigen von der Gefahr, die Eddie zweifellos früher oder später für Royces Wohlergehen darstellte...

Er betastete die beiden kleinen Brandwunden in seinem Nacken. Im Fernseher vor ihm glitt das Raumschiff Enterprise aus dem Orbit. Die Rache der Gebranntmarkten...

Es war Zeit für Eddie, zu gehen.

Während er eine der Hypoderme hochzog, entfernte Royce den Plastikschutz der Nadel, drang durch den Gummiverschluß des Todesserums und drückte den Taucher herunter. Er drehte die Flasche über der Spritze herum und beobachtete gegen das Licht des Fernsehers, wie sich die Spritze langsam füllte. Er entfernte die Nadel mit einem verräterischen Quietschen.

Aus dem Schlafzimmer klang das Geräusch einer Flüssigkeit, die von einem Ende einer Flasche zum andern glitt und wieder zurück. »Hey«, sagte Eddie, »bist du bald fertig da?«

»Sorry«, sagte Royce, stellte die Flasche mit dem Serum leise oben auf den Tisch und nahm die Flasche mit Morphium. »Raumschiff Enterprise läuft.«

Er hörte Colleens Gekichere.

»Das ist zu viel, Mann«, sagte Eddie.

»Ich bin gleich da«, sagte Royce und zog in die zweite Spritze Morphium.

Wie sollte er die Spritzen auseinanderhalten? Beide Lösungen sahen in der Spritze durchsichtig aus.

»Wer ist der Erste?« fragte Royce. Er legte die morhiumgefüllte Spritze auf die linke Tischseite und zog von der dritten, leeren, die Kappe ab. In seinem Magen war ein Knoten. Ich kann es nicht mit den Flüssigkeitsspiegeln machen, das ist zu offensichtlich.

»Ich bin okay«, sagte Colleen träge. »Gib Eddie die erste. Er war zum Arbeiten weg. Ich will sein Gesicht sehen, wenn es ihn trifft.«

»Prima«, sagte Eddie zweifelnd.

»Laß dir die Spritze von Royce geben, Eddie«, sagte Colleen. Royce hielt die umgedrehte Flasche vor den Fernseher und beobachtete den Flüssigkeitsspiegel in der Spritze. Seine Hände waren feucht und zitterten.

»Was bin ich, hilflos?« bellte Eddie.

»Das ist okay«, log Royce. »Er kann es genauso gut.«

»Nein, du bist wirklich gut darin«, sagte Colleen laut. Dann sagte sie leiser: »Laß ihn. Er ist wirklich Arzt.«

Royce konnte geradezu sehen, wie Eddie die Lippen schürzte und die Schulter zuckte. »Sicher«, sagte er, »laß uns sehen, ob er mich gleich beim ersten Mal richtig trifft.«

»Hey«, sagte Colleen mit lauterer Stimme, »eine Herausforderung. Die Adern von diesem Kerl sind so hart wie Wasserschläuche aus Plastik.«

»Ich bringe den Hohlbohrer mit.« Die Nadel, dachte Royce, und nahm die tödliche Spritze, ich muß sie verbiegen. Nimm sie alle mit hinein, falls er mißtrauisch sein sollte. Er legte die Nadelspitze fast flach gegen die rote Gummikappe der Morphiumflasche und drückte. Schweiß rollte in sein linkes Auge und brannte. Er wußte, daß die Nadel ziemlich stark war, aber sie war auch spröde und konnte leicht zerspringen. Er ließ mit dem Druck nach und betrachtete sie. Die Nadel war gerade. Er legte sie wieder gegen die Kappe und drückte stärker. Er fühlte, daß sie nachgab. Er riß sie von der Flasche weg und drehte die Spritze im Licht des Fernsehers. Die Nadel war leicht gekrümmt, direkt an der Manschette, wo sie mit der Spritze verbunden wurde.

»Sie landen auf Altair«, sagte Royce, ohne auf den Fernseher zu schauen. Er legte die Spritze neben die anderen beiden. »Gerade wenn wir gehen.« Obwohl er wußte, daß die vergiftete Spritze rechts lag, konnte er sie nicht unterscheiden. Er rollte die drei vor und zurück. Die Nadel der vergifteten wackelte und stach klar hervor.

Nur vorsichtshalber, dachte er und legte die drei Spritzen in seine linke Hand----die tödliche obendrauf.

In der anderen Hand hielt er die braune Flasche mit Alkohol, die Wattebäuschchen und den amberfarbigen Gummischlauch. Er atmete tief ein und trat durch die Schlafzimmertür.

Colleen und Eddie küßten sich. Beide hielten in einer Hand eine angezündete Zigarette und die Schulter des anderen, die andere Hand lag auf der Hüfte des Gegenüber.

Royce spannte den Unterkiefer an. Das würde leichter gehen, als er gedacht hatte. Vielleicht würde es ihm sogar Vergnügen bereiten. Aber vielleicht auch nicht. Die Gerechtigkeit kann eine nüchterne Sache sein. »Eine nette bilaterale Symmetrie«, sagte er grimmig und ging zu Eddies Bettseite. »Auf welche Art willst du nun abheben?«

Eddie löste sich sofort aus der Umarmung mit Colleen. »Oh«, sagte er, »es gibt so viele Möglichkeiten.« Er zog ein letztes Mal an seiner Zigarette und gab sie ihr.

»Mach's dir nur bequem, Eddie«, sagte Colleen. »Stell dir vor, Royce sei eine pharmazeutische Geisha.« Royce verbeugte sich aus der Hüfte heraus. Er legte die drei Spritzen auf das Fensterbrett und schraubte den Verschluß von der Alkoholflasche ab.

Colleens Augen trafen Royces. »Dieser Morphiumkick ist toll, Eddie«, sagte sie enthusiastisch. »Kein Verbrennen oder Ausgehen von Streichhölzern, keine geschwärzten Löffel, kein Suchen nach winzigen Baumwollstückchen, keine verstopften Spitzen----nicht mal stumpfe. Und das beste von allem«, sie schnipste mit den Fingern, »kein Klauen: Hauszustellung.«

»Yeah«, sagte Eddie. Er massierte das Innere seines rechten Ellbogens und bewegte den Arm auf und ab, sie beachtete er kaum.

»Hier«, sagte Royce. »Ich mache es.«

Eddie sah ihn seltsam an. Dann blickte er Colleen an. »Kriege ich keinen Lutscher, Doc?« Eddie schaute wieder zu Royce hin.

Colleen schmatzte. »Später, Eddie«, sagte sie ungeduldig. »Laß uns abheben.«

Royce wickelte den Gummischlauch um Eddies dünnen Bizeps. »Mach eine Faust.«

»Mach eine Faust«, äffte Eddie ihn nach. Aber er lehnte sich gegen die Wand am Kopfende des Bettes, legte den Arm neben seinen Oberschenkel und machte eine Faust. Die übergroße schwarze Witwe, die auf Eddies

Unterarm tätowiert war, bewegte sich wellenförmig über seine Muskulatur. Royce befühlte das Innere des Ellbogens. Die Venen würden durch Jahre des Mißbrauchs verhärtet sein, aber Royce hatte Dutzenden von Verurteilten mit ähnlichen Problemen Blut abgenommen. Gekonnt fand er eine pulsierende Vene und rollte sie unter seinem Daumen. Er fuhr mit dem Alkoholtupfer darüber. Eddies Fleisch war unter den Tätowierungen ein blasses Ocker; es regierte langsam auf Royces Berührung, wie weiches Wachs.

Royce sah hoch. Eddies Augen starrten fasziniert auf die Injektionsstelle. Das Weiß seiner Augen hatte einen leichten gelben Stich.

Hepatitis, dachte Royce. Das erinnert mich daran, daß ich mir die Hände waschen muß.

»Bereit, Eddie?«

Eddie schaute Royce in die Augen und feixte: »Was meinst du mit “bereit”?«

Genau was auch Bobby Mencken gesagt hatte. Das ließ Royce fast die Nerven verlieren, aber sein Blick blieb fest. Er konnte unter seiner Daumenspitze Eddies Puls fühlen. So wie Franzosen ihre Zigarette halten, hielt Royce in der rechten Hand die dünne Spritze, die Eddie zu Staub verwandeln würde.

Es ist immer die Frage, dachte Royce, wie wenig oder wie sehr ein Mann sich selbst haßt, der Rauschgift spritzt.

»Ich weiß, daß du bereit bist, Eddie«, sagte er freundlich. »Es ist wohl nur eine Gewohnheit, vermute ich. Wie der Lutscher und das Lächeln.« Es lag tatsächlich ein seltsamer Geist harmloser Gewohnheit über dieser tödlichen Situation, als Royce sein natürlichstes Arztlächeln aufsetzte.

Eddies Feixen wurde zu einem Knurren. »Du kannst mich mal mit deinem Lutscher und deinem Lächeln«, sagte er.

Royce wurde steif. Sein Lächeln verblaßte.

Colleen jammerte. »Eddie...«

Royce schaute auf Eddies Arm hinunter. Die glänzende Spitze der Nadel lag an der noch nicht durchstochenen Haut. Die Venen fingen an, wegen der Aderpresse anzuschwellen. Wie sollte er sich benehmen? Royce richtete sich auf.

»Vielleicht magst du kein Morphium«, sagte er. Sein Lächeln war zu einer dünnen Linie in seinem Gesicht geworden. »Vielleicht sollte ich den Schuß einfach hier aus dem Fenster schmeißen. Was macht das schon für einen Unterschied?«

Eddie starrte Royce unbeugsam an. An seiner Schläfe glänzte ein feuchter Schweißstreifen.

»Er ist einfach so, Royce«, sagte Colleen mit trauriger Stimme. »Er ärgert gerne Leute, das geht bei ihm ganz automatisch. Er sieht dich lächeln, das macht ihn unglücklich. Wenn du unglücklich bist, dann lächelt er. Etwas verrückt, heh? Nicht viel, etwas offensichtlich, aber so ist er nun mal. Und er ist wegen irgendwas angespannt. Komm schon, Eddie«, sagte sie zärtlich, glättete sein Haar und berührte ihn am Arm, »mach schon und entspanne dich. Du mußt uns nicht erzählen, wo du warst...«

Eddie starrte Royce an. Dann zwinkerte er. »Yeah«, sagte er plötzlich. Er atmete zweimal kurz aus. »Yeah.« Er seufzte und lehnte sich zögernd entspannt gegen die Wand. »Yeah...«

Colleen schaute Royce an und wies mit dem Kinn zur Spritze. »Es muß hart gewesen sein«, sagte sie beschwichtigend und streichelte Eddies Augenbraue. »Erschießt diese Frau im----« Sie hielt abrupt inne. »Verstehst du?«

Eddie warf ihr einen Blick zu. »Yeah«, sagte er und schaute weg. »Ich weiß Bescheid.« Er stocherte mit der Zungenspitze in der Mundecke herum und beobachtete Royce, der sauber die Vene traf und die Nadel hineinstieß, ein Pfeil gegen das Herz. Gute Arbeit. Eddies Blut strömte in die Spritze, und Royce lockerte den Schlauch. »Dann bist du also ein Freund von Bobby Mink«, sagte Eddie. »Hat er mich jemals erwähnt?«

Royce nickte, als der Taucher den Boden der Spritze erreichte. »Yeah«, sagte er und zog die Nadel aus der Einstichstelle. »Ein guter Freund.« Er drückte den Wattebausch auf den Blutstropfen, der dort erschien und schaute auf. Eddies Unterkiefer fing an abzusacken, und seine Lippen wurden schlaff. Ein winziger Ausdruck des Mißfallens bildete sich in den Fältchen um seinen Augen. »Er sagte mir, ich solle dir dies geben, falls ich dich mal treffen sollte«, sagte Royce.

Er beugte sich vor und küßte Eddie auf den Mund.

»Bobby...?« flüsterte Eddie. »Ich war's nicht...« Sein Gesicht fing an, langsam zwischen dem mißtrauischen und einem nichtssagenden Ausdruck zu schwanken. Colleen saß auf den Fersen und fuhr fort, seine Augenbraue zu streicheln. Eddie versuchte, tief einzuatmen und schaffte es fast. Aber er litt an einem Lungenstillstand, sein Mechanismus zur Luftgewinnung brach zusammen. Der zweite Atemzug war abrupt und unvollständig. Eddie öffnete den Mund und versuchte zu gähnen, aber er konnte es nicht. Er machte es sich an der Wand am Kopfende des Bettes bequem, fast genau wie während der vergangenen Stunde, und starb mit offenen Augen.

SECHZEHN

»Oh, Eddie«, sagte Colleen und schaute traurig auf den toten Mann, während sie sein kurzes Haar streichelte. »Eddie, Eddie, Eddie.«

Royce legte die benutzte Spritze mit den beiden anderen auf die Fensterbank. Seine Hände zitterten, und aus beiden Achselhöhlen lief der Schweiß an seinen nackten Rippen herunter. Er schob die Beine des toten Mannes aus dem Weg und setzte sich schwerfällig auf die Bettkante. Unter der Matratze quietschte musikalisch eine Sprungfeder. Die feuchten, zerknitterten Laken fühlten sich sandig an. Durch das offene Fenster kam keine frische Luft. Von jenseits der Hintertreppen und Wäscheleinen der Gebäude, auf die man von diesem Fenster aus sah, hörte er den eindringlichen Beat eines Radios in einem vorbeifahrenden Wagen. Irgendwo stapelte jemand Geschirr und Bestecke. Er sah Eddie an. Eddie starrte ausdruckslos zurück.

»Eddie, Eddie, Eddie«, sagte er leise. Er stierte Colleen Valdez an. »Woher wußtest du es?«

Sie ignorierte die Frage. Sie streckte ihre Hand aus und berührte zaghaft Eddies Haar, dann zog sie die Hand zurück.

Royce beobachtete stumpfsinnig ihre Brüste. Und jetzt, fragte er sich. Er fühlte sich beunruhigt. Und nun, was jetzt? Schließlich hatte er gerade einen Mann getötet. Deswegen war er hierher gekommen, oder nicht? Nun, nein, nicht wirklich. Er war hierher gekommen, um herauszufinden, wer Bobby Mencken hereingelegt hatte. Und er hatte es herausgefunden. Eddie hatte Bobby Mencken hereingelegt. Er schaute Colleen an. »Woher wußtest du es, Colleen?« fragte er wieder. »Du wußtest, daß ich Eddie umbringen wollte.«

Sie fuhr fort, Eddie anzuschauen und zärtliche, bedeutungslose Bewegungen mit ihren Händen zu machen; sie streckte sie aus, um ihn zu berühren, zog die Hand wieder weg, streckte sie wieder aus und berührte ihn zaghaft.

»Du streichelst eine Leiche«, sagte Royce grausam.

Sie warf ihm einen wütenden Blick zu. »Und wer, zum Teufel, bist du?« zischte sie.

Er blickte sie an. Sie schaute ihn an. Ihr Blick flackerte. »Bin ich die Nächste?« fragte sie.

»Was?« fragte er ungläubig. »Du? Nein, nie, auf keinen Fall.«

Für eine nackte Frau saß sie geziert da, schaute geradewegs auf Eddie und sagte: »Das ist vielleicht so. Wie dem auch sei, ich kannte ihn sehr lange. Wir waren Freunde.«

»Er war nicht Bobbys Freund«, argumentierte Royce. »Ich sah Bobby sterben und----« Er unterbrach sich. Ja, Dr. Royce?

Sie fuhr fort, Eddie anzublicken.

»Und Eddie legte ihn rein«, platzte Royce heraus. »Das hast du mir selbst gesagt.«

»Eddie hat für mich gesorgt«, sagte sie ruhig.

»Das kann ich auch. Ich kann besser für dich sorgen.«

»Er konnte Gitarre spielen«, sagte sie mit Tränen in den Augen.

»Er war Abschaum«, schnauzte Royce. »Mein Gott. Du hast Bobby Mencken geliebt, erinnerst du dich? Der Mann küßte mich, als er starb!« Royce achtete nicht mehr auf die Kontinuität der Geschichte. Zum Teufel mit Kontinuität. »Ich kannte den Kerl kaum, und ich konnte sehen, daß er unschuldig war! Jeder konnte das sehen! Deswegen mußte ich etwas tun. Darum liegt er dort.« Royce zeigte mit einem zitternden Finger auf Eddie. »Dort ist der Kerl, der Bobby Mencken getötet hat. Du hast Bobby geliebt. Ich hätte Bobby lieben können. Ich meine, er war mein Freund. Der Kerl, der ihn praktisch ermordete, ist tot. Das nennt man Rache! *Ist das nicht süß?*«

Royce schrie. Plötzlich wurde ihm bewußt, daß dies kein gewöhnlicher, häuslicher Streit war, so wie er ihn mit Pamela gehabt hatte. Er war nackt und schrie über die nackte Leiche eines Mannes, den er gerade ermordet hatte, eine nackte, drogenabhängige Frau an----in einer verkommenen Wohnung in Dallas mit vielen Spritzen und Morphium und Nachbarn rundherum. Er blickte zum offenen Fenster und fragte sich, ob ihn jemand hören oder verstehen konnte. Er fluchte leise und knirschte mit den Zähnen. Sie mußten irgendwas mit der Leiche machen. Er stand auf und sah aus dem Fenster. Drei Stockwerke tiefer konnte er in der Dunkelheit zwischen mehreren Mülltonnen die Reste des Fernsehers sehen, den Eddie vor drei Tagen über das Treppengeländer geworfen hatte. Um den engen Hof herum standen mehrere Gebäude, einige davon waren höher als das, in dem er sich befand. Vielleicht fünfzig oder sechzig Fenster blickten auf sein Gebäude. Das war nicht gut. Sie konnten Eddie nicht einfach aus dem Fenster schmeißen und ungestört weiterleben. Das würde Arbeit erforderlich machen. Er schaute auf. Das Licht einiger Sterne hatte es geschafft, den Glanz der großen Stadt unter ihnen zu durchbrechen. Doch auch so sah es dort oben ziemlich sauber aus. Wußten die Sterne, wie schmutzig es hier unten war? Sind sie darum so weit weg?

Er zog seinen Kopf aus dem Fenster zurück und dachte darüber nach. Sie mußten diesen schmutzigen Wohnzimmerteppich zum Reinigen hinausbringen----mit dem darin eingerollten Eddie. Er blickte über das Bett hinweg zu dem Teppich im Wohnzimmer unter dem blauen Licht des Fernsehers. Sogar von hier aus war es offensichtlich, daß es schwer sein würde, jemanden zu überzeugen, der Teppich sei etwas anderes wert, als hinausgeworfen zu werden. Okay, das war's also. Sie würden den Teppich auf die Müllhalde werfen und mit einem neuen nach Hause kommen.

Natürlich würde in dieser Gegend irgend jemand zu ihnen kommen und sagen: "Was, du schmeißt einen vollkommen guten Teppich weg?" Eight Ball, vielleicht würde es Eight Ball sein. Gib ihn her, würde er sagen. Ich nehme ihn gleich mit nach Hause, da kann das Baby gut drauf spielen.

So würden also Royce und Colleen in der Straße sein, unter dem Gewicht des toten Eddie und des Teppichs schwitzen, versuchen, sich zum Pickup zu bewegen, versuchen, Eight Ball oder sonst jemand zu erklären, daß der Teppich unter Quarantäne gestellt und beschlagnahmt worden sei und von der Regierung verbrannt werden müßte, ohne wenn und aber; sie warteten jetzt am Müllplatz auf ihn.

Vielleicht wenn sie noch ein paar Tage bis Freitagnacht warteten. Jeder wäre so sehr damit beschäftigt, sich zu betrinken, daß er sich über einen alten Teppich keine Gedanken machen würde. Aber dies war ein zu teuflisches Klima, um Leichen herumliegen zu lassen.

Er kam müde auf die andere Seite des Bettes. »Schau, Colleen«, sagte er diesmal geduldig und ruhig. Sie ignorierte ihn. Er sah auf dem Boden neben dem Holzfaß die Whiskeyflasche. Eine bernsteinfarbene Boje in einem grauen Meer. Das war es, was er brauchte. Er hob sie auf, nahm einen Schluck und legte sich neben Colleen aufs Bett.

Sie beobachtete Eddie immer noch. Royce blickte an ihr vorbei zu Eddie. Seine Augen waren immer noch offen, genau wie sein Mund, an dessen Ecke ein Schaumfleck hing. Die Zunge hatte noch nicht begonnen, sich gegen die Zähne zu schieben, aber das würde sie früh genug. Die Tätowierungen bedeckten seine Arme, seinen Kopf und Nacken, seine Schultern. Unter dem blau karierten Hemd war er sehr blaß.

»Jetzt können wir ihn Past Eddie nennen«, sagte Royce langsam. Er trank einen Schluck.

Ein Lächeln huschte über ihr Gesicht, und sie schüttelte es ab. Royce sah sie an. Obwohl sie selten lächelte, stand es ihr gut. In dem Dämmerlicht des Schlafzimmers wirkten die Pockennarben auf ihrem Gesicht zweidimensional, wie Sommersprossen. Ihre dunkle Schulter schimmerte unter dem Umhang ihres langen Haares hervor wie ein Fels im schwarzen Fluß. Die Falte, in der ihr Bauch mit ihrem Oberschenkel zusammentraf, erinnerte ihn an die runden Hügel Kaliforniens. Die hinter ihrem Hintern versammelten Zehen sahen aus wie vom Wasser gerundete Kiesel in einem Brunnen.

Er trank schon wieder. An diese Geologie konnte er sich gewöhnen. Zum Teufel mit Eddie.

Er streckte die Hand aus, um sie zu berühren. Sie glitt aus dem Bett und verließ das Zimmer.

Royce lehnte sich gegen die Wand zurück und schlürfte den Whiskey. Sie würde sich daran gewöhnen. Sie mußte es. Eine Frau kann es nicht ohne Hilfe schaffen. Das da draußen ist eine Männerwelt, und das war nicht nur seine Meinung. Viele Leute sagten das. Er würde Colleen trotzdem helfen. Er würde ihr Mann sein. Es würde ihr gut gehen mit ihm. Er könnte irgendwo in einer Grenzstadt eine kleine Praxis eröffnen, vielleicht hinter Del Rio im Big Bend Country. Sie könnten in den Bergen leben, eine kleine Ranch mit Zuchtvieh führen. Ein paar Pferde verkaufen, ein paar Babies auf die Welt bringen, einige vernünftige Morphium-Gewohnheiten beibehalten.

Er hörte sie im anderen Zimmer über die leeren Kartoffelchipstüten gehen.

Seltsam wie es einem von dem Zeug juckt. Und Kratzen hilft nicht. Er scheuerte träge seinen Unterarm am Etikett der Whiskeyflasche. Seine Hände hatten aufgehört zu zittern, und er schwitzte normal, wie jeder Mann im Sommer in Texas. Wie schnell der Organismus sich an Verbrechen anpaßt. Mord und Drogen. Franklin Royce war ein neuer Mensch. Er bemerkte, daß der Whiskey sein Verlangen nach Morphium dämpfte, aber nicht wirklich stillte. Kein Wunder, daß Süchtige zwischen Rauschgiftsucht und Alkoholabhängigkeit hin und her wanderten.

Nun, das würde für ihn und Colleen kein Problem sein. Pharmazeutisches Morphium ist nicht sehr teuer, wenn man eine Lizenz hat, um es kaufen zu dürfen. Der Trick ist, nicht zu sehr abhängig zu werden, es nicht so weit kommen zu lassen, daß man den Anschein eines normalen Lebens nicht mehr aufrechterhalten kann. Man muß essen, trinken, arbeiten und die Dosis niedrig halten. Mäßigung in allen Dingen. Das ist der Schlüssel.

Er hörte die Toilettenspülung vom anderen Ende der Wohnung. Leitungen, dachte er. Wie jede Frau, wird sie Wasser- und Stromleitungen haben wollen. Also können wir nicht zu weit in den Bergen leben. Hin und wieder ein Trip nach El Paso; ein paar ausgefallene Stiefel kaufen. Wird sie gut mit Pferden umgehen können? Das können Frauen gewöhnlich, wenn sie überhaupt mit ihnen umgehen können. Aber zuerst müssen wir uns überlegen, wie wir Past Eddie loswerden, und dann können wir gehen. Armer, alter Past Eddie. Er drehte sich um und blickte zu der Leiche, die rechts neben ihm auf dem Bett lag. Die Leiche starrte auf die Flasche. Armer, alter Past Eddie, Scheißkerl. Er hat gekriegt, was er verdient. Schießt Frauen ins Gesicht. Legt seinen besten Freund rein. Nun, Eddie, wie gefällt dir die schnelle Vergeltung, heh? Ein wirkliches Augenöffnen, eh?

In dem Moment kam Colleen Valdez ins Schlafzimmer zurück. Sie trug den safrangelben Taftmorgenrock, den sie bei ihrem ersten Treffen trug. Der Morgenrock war vorne nicht geschlossen, und sie trug Eddies Gitarre. Ohne ein Wort an Royce ging sie zur anderen Seite des Bettes, legte die Gitarre in den Schoß des toten Mannes und lehnte den Gitarrenhals über seiner Schulter an die Wand. Sie trat zurück und betrachtete einen Augenblick lang die Wirkung, während sie Royce wieder die Möglichkeit gab, ihre Reize zu bewundern. Er würde niemals müde werden, sie anzusehen. Nach einem Augenblick trat Colleen vor, um eine Änderung vorzunehmen. Sie legte Eddies blau karierten Arm über die Gitarre. Die Saiten schwirrten gedämpft, als sie wieder zurücktrat.

»Er liebte seine Gitarre«, sagte sie und war offensichtlich mit der ätzenden Darstellung zufrieden. »Er hat mir mal erzählt, daß er mit ihr begraben werden wollte. Falls es in der Hölle Kneipen geben sollte, sagte er, könnte er immer für seine Drinks spielen. So.« Sie drehte sich zum Fenster um und wandte sich wieder in seine Richtung, in jeder Hand hielt sie eine Spritze. Sie schaute Royce an. »Das alles hat mich sehr angestrengt. Darf ich dich um eine Injektion bitten, Doktor?«

Royces Gesicht leuchtete auf, wie bei einem unartigen Jungen, der wieder das Wohlwollen seiner Mutter hat. Er stellte die Flasche neben das Bett auf den Boden und streckte die Hand nach den Werkzeugen seines

Berufs aus. Colleen trat über Eddies schlaffe Beine aufs Bett und stand über Royce.

»Mach's für uns beide, Royce«, sagte sie und sah von den hohen Schatten ihrer Haare auf ihn hinunter. In dem Orange und Schwarz sah sie aus wie ein Sonnenuntergang bei Sturm. Dann ließ sie den Morgenrock fallen. »Hinterher mach ich's für uns beide«, flüsterte sie.

Er lächelte zu ihr hoch. »Ich bin gerne gefällig und lasse mir gerne einen Gefallen erweisen, Ma'am.«

Sie kniete neben ihm nieder und gab ihm eine Spritze. Er nahm ihren linken Arm. »Alkohol«, sagte er.

»Scheiß Alkohol«, sagte sie heiser und fuhr mit ihrer freien Hand an seinem Bein entlang.

»Nicht scheiß Alkohol, scheiß Alkoholiker«, tadelte Royce sie. Er griff nach der Flasche, nahm einen Schluck Whiskey in den Mund und behielt ihn dort. Dann küßte er das Innere ihres Ellbogens und leckte darüber. Sie kicherte. »Das reinigt es«, sagte er mit galanter Autorität. Er betupfte ihren Arm mit dem Whiskey und band ihn ab. Vorsichtig suchte er mit der dünnen, kurzen Diabetikernadel eine passsende Stelle und stieß sie sauber zwischen die kleinen, roten Punkte, die schon auf ihrem Arm waren. Sie seufzte und setzte sich auf die Fersen. Sie entfernte selbst den Schlauch, während er den Taucher zurückpreßte und die Nadel herauszog. Royce warf die benutzte Spritze auf den Boden und hob die Whiskeyflasche hoch. Er trank, dann stellte er die Flasche kopfüber auf seinen Daumen. Sie leckte ihren Finger ab und betupfte damit den Blutfleck an ihrem Arm.

»Mein Gott, darin bist du gut, Royce«, hauchte sie. »Das ist der Aspekt der ganzen Sache, den ich niemals mochte, mir selbst 'ne Spritze setzen. Aber du machst es...einfach...«

»Die Macht der Gewohnheit«, erklärte er einfältig, während er auf der Innenseite seines Unterarms Whiskey auf eine vorstehende Ader tupfte. »Genau wie Hygiene.«

»Hi, Gene.« Sie streichelte ihn verträumt. »Ich hab' nichts gegen ein oder zwei Gewohnheiten«, sagte sie, während sie liebevoll den Schlauch unterhalb des Bizeps um seinen Arm band. »Ich mag nur keine Leute, die sich in mein Leben einmischen.«

Er hielt die Spritze mit der Spitze nach unten und klopfte dagegen, um die Luft zur Nadelspitze zu bekommen. Dann drückte er vorsichtig den Taucher, bis an der Spitze ein Tropfen erschien. »Das ist jetzt alles vorbei,

Baby.« Er zuckte zusammen, als er die Haut und die Wand der Vene durchstieß und die Nadel in seinen Unterarm glitt. Es kam ihm immer so vor, als führe ein Zug in einen Tunnel. »Ich dachte«, sagte er, als ein dünnes, rotes Blutrinnsal in der Spritze erschien, »wenn wir erst mal Eddie los sind, dann gibt es keinen Grund mehr, hier herumzuhängen...Hey, weißt du was?« Er schaute zu ihr hoch. Sie beobachtete die Nadel in seinem Arm. »Ich habe mich gerade gewundert.«

»Worüber?« fragte sie leise und öffnete den Knoten.

»Oh«, sagte Royce, als er wieder nach unten auf seine Arbeit schaute und anfing, den Taucher herunterzudrücken. »Wie kommt es, daß Eddie dir niemals einen Schlangenbiß verpaßt hat, so wie er es mit Bobby und mir machte und vermutlich mit jedem, den er herumschubsen wollte?« Der Taucher glitt leicht nach unten.

»Vielleicht dachte er, ich sei schon oft genug von Schlangen gebissen worden«, sagte sie nachdenklich. Sie legte zwei Fingerspitzen auf die beiden Brandnarben an Royces Nacken.

Er zog die Nadel aus seinem Arm und lächelte zu ihr hoch. »Oh?« sagte er träge. Der Winkel ihres Gesichts, das glatte Oval des es umrahmenden schwarzen Haares, die wie verwittertes Marmor aussehende Haut----das alles machte auf ihn wieder den Eindruck der Elemente einer Pieta, einer zärtlich liebenden Mutter, die sich über das sich in ihrem Schoß windende Marmorkind beugt. Aber er brachte nicht die Energie auf, es ihr zu sagen.

Sie beobachtete ihre Hand, mit der sie zärtlich über seine Schulter, an seinen Rippen entlang und den Oberschenkel hinunterfuhr, und sagte: »Du hast den falschen Kerl umgebracht, Royce.« Sie hielt sein Glied und sah ihm in die Augen. Royces Gesicht sah wirklich verwirrt aus. Jetzt war sie selbst ziemlich stoned, ein schlaffes, mit Morphium vollgepumptes Mädchen, und sie leckte sich ein-, zweimal über die Lippen. »Ich rief Thurman neulich an, als ich Lebensmittel eingekauft habe.« Sie nickte. Royces Gesichtsausdruck hatte sich jetzt zu echter Bestürzung gewandelt, und sein Atem ging flach und laut. »Du hast nicht mehr genug Zeit, um alles zu verstehen, Royce«, sagte sie. »Aber du solltest wissen, daß der Raubüberfall genauso war, wie ich es dir erzählt habe, bis auf eine Kleinigkeit.«

»Nein«, protestierte Royce, als sein Sehvermögen in den Farben ihrer Brustwarzen verschwamm.

»Das stimmt«, sagte sie und beugte sich vor. »Eddie hat die Verkäuferin nicht getötet.« Sie bedeckte seinen Mund mit ihrem. Ihre narbige Haut wurde zu einer vergrößerten Mondoberfläche, als ihre Lippen seine Lippen trafen und sie ihn küßte. »Ich war's«, flüsterte sie in seinen Mund, bevor ihre Zunge eindrang.

Die Wahrheit seines Irrtums, die schreckliche Endgültigkeit seines Fehlers und dieser vorletzte Schlag verbreiteten sich wie eine kochende, riesige Welle durch seinen Verstand. Er fühlte ihre Zunge, die dick durch seine Lippen fuhr, anschwoll und sich gegen seine Mundwände bohrte, den Mund vollkommen ausfüllte, ihn austrocknete, nur um sich in der dort absorbierten Flüssigkeit aufzulösen, als wäre es das Paradox, daß er ätzende Säuren auf ihr zartes Fleisch absonderte und nicht umgekehrt. Dann brach die Welle krachend, und Royce starb.

Colleen Valdez saß auf ihren Fersen. Royces geöffnete Augen sahen nichts.

Sie erklärte ihm die Sache trotzdem.

»Thurman war wirklich gut zu Bobby Mink, weißt du. Er liebte Bobby«, fuhr sie fort und seufzte, als sei sie wirklich müde. »Er erzählte mir alles darüber, daß du der Gefängnisarzt warst, und wie du geholfen hast, Bobby zu töten...Er sagte...«

Das Morphium wurde zuviel für sie. Wäre Royce nicht tot gewesen, dann hätte er ihr bescheiden erklärt, wie er zum Schluß alles für Bobby Mencken getan hatte, was er tun konnte. Da er ruhig war, zog sie sich zum Kopfende des Bettes und ließ sich gegen die Wand sinken, fast genauso wie die beiden Begleiter, die sie flankierten. Einen Augenblick lang zog sie krampfhaft an den Laken, aber da alle drauf lagen, gab sie bald auf. »Verdammt«, flüsterte sie mit einer eintönigen Kleinmädchenstimme. »Verdammt, verdammt, verdammt.« Dann seufzte sie. »Bobby, Bobby, Bobby. Er hätte mich nie wegen des Mordes an der alten Frau meine Medizin nehmen lassen, und ich hatte keine Gelegenheit, es ihm auszureden. Nachdem sie ihn verhaftet hatten, sah ich ihn nur noch einmal, außer in den Zeitungen und im Fernsehen. Eddie sagte mir immer wieder, es würde nichts nützen, der Polizei meine Story zu erzählen, sie würden niemals glauben, daß eine Frau das getan hatte, wofür sie Bobby verhaftet hatten...«

»Thurman sagte, du hättest Bobbys ganze Akte, Royce, und er sagte, mein Name sei darin, von dem einen Besuch bei Bobby, und er sagte mir, ich solle niemals zurückkommen, weil es für Bobby zu hart sei, mich zu sehen und nichts...nichts anderes zu tun, als zu gucken und sich zu erinnern. Er sagte, mich zu sehen sei das Schlimmste gewesen, was er während der Zeit im Gefängnis gemacht hätte, und ich solle ihm das bitte ersparen.... Einfach... Einfach mit Eddie gehen und das Beste daraus machen, was wir konnten, und uns daran erinnern...daß er uns liebte...«

Obwohl ihre Augen jetzt geschlossen waren, fielen heiße Tränen daraus hervor, als sei das eine ständige Bedingung, als habe ein lebenslanges, hilfloses Hindurchsickern die Oberfläche ihres Gesichts bis zu der jetzigen irreparablen Korrosion verbrannt.

Aber bald schlief sie ein, so wie sie war, denn das Mophium war gut, und sie fühlte sich sicher. *Sicher in dem Wissen, daß eine weitere Spritze mit Morphium in Reichweite war, direkt auf der anderen Seite von Eddie, hinter dem Vorhang auf der Fensterbank, genau dort, wo Royce sie hingelegt hatte.* Wenn sie aufwachte, konnte sie sich also noch einen Schuß setzen...

So fand die Polizei sie ungefähr eine halbe Stunde später. Die drei lagen zusammen im Bett, das betäubte Mädchen zwischen zwei nackten Leichen.

Alles in allem war Fast Eddie doch nicht so schnell gewesen.

BLACK LIZARD BÜCHER

#00

BLACK LIZARD CRIME ANTHOLOGIE 1

Herausgegeben von Ed Gorman

Die Anthologie ist ein Tribut an all die amerikanischen Autoren, die einer ganzen Generation von Crime-Autoren nicht nur die Tricks des Schreibens, sondern auch ein paar Tricks des Lebens lehrten. Unvergessene Stories wurden hierbei mit denen der besten zeitgenössischen Autoren zusammengestellt, die dieses Genre weiterentwickelt haben und in der Tradition fortfahren. Diese Anthologie ist ein Meeting von überragenden Crime-Autoren, eine Brücke, die die Meister der Vergangenheit mit denen der Gegenwart verbindet.

#02

KEIN GLÜCK IN L.A.

Murray Sinclair

Ben Crandel, ein nicht besonders erfolgreicher Pornoschriftsteller, kommt nach L.A. um im Filmgeschäft sein Geld zu verdienen. Seine junge Freundin Vicky, eine Prostituierte, wird überfallen und ermordet in ihrem Apartment aufgefunden, nachdem sie sich zuvor geweigert hatte, die Hauptrolle in einem Sexfilm zu übernehmen. Die Polizei in Beverly Hills verhaftet Crandel als Hauptverdächtigen. Des Mordes angeklagt und auf Kaution freigelassen, verfolgt Crandel den wirklichen Killer und findet sich als Schachfigur in einem Millionen-Dollar-Spiel wieder, bei dem nur der Gewinner überleben kann.

BLACK LIZARD CRIME CLASSICS (IN VORBEREITUNG)

Eine Unterreihe der Black Lizard Bücher präsentiert demnächst klassische Hardboiled-Gangsterromane von Peter Rabe, Lionel White, u.a.

BLACK LIZARD CRIME ANTHOLOGIE 2 (IN VORBEREITUNG)

Hrsg. v. Ed Gorman

mit Mickey Spillane, Charles Willeford, Ed McBain, Donald Westlake, u.a.

BLACK LIZARD CRIME CLUB

----Clubspezialausgaben aller Black Lizard Bücher

----Mitglieder-Leserforum: Mitbestimmung über Programm, Crime-Infos.

----Poster, T-Shirts, Extras.

Für weitere Informationen:

Black Lizard Crime Club

Kurfürstenstr. 23

D-1000 Berlin 30